Tim Bechtel

Arbeitsloser auf Serifos

Verlag der Griechenland Zeitung

Tim Bechtel

Arbeitsloser auf Serifos

Verlag der Griechenland Zeitung

1. Auflage 2022
© Verlag der Griechenland Zeitung (GZ),
HellasProducts GmbH, Athen
www.griechenland.net

Layout und Umschlaggestaltung: Harry Glytsis

Alle Rechte vorbehalten
All rights reserved
ISBN: 978-3-99021-044-4
Printed in Greece

Die Flucht

Es war ein sonniger Morgen. Die Hitze des spätsommerlichen August drang schon mit den ersten Sonnenstrahlen des Tages in die Wohnung. Langsam erwachte Berlin an diesem Montag aus seinem Schlaf. Der Handywecker klingelte, Dominik drehte sich zur Bettkante hin. Das Alcatel 502DL lag auf dem Boden, für einen Nachttisch gab es weder Geld, noch hatte er Lust, einen zu kaufen. Genauso übrigens wie beim Smartphone, das er sich vor eineinhalb Jahren besorgt hatte. Es war ein Auslaufmodell gewesen, das die Elektroabteilung des Real Markts im Ring Center anbot, das letzte Stück für 70 Euro. Er hatte es auf 50 Euro heruntergehandeln können, bevor es zurück zum Hersteller oder zum Entsorgen geschickt worden wäre. Als die Verkäuferin ihm das Gerät originalverpackt aushändigte, versuchte er natürlich, mit ihr zu flirten. Um zu imponieren erzählte er ihr ein bisschen vom Unterwasser-Rugby, einen Versuch war es ja immerhin wert. Außerdem hielt er ja auch ein Paar billiger Tauchflossen in der Hand, die er gleich noch kaufen wollte. Aber nein, die hübsche Dame von Mitte 30 hatte keinerlei Interesse an einem 42-jährigen Hartz-IV-Empfänger. Sie wurde zwar sicherlich auch nicht gerade besonders gut bezahlt in ihrem Job, doch sie hatte vielleicht einen besser verdienenden Ehemann, ging nur arbeiten um „selbständiger" zu sein, um aus dem Schatten ihres Mannes heraustreten zu können und vielleicht auch ein bisschen Entspannung von der Kindererziehung zu bekommen. Nein, sie war keine Kandidatin, sie hatte schon Kinder und war nicht etwa auf der Suche. Der Angst vor der tickenden biologischen Uhr brauchte sie nicht mehr zu entfliehen.

Dominik zog die dünne Sommerdecke zurück und stand langsam auf. Es war keine wirkliche Decke, in den USA nannte man so etwas ein „sheet", ein Laken aus dünner Baumwolle, das unter die eigentliche Decke gelegt wurde. Für eine solche wäre es viel zu heiß gewesen. Das Laken hatte ihm seine Mutter dagelassen, als sie ihn vor fünf Jahren das letzte Mal besuchte. Es ging ihr gut dort drüben in Amerika; sie hatte einen reichen Juden namens Horowitz geheiratet, der einen Chefposten bei Goldman Sachs bekleidete. Es war für ihn die zweite Ehe, in die er auch zwei Töchter mitgebracht hatte. Seine neue Frau schenkte ihm dazu noch einen Sohn, Jamie, der jetzt BWL in Princeton studierte. Dominiks Vater dagegen war nach Israel ausgewandert, hatte es bei den dortigen Streitkräften zum Offizier gebracht und besaß ein schönes Haus in den Besatzungsgebieten. Auch er war wieder verheiratet und hatte mit seiner Frau zwei Söhne. Dominik erinnerte sich noch gut an die Nummern, die seinen Großeltern von den Nazis einst in die Arme tätowiert worden waren. Dennoch waren sie nicht fortgegangen. Erst seine Eltern, jüdische Hippie-Kinder von Holocaust-Überlebenden, hatten es fertiggebracht, Deutschland zu verlassen, um sich anderswo ein neues Leben aufzubauen, allerdings getrennt voneinander und in unterschiedlichen Weltregionen.

Als Teenie hatte Dominik versucht, zunächst mit der Mutter in Amerika, dann mit dem Vater in Israel zu leben. Seine Eltern hatten sich getrennt, als er zehn Jahre alt war, fünf Jahre darauf war er mit der Mutter nach New York gegangen. Nach zwei Jahre konnte er dort zwar den High-School-Abschluss machen, ein Studium wäre in den USA für ihn aber aus Kostengründen niemals infrage gekommen. Weder hätte er ein Stipendium bekommen, noch war irgendwelche finanzielle Unterstützung von seinem Stiefvater zu erwarten, mit dem er zerstritten war. So kehrte er also für sechs Monate zu seinen Großeltern nach Deutschland zurück, bevor er zu seinem Vater nach Israel ging. Wüste und Meer übten dort schon eine große Faszination auf ihn aus, das Leben aber war doch auch schwer. Seine Stiefmutter war nur zwölf Jahre älter als er selbst, und zu allem Überfluss hätte möglicherweise auch noch der Wehrdienst auf ihn gewartet. Er entschied sich, nach Berlin zurückzukehren, wo er ein neues, wiedervereinigtes Deutschland vorfand und seine Großeltern bis zu deren Tod vor zwölf Jahren pflegte.

Viel hatte sich in den letzten 20 Jahre bei ihm nicht getan: ein abgebrochenes Studium der Kunstgeschichte, zahlreiche Halbtagsjobs als Student und seit fünf Jahren Hartz IV. Schwimmen und auch andere Sportarten waren seine Leidenschaft, allerdings entdeckte er das zu spät, erst mit etwa 30 Jahren. Bevor Knieprobleme ihn stoppten, hatte er sogar einmal an einem Triathlon teilgenommen. Schwimmen und tauchen konnte er aber weiterhin. Zweimal in der Woche spielte er Unterwasser-Rugby, und auch heute Abend stand es wieder auf dem Programm. Aber zuerst war da noch der Termin beim Jobcenter um zehn Uhr.

Dominik lief in die Küche und griff zum Wasserkocher, um ihn zu füllen und einzuschalten. Doch er funktionierte nicht. Er überprüfte ihn noch einmal und – war der Stecker überhaupt richtig eingesteckt? Das war der Fall. Komisch, war das Ding jetzt kaputt? Plötzlich hatte er ein seltsames Gefühl, irgendetwas stimmte da nicht. Dominik ging zum Kühlschrank, dessen Licht beim Öffnen der Tür auch nicht anging. Es war warm in der Wohnung, und er wollte den Ventilator in Gang setzen, aber auch der bewegte sich nicht. Irgendetwas war mit dem Strom nicht in Ordnung. Vielleicht eine Sicherung? Er öffnete die Wohnungstür und trat auf den Gang, um die Hauptsicherung zu kontrollieren. Über dem Schalter sah er ein Stück Klebeband und dazu noch eine Plombierung, damit er sich nicht wieder hochdrücken ließ. Da erinnerte er sich an die zahllosen Briefe, die er von den Stadtwerken bekommen hatte, Briefe, die er zum größten Teil ignoriert und nicht geöffnet hatte. Sein Stromanschluss war gesperrt! Eine von unzähligen

Rechnungen, die er nicht beglichen und das Geld stattdessen für etwas anderes ausgegeben hatte.

Er kehrte in die Wohnung zurück. Was nun, keinen Kaffee jetzt? Ihm fiel ein, was er vor Jahren in Griechenland gesehen hatte. Er füllte ein Glas mit kaltem Wasser, gab zwei Löffel Nescafé hinein, rührte mit einem Löffel um und voila, Eiskaffee oder Frappé, wie man das in Griechenland nannte. Allerdings wurde der Nescafé dort entgegen seiner Erinnerung mit einem Mixer aufgelöst und nicht einfach mit einem Löffel eingerührt. Er also machte das Gegenteil von James Bond, der seinen Martini ja immer geschüttelt und niemals gerührt trank. Dominik ging wieder zu seinem ausgeklappten Sofabett, setzte sich hin und schaute die gegenüberliegende Wand an. In einem Anflug von schwarzem Humor hob er das Glas und sagte auf Englisch: „Here's to you, Jamie B., stirred, never shaken." – „Auf Dich, Jamie B., gerührt, niemals geschüttelt."

Es wurde langsam spät. Er nahm den Brief des Jobcenters, die Einladung zum Gespräch mit seiner Beraterin, und schloss die Wohnungstür hinter sich. Aus dem achten Stock war es ein langer Weg nach unten, aber das ständige Rauf und Runter hielt wenigstens fit.

Vor dem Büro nahm Dominik im Flur Platz. Er war pünktlich, aber die Sachbearbeiterin war noch nicht bereit. Fünf Minuten musste er warten, bis er ihre Stimme hörte: „Herr Rosenbaum." Dominik stand auf und folgte der Dame ins Büro. Sie war hübsch, wahrscheinlich etwa so alt wie er selbst und hatte einen schönen Körper. Bekleidet war sie mit einem kurzen, schwarzen Rock sowie, passend zur Hitze des Sommers, einem ärmellosen Oberteil. Im Gesicht trug sie eine Brille. Der leicht bis mittel gebräunte Teint ihrer Haut verlieh ihr im Zusammenspiel mit einer kurzen Bobfrisur und dem schwarzen Rock eine interessante Note. Das gefiel Dominik. Die Sachbearbeiterin wandte sich ihm zu.

„Guten Tag Herr Rosenbaum, ich bin Frau Chernowski", sagte sie und reichte ihm die Hand. Sie war zwar höflich, in ihrem Ton lag aber doch etwas Strenges, ganz so als ob es gleich sehr unangenehm zur Sache gehen könnte.

„Ich bin Ihre neue Sachbearbeiterin, Frau Damm ist in die Babypause gegangen." Schön für sie, dachte Dominik, und was will jetzt diese Neue von mir? Sie setzte sich an ihren Schreibtisch, mit dem Fenster im Rücken, sodass Dominik die Vormittagssonne in die Augen knallte. Er hatte das Gefühl eines baldigen Desasters, irgendetwas Ungeheures strahlte die hübsche Frau aus. Sie schien ihn gut zu kennen, obwohl sie ihn nie gesehen hatte. Sie schob die rote Akte, die vor ihr lag, zur Seite und holte Tastatur und Maus hervor. Nach ein paar Klicks schaute sie vom Bildschirm auf und sah Dominik in die Augen.

„Sie wissen schon, warum wir Sie heute eingeladen haben?", fragte sie ihn mit einem Blick wie aus Stahl.

„Nein", antwortete Dominik.

„Sie haben sich bereits auf drei von unseren Vermittlungsvorschlägen nicht beworben und auch keinerlei Erklärung dafür abgegeben", sagte die hübsche Sachbearbeiterin.

„Wann haben Sie mir denn diese Vorschläge gemacht?", fragte Dominik perplex.

„Herr Rosenbaum, wir senden Ihnen regelmäßig Vermittlungsvorschläge zu, offene Stellen, auf die Sie sich bewerben sollen. Die stammen von Arbeitgebern, die dringend Mitarbeiter suchen." Ihr Ton wirkte allmählich gereizt, offensichtlich wollte sie aber noch höflich bleiben. Es schien sie jedoch anzustrengen.

„Wir wollen, dass Sie zu Ihrem eigenen Wohl sobald wie möglich in Lohn und Brot kommen", fuhr sie fort, meinte dabei aber eher zum Wohle des Staates. „Nach dem Sozialgesetzbuch sind Sie zur Mitwirkung verpflichtet." Diesen letzten Punkt betonte sie ganz besonders, so als wollte sie eigentlich sagen, dass man nicht etwa nur nichts tun und vom Staat leben könnte, sondern seinen Hintern bewegen müsste.

„Ich kann mich gar nicht an irgendwelche Vermittlungsvorschläge erinnern", antwortete Dominik irritiert. Dann aber fielen ihm die zahlreichen ungelesenen Briefe bei ihm zu Hause ein, darunter auch die Stromrechnung.

„Schauen Sie mal, Herr Rosenbaum, wir haben Ihnen regelmäßig Jobangebote zugeschickt. Die Kopien habe ich in Ihrer Akte. Und darauf haben Sie nicht reagiert. Das ist ein Fakt." In ihrer Stimme war nun keine Amtshöflichkeit mehr zu vernehmen. „Schauen Sie sich Ihre Post nicht an?"

Jetzt war Dominik von der Art der Dame empört. Ihre Schönheit machte keinen Eindruck mehr auf ihn, er hatte nur noch ein Gefühl der Wut, sowohl der Dame als auch sich gegenüber. Die Frau schien ihn besser zu kennen als er selbst. Ihm war bewusst, dass er Tag für Tag tiefer in die Arbeitslosigkeit geraten war, so wie er es in einer Studie über die Arbeitslosen von Marienthal gelesen hatte. Die Menschen dort hatten kein Radio und keine Nachrichten mehr gehört, waren wie ins Nichts abgerutscht. Die gute Frau Chernowski schien von diesem Phänomen zu wissen und es bei ihm zu erkennen, genauso wie er selbst. Hilflos fühlte er sich ihrer Intuition ausgeliefert. Die hübsche Dame fuhr fort: „Es tut mir leid, Herr Rosenbaum, aber jetzt müssen wir Sanktionsmaßnahmen ergreifen. Ihr Fall wurde bereits geprüft, und Sie werden sechs Wochen Sperre bekommen."

Dominik sah sie mit einer Mischung aus Entrüstung und Angst an. „Was bedeutet das?", fragte er, als ob er es nicht wüsste.

„Das heißt, Sie bekommen von uns für die nächsten sechs Wochen kein Geld." Ihr Ton wirkte, wie er es von früher aus Amerika kannte, „no, duh", wenn man etwas völlig Offensichtliches nicht verstehen konnte oder wollte.

„Na toll", antwortete Dominik. „Und wovon soll ich meine Miete bezahlen? Mein Strom ist bereits abgestellt."

„Tja", antwortete die Sachbearbeiterin, „Sie können ja Widerspruch beim Sozialgericht einlegen. Einen Versuch wäre es vielleicht wert, aber ich sehe keine große Chance für Sie."

„Ist das alles, wofür Sie mich heute hierher eingeladen haben?", fragte Dominik entnervt.

„Herr Rosenbaum ich bin nicht hier, nur um Ihnen Hiobsbotschaften zu übermitteln. Ich will Ihnen helfen." Ihr Ton nahm eine aufgesetzte Freundlichkeit und Hilfsbereitschaft an.

„Vielen Dank", antwortete Dominik sarkastisch, „haben Sie sonst noch etwas?"

„Nein", antwortete die Sachbearbeiterin emotionslos.

„Dann wünsche ich Ihnen noch einen angenehmen Tag", sagte Dominik, stand auf und verließ das Büro. Um 19 Uhr traf er am Kombibad in Mariendorf ein. Die Mannschaft versammelte sich bereits um das Sprungbrett am Tiefbecken. Heute Abend waren neben sechs Männern auch zwei Frauen gekommen. Dominik kannte die beiden schon. Sie waren keine Models, ihre Körper schon etwas fülliger, aber eigentlich hatten sie doch noch immer eine schlanke, weiche Schwimmerfigur mit breiten Schultern und nicht sehr großem Hintern. Körperlich fitte Frauen, die sehr viel Zeit im Wasser verbrachten, keine Fitnessstudio-Ladies. Und sie waren nicht nur hüsch, sondern auch erfolgreich; die eine arbeitete bei einer PR-Agentur in Berlin, die andere war Redakteurin bei der Berliner Morgenpost. Beide waren natürlich vergeben, und selbst wenn sie Dominik ganz lustig, nett und für sein Alter auch hübsch fanden, wäre niemals mehr drin gewesen. Sie trugen bereits ihre weißen Badeanzüge, und Sabrina zog sich gerade die Badekappe über ihre blonde Bobfrisur, während Mandy die langen, roten Haare unter der Ihren verschwinden ließ.

„Du spielst heute Buau", wies Mannschaftskapitän Thran Dominik mit seinem vietnamesischen Akzent an. Der packte die weiße Badehose, die er gerade über die blaue, die er schon trug, hatte ziehen wollen, zurück in den Rucksack. In der Schwimmhalle war es extrem warm, an einem solchen Tag sollte man lieber im Freibad spielen. Dominik wollte so schnell wie möglich ins Wasser und machte einen Kopfsprung vom Beckenrand. Eine kurze erfrischende Abkühlung! Danach ging er zu seiner Tasche und holte Flossen, Maske und Schnorchel hervor. Von Real stammten nur die Billigflossen, die Maske und den Schnorchel hatte er bei Aldi gekauft. Bis vor einem Jahr noch hatte Dominik in einem Freedive-Verein trainiert, dann aber konnte er sich den Monatsbeitrag von 50 Euro nicht mehr leisten. Dabei hatte er es schon fast in den berühmten Club 145 geschafft. Er bekam die Strecke über 100 Meter hin, und beim Tieftauchen in einem See nahe bei Berlin hatte er auch die erforderlichen 40 Meter erreicht. Nur die Fünf-Minuten-Statik war ihm noch nicht gelungen, seine persönliche Bestzeit betrug vier Minuten. Zu Hause lag seine komplette Freitauchausrüstung von Mares, mit Apnoeflossen und Anzug, alles zusammen etwa 300 Euro wert. Für heute allerdings war sie nicht geeignet, insbesondere die Flossen waren zu lang. Im Moment konnte er sich nur diesen Verein leisten. Die Mitgliedsgebühr betrug monatlich gerade einmal fünf Euro, und da war der Eintritt fürs Schwimmbad schon inbegriffen.

Dominik rutschte vom Beckenrand hinab und tauchte kurz die vier Meter bis zum Boden, um sich ans Wasser zu gewöhnen. Er trat zusammen mit Thran und zwei Mitspielern gegen Mandy, Sabrina und die beiden anderen Männer an. Die Frauen waren gut, konnten lange tauchen, und auch ihre männliche Mitstreiter gingen gar nicht schlecht mit dem Ball um.

„Okay, los!", rief Thran und warf den Ball in die Luft. Als der aufs Wasser traf, sank er rasch hinab, und alle tauchten ihm nach. Dominik erreichte ihn als Erster, fasste ihn und bewegte sich mit kräftigem Delphinschlag am Boden auf das gegnerische Tor zu. Er wurde von Mandy attackiert, die versuchte, ihm den Ball abzunehmen. Doch Dominik konnte von allen am längsten tauchen. Er wehrte seine Angreiferin ab, wobei er ihr ohne Absicht an die linke Brust griff. Mandy gab ein Geräusch von sich, das klang, als ob sie kreischen würde, und sofort packte ihn einer der Männer. Der war kräftig und hielt ihn unter Wasser fest. Dominik konnte sich nicht befreien, hielt aber weiter die Luft an. Er hatte starke Lungen. Hoffentlich würde sein Gegner nicht so lange aushalten wie er, aber Dominik hatte sich bereits heftig bewegt und war schon mehr als eine Minute unter Wasser. Er spürte einen starken Atemreiz. Da sah er Thran und schob den Ball in dessen Richtung. Sein Gegner ließ ihn los. Der lange Aufenthalt am Boden hatte Dominik geschwächt. Langsam tauchte er die vier Meter bis zur Oberfläche auf, blies den Schnorchel aus und beobachtete weiterhin das Spiel am Boden.

Nachdem Thran den Ball ins Tor gebracht hatte, tauchten auch die anderen wieder auf. Sie atmeten schwer durch ihre Schnorchel und schwammen jeweils zum Beckenrand der eigenen Seite. Als Mandy den Ball wieder in die Mitte warf, wurde das Spiel fortgesetzt. Erneut tauchten alle zum Ball ab, den diesmal Thran als Erster erreichte. Er wurde von demselben Gegner angegriffen, der zuvor schon Dominik festgehalten hatte. Thran stieß den Ball fort, Dominik konnte ihn fassen. Der Gegenspieler ließ von Thran ab, griff nun nach Dominik. Aber er war schon zu lange unter Wasser gewesen, sodass er jetzt nicht mehr genügend Luft hatte. Er musste Dominik loslassen, der mindestens 15 Sekunden weniger Zeit am Boden verbracht hatte, und schoss an die Oberfläche. Dominik wandte sich mit dem Ball nochmals in Richtung des gegnerischen Tors. Diesmal ging Mandy ihn an. Er konnte sie zwar abwehren, verlor dabei aber den Ball an Sabrina. Dominik griff nach ihr und versuchte, ihr den Ball wieder abzunehmen. Sie war noch nicht so lange unten wie er selbst, und allmählich bekam er Atemnot. Trotzdem konnte er sich in den Besitz des Balls bringen. In diesem Moment musste der Torhüter der anderen Mannschaft wegen Luftmangels auftauchen, und auch wenn Mandy ihn daran zu hindern versuchte, brachte er den Ball doch ins Tor.

Ähnlich verlief das Spiel nocht etwa eine Stunde lang, wobei beide Gruppen etwa gleich stark waren. Nach 30 Minuten aber ging die Seite von Thran und Dominik mit einem Punkt in Führung, auch dank Heinrich, dem heutigen Torwart in ihrem Team. Er war kaum von seinem Tor fortzubringen, und dies trotz der Nikotinsucht, die man manchmal sogar an seiner Badehose riechen konnte. Der Aldi-Tabak lag normalerweise immer schon griffbereit oben auf seiner Tasche am Beckenrand, und sofort nach Spielende drehte er sich jedes Mal eine Zigarette, die er beim Verlassen der Schwimmhalle dann auch gleich anzündete.

Thorsten, der vierte Mann in ihrer Mannschaft, konnte ebenso wie Thran sehr gut mit dem Ball umgehen, Dominiks Stärke dagegen war seine Tauchfähigkeit. Sie ermöglichte es ihm, lange unten zu bleiben und auf seine Chance zu warten, an den Ball zu kommen. Eine ähnliche Strategie verfolgten auch Mandy und Sabrina sowie der starke Manfred, der auch normales Rugby spielte. Wenn der ausreichend Luft eingeatmet hatte, konnte er Thran, Dominik und Thorsten leicht gefährlich werden und ihnen den Ball abnehmen, um ihn an die Frauen weiterzugeben, die ihn dann in die Nähe des gegnerischen Tores brächten.

Nach dem Ende des Spiels gingen die sechs Männer daran, die Tore wieder nach oben zu holen. Manfred und Heinrich tauchten zum Boden hinab, um mit kräftigen Flossenschlägen das eine der beiden Tore etwa einen Meter anzuheben. Dominik war ihnen gefolgt, schob sich unter den schweren Korb und drückte ihn nach oben. Gemeinsam brachten sie das Tor bis an den Beckenrand. Dort warteten bereits Thran, Thorsten und der sechste Mann, der Torhüter der gegnerischen Mannschaft, an dessen Namen sich Dominik nicht erinnern konnte. Nachdem sie den Korb gemeinsam aus dem Wasser gehievt hatten, gingen sie zum gegenüberliegenden Beckenrand und wiederholten dort die gleiche Prozedur mit dem zweiten Tor.

Sie setzten es neben das erste auf einen Wagen, damit die beiden Frauen die Körbe zum Lagerraum schieben konnten. Die hatten ihre weißen Badeanzüge bereits ausgezogen, sodass sie nun in jenen dastanden, die sie darunter getragen hatten. Bei Mandy war dies ein in grellem Rot leuchtendes Teil mit dem Schriftzug „Speedo Endurance" an der linken Seite. Als Thran die Tasche mit den nassen Sachen nahm, um sie zu seinem Auto zu bringen, drehte Heinrich sich schon eine Zigarette. Die Frauen gingen zu den Duschen.

Draußen war es warm, und die späte Abendsonne strahlte in orangefarbenem Licht am Himmel. Heinrich zündete seine Zigarette an, während Dominik Thran behilflich war. Dessen Frau saß hinter dem Lenkrad des 2010er VW Passat Diesel Kombi, der zehn Jahre alte Sohn auf der Rückbank.

„Danke suön", sagte Thran mit seinem vietnamesischen Akzent. „Dominik, nicht vuerguessen beim Spuiel den Buau niemas vuor Diur hauten, imma den Buau fes nebe Dir hauten, sonst kuiegt dies iummer de Gegna weg. So haut Mandy bei Diur Erfuog heute."

„Ja, da hast Du wohl recht", antwortete Dominik. „Bis nächsten Donnerstag!"

„Bis nächste Duonnerstag", gab Thran zurück.

Auf dem Weg zur Bushaltestelle musste Dominik noch mal am Eingang des Schwimmbads vorbei, wo Heinrich herumstand und kräftig an seiner Zigarette zog. Die beiden Frauen hatten bereits die Schlösser ihrer Fahrräder geöffnet und waren im Begriff wegzufahren. Da es Dominik noch immer peinlich war, dass er Mandy während des Spiels an die Brust gegriffen hatte, beschloss er, sich bei ihr zu entschuldigen, und ging auf sie zu.

„Entschuldige bitte, dass ich Dir vorhin an die Brust gefasst habe", sagte er. „Ich hoffe, ich habe Dir nicht wehgetan."

„Keine Sorge, ich habe ja Dich angegriffen. Außerdem kenne ich Dich doch. Und für das, was im Spiel passiert, brauchst

Du Dich nicht zu entschuldigen", antwortete sie mit einem Lächeln.

Diese Reaktion überraschte Dominik. Fand sie ihn etwa attraktiv und sollte den Zwischenfall vielleicht sogar genossen haben? Doch dann wurde ihm klar, dass sie ihn wahrscheinlich für schwul hielt und davon ausging, dass er ohnehin kein sexuelles Interesse an ihr hätte.

„Bis nächsten Donnerstag", verabschiedete er sich von den beiden Frauen und ging weiter.

Die Heimfahrt dauerte lange. Dominik musste zunächst den Bus und dann die U-Bahn nehmen, um anschließend in die S-Bahn umzusteigen. Als er endlich seine Station erreichte, war es schon fast dunkel geworden. Es war bereits Anfang August, und trotz der Wärme merkte man eindeutig, dass die Tage kürzer wurden. Er lief die Treppe zur Straße runter. Dort standen die üblichen Teenager herum, sie mussten nicht früh raus, es waren noch Sommerferien. Dominik versuchte, ihren neugierigen Blicken auszuweichen. Ein bisschen fühlte er sich an seine eigene Jugend in Berlin und New York erinnert. Ende der 80er Jahre war er in einem Arbeiterviertel des noch geteilten Berlin zur Schule gegangen. Als künstlerisch begabter Jude hatte er sehr viele Probleme mit seinen Mitschülern gehabt, sowohl Moslems wie auch Deutschen. Einige von denen schlossen sich später im vereinten Deutschland auch der rechtsradikalen Szene an. Ja, er hatte einen harten Weg zu gehen. Als seine Mutter wieder heiratete, war er 14 Jahre alt. Alles musste er abbrechen, sich an ein neues Land, eine neue Schule gewöhnen. Vielleicht wird es ja schön, hatte er anfangs noch gedacht. Eine gute Schule in einem reichen Viertel Manhattans. Doch dann erlebte er den ersten Monat im amerikanischen Bildungssystem. Er war der arme Ausländer, Mutti hatte neu und reich geheiratet. Mitschüler und Lehrer ließen ihn spüren, dass er nicht Teil ihrer reichen, geschlossenen Gesellschaft war. Seine Noten wurden immer schlechter, zum Teil auch weil er nicht die Bewertungen bekam, die er eigentlich verdient gehabt hätte. Er sprach mit deutschem Akzent, genauso wie die Holocaustüberlebenden 40 Jahre zuvor in New York, genauso wie vielleicht auch seine eigenen Großeltern es getan hätten. Und immer dieselben Fragen: „Why do your grandparents still live in Nazi Germany? Because of necessity? Why were they not special enough to get out?" – „Warum leben deine Großeltern noch in Nazideutschland, warum sind sie nicht ausgewandert?"

Dominik kam an seine Haustür. Zwei dunkelhaarige Mädchen standen davor und unterhielten sich. Beide waren etwa 14 Jahre alt. Sie schauten Dominik an, doch der vermied den Blickkontakt. Als er im Haus war, und die Tür sich hinter ihm schloss, hörte er das eine der Mädchen noch sagen: „Der wohnt ganz oben, ich glaube sein Strom wurde abgestellt." Da erinnerte Dominik sich plötzlich an seine Situation. Kochen würde er heute Abend nicht können. Er lief die acht Stockwerke zu seiner Wohnung hinauf. Nachdem er aufgeschlossen hatte, nutzte er das Licht des Handydisplays, um sich zu orientieren. Wo war noch gleich die Taschenlampe? Er fand sie im Küchenschrank über dem Herd. Die 16 LEDs leuchteten fast so hell wie eine Glühbirne. Dominik ging zum Kühlschrank und öffnete die Tür. Er war innen zwar noch kalt, aber die Eisschicht im Tiefkühlfach taute langsam, und das Wasser lief bereits auf den Boden hinab.

Er sah nach, was es noch gab. Eine Schachtel mit fünf Eiern, eine ungeöffnete Packung Käse und türkische Rindersalami. Außerdem noch ein halbes Päckchen Margarine. Dominik nahm die Sachen heraus und stellte sie auf die Herdplatte seiner Singleküche. Im Schrank darüber bewahrte er Brot und ein paar Konservendosen auf. Er nahm das Brot und eine kleine Dose Tomatensuppe. Die Suppe konnte er leider nicht warm machen, er würde sie einfach kalt aus der Dose essen. Er trug alles zu seinem Bett, das auch als Sofa diente, von der vergangenen Nacht aber noch immer ausgeklappt war. Am Boden davor fand er einen Plastikteller, auf den er zwei Scheiben Brot legte. Diese beschmierte er mit Margarine und belegte sie mit zwei Scheiben Käse und Salami.

Abendessen allein in einer kleinen, überfüllten Wohnung, mit Brot, Käse, Rindersalami und einer kalten TIP Billigtomatencremesuppe von Real. Das erinnerte ihn ans Zelten und auch an den Roman „The Stand" von Stephen King. den hatte er vor Jahren einmal gelesen. Da war es um die Überlebenden einer Pandemie gegangen, der ein Großteil der Menschheit zum Opfer gefallen war. Sie hatten sich in einer Welt wie vor einigen hundert Jahren wiedergefunden, ohne Strom und so, aber noch immer umgeben von den Resten der modernen Gesellschaft. Wer es klug anstellte, konnte sich durchaus ein paar Vorteile sichern, kostenlose Autos und Treibstoff zum Beispiel, möglicherweise sogar schöne Wohnungen oder Häuser, wenn die nicht mit ihren ehemaligen Besitzern zugrunde gegangen waren.

Wie immer versuchte Dominik, auf seine Art und Weise mit der Situation umzugehen. Vielleicht könnte man von „Verleugnung" sprechen, oder von „Denial", wie man es auf Englisch nannte. Im Laufe seines Lebens hatte Dominik es darin zum Meister gebracht. Vielleicht hatte er in all den Jahren ja zu oft die Augen zugemacht, vielleicht war das der Grund, warum er nicht mehr erreicht hatte in seinem Leben. Nun, auch morgen würde es wieder einen neuen Tag geben, hätte er wieder eine Chance alles zurechtzubiegen. Dominik löffelte die kalte Suppe aus der Dose und knabberte an seinem Brot. Richtig, morgen würde es einen weiteren Tag geben, und wenn man davon ausging, dass man mit 42 noch ungefähr 40 Jahre zu leben hätte, würden auch noch mindestens 14.600 weitere Tage folgen, bevor dieses Leben zu Ende wäre. Aber wie schnell waren die ersten 15.330 vergangen, dachte Dominik, und aß den letzten Bissen Brot. Er wurde allmählich müde, die Sache beim Arbeitsamt und das Spiel heute Abend waren sehr anstrengend gewesen. Er packte seine Tasche aus, hängte die Badehose, das nasse Handtuch und den Ohrenschutz im Bad auf. Er zog sich aus und legte sich ins Bett. Obwohl es in der Wohnung heiß war, deckte er sich mit dem Sheet zu. Er löschte die LED-Lampe und schloss die Augen. Ja, es stimmte, morgen wäre auch noch ein Tag und danach noch wenigstens 14.599 mehr, bevor alles zu Ende ginge.

Am nächsten Morgen erwachte Dominik, als es hell wurde. Noch immer hatte er keine vernünftigen Vorhänge für die Fenster, sodass er im Sommer nie lange schlafen konnte. Aber wie üblich war es für ihn eigentlich auch nicht angesagt, früh aufzustehen. Dominik warf das Sheet zur Seite und schaute an die Decke. Neben vielen Spinnweben sah er da einen leichten Riss direkt über seinem Kopf. Weiterschlafen konnte er nun auch nicht mehr, das Zimmer war viel zu hell. Also stand er auf und ging in die Küche. Aus Gewohnheit füllte er den Wasserkocher, erinnerte sich dann aber daran, dass er keinen Strom hatte. Er griff zu einem Glas, das auf der Ablage stand. Noch ungespült von gestern. Er goss Wasser aus dem Kocher hinein und tat zwei Löffel Nescafé dazu. Dann rührte er, bis das braune Pulver sich aufgelöst hatte. Wieder ein „Frappé gerührt, niemals geschüttelt". Zucker hatte er nicht, aber es gab noch das NIDO Milchpulver, das er beim Türken gekauft hatte, zusammen mit der Rindersalami. Er ging zurück ins Wohnschlafzimmer und setzte sich auf das noch ausgeklappte Sofabett. Während er seinen kalten Nescafé trank, beobachtete er von seinem Fenster aus, wie die Stadt langsam wach wurde. Genauso wie gestern, genauso wie an jedem Tag der letzten 25 Jahre seines Lebens, an den er sich erinnerte. Das Leben schien ihm immer hoffnungsloser, auf den Tag folgte die Nacht, auf die Nacht der nächste Tag. Er fühlte sich wie einer der letzten Überlebenden in den Armageddon-Filmen, die er sich so gerne anschaute. Er trank seinen kalten Kaffee aus. Was sollte er unternehmen an diesem heißen Tag? An den

See fahren? Sein Fahrrad war zwar nicht in bestem Zustand, aber ein wenig Öl auf die Kette und etwas Luft in die Reifen würden sicher helfen, es flotter zu machen. Eine S-Bahnfahrt konnte er sich nicht leisten, er brauchte das Geld für die Fahrkarte zum Unterwasser-Rugby am nächsten Donnerstag. Er wollte ja nicht, dass alle dort sein schäbiges Fahrrad sähen. Außerdem war es schwierig, die Tauchausrüstung darauf mitzunehmen. Dominik stand auf und ging zur Wohnungstür. Ab und zu sollte man wirklich mal nach der Post schauen. Er lief die acht Stockwerke zu den Briefkästen hinunter.

Der Kasten mit dem Namen „Rosenbaum" war so voll, dass keine Post mehr hineinpasste. Es lag sogar noch ein Umschlag mit seinem Namen auf dem Boden. Der Brief kam von den Stadtwerken, vielleicht die Mahnung für seine Stromrechnung. Und tatsächlich, als er ihn öffnete, sah er gleich den Hinweis „Letzte außergerichtliche Mahnung". Wie lange lag der Brief schon dort, eine Woche, vielleicht auch zwei? Zeit und Raum spielten für Dominik kaum noch eine Rolle, seit Jahren schon lebte er in seiner eigenen Welt. Einer Welt, die von nichts geprägt war, weder von Leid noch von Freude. Der Briefkasten selbst war komplett vollgestopft mit Werbung und Briefen, darunter ein Reklamezettel vom Imbiss etwas weiter die Straße hinunter. Der lieferte auch nach Hause, das wäre eine gute Idee für die nächsten Tage, bis er wieder Strom hätte. Dominik zog alles aus dem Kasten heraus und öffnete die Post vom Jobcenter, all die Stellenangebote, von denen seine Sachbearbeiterin gestern gesprochen hatte, als Mitarbeiter im Callcenter, als Reinigungskraft ... Mindestens acht solcher Briefe gab es. Bis auf den Flyer vom Lieferimbiss warf er die Werbung in den Mülleimer vor der Tür, die übrige Post nahm er mit hinauf in seine Wohnung. Er schmiss sie auf das ausgeklappte Sofabett und begann, alles durchzusehen. Als erstes legte er die Briefe vom Jobcenter zur Seite, für eine Reaktion darauf war es eh zu spät, die sechswöchige Sperre hatte er ohnehin schon kassiert.

Der Brief von den Stadtwerken, na ja, der Strom war sowieso schon gekappt. Es gab aber noch zwei andere Briefe, die ihm besonders ins Auge fielen, beide von der Hausverwaltung. Als er den einen öffnete, stand dort im Betreff „Mietrückstand". Er las weiter: „Sehr geehrter Herr Rosenbaum, wir weisen Sie darauf hin, dass Sie mit Ihrer Mietzahlung im Rückstand sind. Die letzte Zahlung in Höhe von € 300,00 haben Sie im April geleistet. Somit sind die Zahlungen für Mai, Juni und Juli noch immer offen. Die Gesamtsumme dafür beläuft sich auf € 900,00." Dann sah er auf das Datum des Briefes, 7.7., das war fast einen Monat her.

Etwas nervös schaute Dominik nach dem zweiten Brief der Hausverwaltung. Er prüfte das Datum oben rechts: 31.7., etwa eine Woche her. „Sehr geehrter Herr Rosenbaum, in unserem Schreiben vom 7.7. machten wir Sie darauf aufmerksam, dass Sie mit ihren Mietzahlungen drei Monate im Rückstand sind. Bis heute haben Sie uns in dieser Angelegenheit weder kontaktiert, noch können wir die entsprechende Zahlung in Höhe von € 900,00 feststellen. Wir gewähren Ihnen eine Woche Frist, den oben genannten Betrag auszugleichen. Sollten Sie dem nicht nachkommen, werden wir Ihr Mietverhältnis kündigen." Heute war der siebte August, die Mahnung lag nun eine Woche zurück, eine Kündigung war noch nicht gekommen.

Was sollte er machen? Die Wohnung wurde heißer und heißer, die Vormittagssonne schien erbarmungslos herein. Deshalb konnte Dominik sich auch nicht weiter auf die Angelegenheit konzentrieren. Er beschloss, an den See zu fahren und packte seine Tasche: Handtuch, Badehose sowie Schwimmbrille und Tauchmaske. Die Flossen und den Neoprenanzug konnte er auf dem Fahrrad nicht mitnehmen, die hätten nicht auf den Gepäckträger gepasst. Freediving sollte man lieber nicht allein versuchen, aber vielleicht könnte er an der Boje ja ein wenig Free Immersion üben, dort ging es höchstens zehn Meter in die Tiefe. Er nahm seinen Rucksack und ging hinunter zum

Innenhof. Dort stand sein verrostetes Fahrrad, die Reifen und die Kette waren noch in Ordnung, die wichtigsten Teile, um einigermaßen flott unterwegs sein zu können. Er schmierte die Kette ein, schloss das Fahrrad auf und fuhr zur Hoftür. Ein schöner Tag, dachte er bei sich, als er auf der Straße stand. Ein schöner Tag am See, um sich etwas von der Härte des Lebens abzulenken.

Nach etwa einer Stunde erreichte Dominik seine Lieblingsstelle am Schlachtensee. Der Weg dorthin führte ihn auch durch reiche Stadtviertel, in denen Mercedes-Geländewagen vor den Türen standen, vor einem der großen Häuser heute sogar ein Maybach. Die Gegend erinnerte Dominik an die Orte auf Long Island, die er noch aus seiner Jugendzeit kannte. Etwas wehmütig dachte er daran, was wohl gewesen wäre, wenn er in Amerika einen Collegeabschluss hätte machen können. Am See angekommen, fand er seinen bevorzugten Platz leer vor, noch kein Mensch weit und breit. Heute würde er sich trauen, nackt zu baden. Er legte sein Handtuch auf den Boden, zog sich aus und ging, nachdem er seine Schwimmbrille aufgesetzt hatte, ins Wasser. Das Fahrrad brauchte er nicht anzuketten, dafür interessierte sich dort kein Mensch. Wertsachen hatte er keine bei sich, gerade mal ein bisschen Bargeld. Dominik begann, sich mit Kraulschwimmen aufzuwärmen, das war seine Lieblingsdisziplin noch aus Triathlonzeiten. Nach zehn Minuten kehrte er ans Ufer zurück. Er zog seine Badehose an, um zu der Seite hinüberzuschwimmen, an der Nackedeis nicht erwünscht waren. Mit kräftigen Armzügen erreichte er nach ungefähr 15 Minuten das andere Ufer. Im flachen Bereich blieb er stehen, um seine beschlagene Schwimmbrille zu putzen. Als er dort stand, spürte er, wie heiß die Sonne heute war. Der Strand war bereits voll, mit Familien, Kindern und Jugendlichen. Jungs in Bermudas, die Surfer spielen wollten, und Mädels in Bikinis, deren Blicke er mied, ebenso wie die Blicke der Jugendlichen in seiner Nachbarschaft. Am interessantesten waren für ihn die Frauen, die sich etwas abseits der Massen aufhielten, einige von ihnen ohne Oberteil. Doch die wurden Jahr für Jahr immer weniger, wie Dominik bemerkte, schade eigentlich. Eine kleine Gruppe von ihnen sah er weiter unten am Ufer. Sollte er vielleicht dorthin schwimmen und versuchen, sie anzusprechen? Aber sie waren zu dritt und er allein, nein, das würde den Zeitaufwand wirklich nicht lohnen. Er schwamm wieder zum anderen Ufer zurück, an dem sein Handtuch lag. Als er es erreichte, war er ein wenig erschöpft. Das Training fiel ihm immer schwerer, besonders nach der langen Radfahrt. Oder lag es einfach nur daran, dass er heute lediglich zwei Müsliriegel gegessen hatte? Dominik zog die Badehose aus und legte sich auf sein Handtuch. Er holte den Weltempfänger hervor, den er vor einigen Jahren bei Lidl gekauft hatte. Manchmal machte es ihm Spaß, mit einer solch veralteten Technik zu spielen, zu sehen, welche Kurzwellensender es noch gab. Heutzutage konnte man ja fast jede Station weltweit im Internet hören. Er zog die Antenne heraus und schaltete das Gerät ein. Er suchte alle Frequenzen ab, konnte aber nur wenige Sender klar empfangen, China Radio International auf Englisch, einen auf Russisch und ein paar andere wohl in romanischen Sprachen. Er packte das Radio in die Tasche zurück, nahm seine Tauchmaske und ging wieder ins Wasser. Er hatte seine Taucheruhr heute nicht dabei, wusste aber, dass die Boje durch eine Kette in zehn Metern Tiefe am Grund befestigt war. Das hatte er mit der Uhr schon einmal ausgemessen. Er schwamm zu ihr hin, ruhte sich kurz aus, indem er sich an ihr festhielt, dann atmete er tief ein und tauchte ab. Langsam zog er sich an der Kette bis zum Grund hinab. Weit reichte die Sicht unter Wasser nicht, und als er den Boden erreichte, war es dort dunkel und ziemlich kühl. Er hielt sich an dem Ring fest, der die Kette an einen Betonblock band. Da er niemanden zur Sicherung hatte, traute er sich nicht, allzu lange unten zu bleiben. Er zog sich langsam wieder an der Kette hoch und schnappte oben angekommen

nach Luft. Es war ein heißer Tag, und die Sonnenstrahlen wärmten sein Gesicht. Beim zweiten Tauchgang zog er sich sehr langsam zum Grund hinab. Er genoss die Kühle in der Tiefe und fühlte sich entspannt. Das Sonnenlicht drängte nur ganz schwach durch das Wasser, ließ alles um ihn herum grün erscheinen. Mit einer Hand glitt Dominik durch den sandigen Boden und sah außer ein paar Fischen auch einige Pflanzen in seiner Nähe. Er löste sich von der Kette, um zu ihnen hinüberzuschwimmen. Er war nicht tief genug, um den Freefall zu erleben, einen Effekt im Freediving, bei dem man Abtrieb hatte und ohne eigenes Bemühen automatisch in die Tiefe fiel. Ohne seine Flossen musste er sich ein wenig anstrengen, um unten zu bleiben, bevor er sich dann an der Kette wieder langsam nach oben zog. In einer Tiefe von fünf Metern hielt er kurz inne und schaute um sich herum. Er genoss das Sonnenlicht unter Wasser, es war jetzt ziemlich hell. Es erinnerte ihn daran, wie er vor Jahren in Griechenland geschnorchelt hatte, nur dass hier alles grün schien und nicht blau, so wie er es damals erlebt hatte. Als er sich auch die restlichen fünf Meter hinaufgezogen hatte, schnappte er nach Luft und schaute zum Ufer hinüber. Ganz in der Nähe seiner Sachen hielt sich mittlerweile eine Gruppe von Jugendlichen auf. Sie waren genau die Art Mensch, deren Blick Dominik immer auszuweichen versuchte. Sie trugen die neueste Mode, G-Star RAW Denim Jeans, einige muskulöse Typen hatten auch schon ihre Hemden ausgezogen. Zwei Mädels waren dabei, in extrem kurzen Hosen und mit Bikini-Oberteilen. Alle machten den Eindruck, als würden sie gleich ins Wasser wollen. Sie spielten mit ihren Smartphones, hörten das Lied „Haus am See" von Peter Fox. „Am Ende der Straße liegt ein Haus am See, Orangenbaumblätter liegen auf dem Weg. Ich habe zwanzig Kinder, meine Frau ist schön ..."
Vor 20 Jahren, als er selbst noch in jüngeren Jahren war, waren Rap und Hip-Hop herausgekommen. Damals ging er ab und zu allein in die Disco, eine kleine Flucht vor Studium, Arbeit

und der Pflege seiner Großeltern. Auch da schon immer allein, genauso wie heute. Bereits damals hatte ihn diese Musik nicht so recht angesprochen, er stand eher auf Songs aus den 1970er und 1980er Jahren, aus seiner Kindheit und den früheren Teenie-Jahren. Es war nur schwer verständlich, dass die zwei Mädels in einer Zeit angeblicher „Gleichberechtigung" sich solche Texte anhören konnten: „Ich habe zwanzig Kinder, meine Frau ist schön..." Hübsch waren die beiden, mit schönen Figuren, warum mussten sie sich mit solchen Jungs abgeben? Dominik erinnerte sich an seine eigene Jugendzeit, immer waren es die „Scheißkerle", die bei Frauen landeten. Schon damals war es kaum anders gewesen als in späteren Jahren, in denen immer die denkbar schlimmsten Männer eine gute Frau abbekamen, eine die nicht nur selbst arbeitete, sondern ihm auch die Wäsche machte, für ihn kochte und die Kinder zur Schule brachte.

Dominik schwamm zum Ufer zurück. Er nahm seine Tauchmaske ab und lief zu seinen Sachen. Er versuchte, sich auf seinem Handtuch zu entspannen, aber die Anwesenheit der Jugendlichen empfand er als äußerst unangenehm. Irgendwie fühlte er sich von ihnen beobachtet. Sie sprachen laut miteinander, und auf einmal rief einer: „Hey, Du da, in dem Aldi-Badehöschen." Dominik wusste, er war gemeint.

„Was willst Du von mir?", rief er zurück.

Mit aggressiv sarkastischem Grinsen fragte der Jugendliche: „Bist Du schwul oder was?"

„Ich glaube, meine sexuelle Orientierung geht Dich einen Scheißdreck an. Kümmere Dich um Deine eigenen Sachen und treibe es mit Deinen Freunden, wenn Du auf andere Männern stehst", erwiderte Dominik.

Er schaute sich um und griff nach einem festen Stock in seiner Nähe. In diesem Augenblick flog ein Stein an seinem Kopf vorbei. Einer der Jugendlichen kam auf ihn zugelaufen. Dominik schwang den Stock und traf den anderen am Oberarm. Der fiel zu Boden und rannte zurück zu seinen Freunden.

„Lass ihn doch", schrie eines der Mädchen. „Er ist krank!"
Dominik dachte an das Pfefferspray in seiner Tasche. Er holte das Döschen heraus und zog die Tauchmaske wieder an, um seine Augen zu schützen. Als dann ein anderer Junge auf ihn zurannte, sprühte er ihm das Pfefferspray ins Gesicht. Mit schmerzverzerrtem Ausdruck stolperte der Jugendliche zurück. Plötzlich hörte Dominik Geräusche hinter sich, spürte einen Schlag im Nacken und sah nur noch Sterne.

Als er wieder zu sich kam, war er allein. Die Nachmittagssonne war noch immer heiß, er lag aber im Schatten. Ihm war schwindelig, dennoch konnte er aufstehen und zu seinem Platz zurückgehen. Es fehlte nichts, offensichtlich hatten die Jungs kein Interesse an seinen Sachen gehabt. Dominik war desorientiert, erinnerte sich aber noch an alle Einzelheiten bis hin zu dem Schlag, der ihm versetzt worden war. Er packte zusammen, und lief mit dem Rucksack zu seinem Fahrrad hinüber. Es stand noch dort, wo er es abgestellt hatte. Durch die reichen Viertel mit ihren Häusern in amerikanischer Größe machte er sich auf den Heimweg. Die Sonne strahlte ihm hell ins Gesicht und blendete ihn trotz der Sonnenbrille, die er trug. Er war müde. Das Workout am See und der Stress mit den Jungs hatten ihn viel Kraft gekostet. Zudem hatte er mit einiger Wahrscheinlichkeit eine Gehirnerschütterung. Er überlegte, in die Notaufnahme zu fahren, aber wo war das nächste Krankenhaus? Er hatte zwar seine Versichertenkarte von der Krankenkasse nicht dabei, aber vielleicht sollte er doch besser nachschauen lassen, ob alles in Ordnung war. Es wäre auch sinnvoll, Anzeige bei der Polizei zu erstatten, aber er hatte keine Ahnung, wo sich die nächste Dienststelle befand. Außerdem hatte er gegen einen der Jungs Pfefferspray eingesetzt. Das war mittlerweile verboten, dafür könnte er selbst angezeigt werden. Nein, alles viel zu kompliziert, und er war müde. Er beschloss, nach Hause zu fahren. Im Moment strengte ihn alles an, es fiel ihm jetzt sogar schwer, in die Pedale zu treten.

Nach ungefähr anderthalb Stunden kam er zu Hause an. Er hatte sich unterwegs etwas ausruhen müssen, deswegen hatte es länger gedauert als sonst. Er schob das Fahrrad über den Innenhof und kettete es an. Dann schloss er die Tür zum Treppenhaus auf und ging hoch in seine Wohnung. Es war bereits 17 Uhr, und die Sonne knallte hinein. Er duschte mit warmem Wasser, das war glücklicherweise zentral geregelt und nicht an Strom oder Gas gekoppelt. Danach legte er sich aufs Bett und schlief ein, wachte aber eine Stunde später wieder auf und sah den Flyer vom Dönerimbiss auf dem Boden. Weil er langsam Hunger bekam, nahm er sein Handy und wählte die Nummer. Er bemerkte, dass sein Akku fast leer war, für dieses Gespräch würde es aber ausreichen. Außerdem hatte er noch normale Batterien und den entsprechenden Adapter, mit dem er das Telefon aufladen könnte. Ohne Strom müsste man für ein Leben in der modernen Zeit schon viel Glück haben. Am anderen Ende der Leitung meldete sich eine gestresste Stimme. Dominik gab seine Bestellung auf und nannte seine Adresse. Nach einer halben Stunde klingelte es, und Dominik ging zur Sprechanlage im Treppenhaus. Er hob den Hörer ab: „Ja bitte?"

„Schnellimbiss", antwortete die Stimme, „Ihr Essen ist da."

„Achter Stock", sagte Dominik und drückte den Türöffner, sicherheitshalber lief er aber hinunter. Dabei überprüfte er den Inhalt seiner Hosentasche: Zehn Euro, genug um den Fahrer zu bezahlen. Unten angekommen sah er, wie der eine Tüte aus einer Styroporbox nahm: „Dürüm mit Pommes?"

„Ja", antwortete Dominik.

„Sieben Euro 90", sagte der Mann.

Dominik holte den Zehneuroschein aus seiner Hosentasche: „Neun, stimmt schon."

„Danke und Guten Appetit", antwortete der andere und setzte nach: „Oh, was ist denn mit Ihnen passiert?"

„Wieso?", fragte Dominik.

„Ihr Auge", sagte der Fahrer. In einem alten Spiegel, der

eigentlich längst auf den Sperrmüll gesollt hätte, aber immer noch im Hof herumstand, sah Dominik eine große, tiefblaue Schwellung unter seinem linken Auge. Sie war ihm noch nicht aufgefallen, er wusste aber sofort, woher er sie hatte.

„Ach, nichts", antwortete Dominik, „hatte Stress am See heute Nachmittag."

„Junger Mann, sei vorsichtig", mahnte der andere und ging hinaus.

Dominik lief wieder die acht Stockwerke zu seiner Wohnung hinauf. Die Tür war noch offen und er ging hinein. Er holte einen Teller aus der Küche und legte das Essen aus der Tüte darauf. Er saß auf seinem Bett, genauso wie am vorigen Abend, ein Tag wie der andere, die einzelnen Tage hatten keine Bedeutung mehr, ohne Sinn gingen sie ineinander über, ebenso wie bei den Überlebenden in einem Armageddon-Film nach der Katastrophe. Wenigstens schmeckte das Dürüm, nur die Pommes waren ein bisschen zu hart. Aber eigentlich schmeckten auch sie, wenn man sie in das Dürüm mit seiner Knoblauch-sauce einrollte. Dominik aß alles auf, er hatte Hunger. Das war viel körperliche Betätigung gewesen heute. Nachdem er fertig war, liess er alles auf dem Boden liegen. Zum Aufräumen hatte er keinen Bock, warum auch? Er zog das Handy aus der Hosentasche, ging zur Kommode hinüber und nahm den Adapter aus der Schublade. Er hatte noch vier neue AA-Lithium-Zellen, schob sie in den Adapter und schloss diesen ans Handy an. So würde er es für die nächsten Tage aufladen können. Er öffnete seine TV-App und zappte durch die Kanäle. Er stieß auf N_{24}, wo gerade eine Dokumentation über Supernovas lief. Das hörte sich interessant an. Dominik legte sich aufs Bett, zog sich das Sheet über. Beim Zuschauen wurde er aber allmählich müde und schlief ein. Das Ende eines weiteren Tages, wieder ein Tag weniger in seinem Leben.

Als Dominik aufwachte, wurde es schon wieder hell. Er ging zum offenen Fenster. Draußen war es bewölkt, und er sah, dass die Dächer der Nachbarhäuser nass waren. Die hereinströmende Luft fühlte sich kühl an, die Temperatur lag schon ein paar Grad unter jener der letzten Tage. Auf dem Boden lagen noch immer die Verpackungen seines gestrigen Abendessens und der ungespülte Teller herum. Zum Frühstücken hatte er nichts im Haus. Es würde regnerisch sein heute, nicht so heiß wie in der letzten Zeit. Dominik zog sich an, aber die Klamotten waren noch dreckig von gestern und auch ein bisschen zu leicht für heute. Er zog sich wieder aus und ging zur Kommode. In der zweiten Schublade von oben fand er eine Livergy Jeans, die er vor einigen Monaten bei Lidl gekauft hatte. Dazu noch ein Hemd mit langen Ärmeln, von GAP aus den USA, das hatte ihm seine Mutter bei ihrem Besuch vor fünf Jahren mitgebracht. Plötzlich schellte es. Zum Glück funktionierte die Klingel noch, sie war an den Hausstrom angeschlossen.

Dominik ging zur Sprechanlage. „Ja?", fragte er.

„Post", antwortete die Stimme am anderen Ende. „Einschreibesendung für Herrn Dominik Rosenbaum."

„Warte kurz", bat Dominik, ging hinunter und lief über den verregneten Innenhof. An der Eingangstür stand der Postbote mit einem vollgepackten Elektrodreirad: „Sind Sie Herr Rosenbaum?"

„Ja", antwortete Dominik, „ich nehme den Brief an."

Der Zusteller ließ Dominik den Empfang durch eine Unterschrift auf dem LC-Display seines Tabletts quittieren. „Besten Dank", sagte er, und der Elektromotor seines Dreirads gab ein leise summendes Geräusch von sich, als er im Regen davonradelte. Dominik schaute auf den Umschlag, erneut ein Brief von seinem Vermieter, Roland & Co. Immobilienverwaltung. Er verspürte ein seltsam unangenehmes Gefühl. Dort unten an der Tür konnte er den Umschlag nicht öffnen, was wäre, wenn ein Nachbar ihn sehen würde. So ging er wieder in seine Wohnung hinauf, um sich das Schreiben anzuschauen. Als erstes nahm er den schon befürchteten Betreff wahr: „Fristlose Kündigung". Er las weiter: „Sehr geehrter Herr Rosenbaum, in unseren Briefen vom 7. und vom 31.7. haben wir Sie auf den Rückstand Ihrer Mietzahlungen aufmerksam gemacht. Die letzte Zahlung haben Sie im April geleistet. Die Mietrückstände betragen mittlerweile insgesamt € 900,00. Wir kündigen hiermit das Mietverhältnis fristlos zum 20.8. Sollten Sie die Wohnräume bis zum 31.8. nicht geräumt und in ordnungsgemäßem Zustand übergeben haben, ergeht eine Räumungsklage."

Genau das hatte Dominik befürchtet. So allmählich wurde er nun doch aus seiner Bequemlichkeit gerissen. Erst hatte ihm das Amt sein Geld gestrichen, und jetzt sollte er auch keine Wohnung mehr haben! Was nun? Was könnte er tun? Welche Möglichkeiten gab es? An wen könnte er sich wenden? Wohnungsamt? Sozialgericht? Er entschied sich für die erste der beiden Optionen. Er nahm sein Handy und suchte bei Google nach dem Wohnungsamt in Berlin. Er sah, dass sie heute dort bis 14 Uhr Sprechstunde hatten. Jetzt war es zehn Uhr, das Amt war nur drei Kilometern entfernt, er könnte dorthin laufen.

Als Dominik am Wohnungsamt ankam, war er vom Regen völlig durchnässt. Es handelte sich um ein fünfstöckiges Nachkriegsgebäude, mit dem Empfang im Erdgeschoss. Vor dem Eingang stand ein voller, mit Sand gefüllter Aschenbecher, darin ein noch glimmender Zigarettenstummel. Am Empfang saß der Pförtner, ein korpulenter Mann mit Brille und Glatze. Er laß in einem Buch und hatte mehrere Überwachungsmonitore vor sich. Er trug nicht die Uniform einer privaten Sicherheitsfirma, sondern war noch einer der letzten Beamten in diesem Job, kurz vor der Rente. Sein letztes Jahr im öffentlichen Dienst.

„Guten Tag", sagte Dominik, „in welchem Stockwerk befindet sich das Wohnungsamt?"

„Das ganze Haus ist das Wohnungsamt", antwortete der Mann. „Es kommt darauf an, was Sie brauchen."

„Hm", sagte Dominik, „ich habe ein kleines, oder eigentlich könnte man auch sagen, ein großes Problem. Meine

Wohnung wurde fristlos gekündigt, und ich habe eine sechswöchige Sperre vom Arbeitsamt bekommen. Was lässt sich da für mich tun?"

„Tja", antwortete der Mann, „in dem Fall glaube ich, dass die Notanlaufstelle das Richtige für Sie wäre. Die finden Sie im vierten Stock."

Dominik ging zum Fahrstuhl, und fuhr hinauf. Beim Öffnen der Türen sah er schon das Schild mit dem Pfeil und dem Hinweis „Notanlaufstelle". Er folgte den Markierungen bis zu einem Wartezimmer. Dort saßen schon fünf andere Personen, neben zwei älteren Männer auch ein jüngerer sowie zwei Frauen etwa in Dominiks Alter. Alle wirkten geschlagen und verängstigt, die beiden älteren Männer rochen ein wenig nach Alkohol und Zigaretten. Sie alle waren scheinbar in der gleichen Situation wie er selbst, kurz vor der Obdachlosigkeit, die letzte Chance, die Wohnung vielleicht doch noch zu behalten. Sie schauten Dominik an und musterten die blaue Schwellung unter seinem linken Auge. Ihretwegen wurde er heute schon die ganze Zeit so merkwürdig angestarrt. Doch wie immer hatte er versucht, all diesen Blicken auszuweichen. Er zog eine Nummer und wartete. Eine Stunde ging vorüber und dann noch einmal 30 Minuten, bis mit einem Bing-Bong aus dem Lautsprecher seine Nummer aufgerufen wurde. Er betrat das Büro. Hinter dem Schreibtisch, exakt gegenüber der Tür, saß eine hellhäutige, rundliche Frau mit Brille und geblümter Bluse. Dominik setzte sich, sie roch, als ob sie gerade eine Zigarettenpause gemacht hätte.

„Ihre Nummer hätte ich gerne", sagte die Dame, „und Ihren Personalausweis auch." Dominik zog sein Portemonnaie aus der Tasche, nahm den Personalausweis heraus und überreichte ihn ihr zusammen mit dem Nummernzettel.

„So, was kann ich für Sie tun?", fragte die Dame.

„Ich habe ein Problem", antwortete Dominik. „Ich habe sechs Wochen Sperre beim Arbeitslosengeld II, und meine

Wohnung wurde zum 20. August fristlos gekündigt, weil ich die Miete nicht zahlen kann. Welche Möglichkeiten gibt es in meinem Fall?"

„Haben Sie einen Wohnberechtigungsschein?", fragte die Dame.

„Nein", antwortete Dominik, „so etwas habe ich nie gehabt."

„Den sollten Sie auf jedem Fall beantragen, wir brauchen allerdings vier Wochen für die Bewilligung. In Ihrem Fall wird es leider so sein, dass Sie Ihre Wohnung verlassen müssen, bevor die Bewilligung durchgeht und Ihnen eine andere Wohnung zugeteilt wird. Das kann aber auch einige Zeit dauern."

„Was kann ich denn überhaupt machen? Muss ich jetzt aus meiner Wohnung raus und auf der Straße schlafen?"

„Ich kann Ihnen nur eins sagen", antwortete die Frau in ruhigem, sachlichem Ton. „Bis Sie den Wohnberechtigungsschein haben und eine Wohnung für Sie gefunden wird, müssen Sie leider selbst für Ihre Unterkunft sorgen. Insbesondere weil Sie kein Rentner sind und auch keine Kinder haben, wie ich annehme. Schwerbehindert sind Sie auch nicht."

Dominik brachte kein Wort heraus, die Situation machte ihn sprachlos. Die Dame konnte direkt in sein Inneres sehen, genauso wie Frau Chernowski vom Arbeitsamt. Auch sie schien alles über ihn zu wissen, vermutlich hatte sie öfter Leute wie ihn gesehen. Für sie war er nicht der typische Alkoholiker oder psychisch Kranke, nein, sie hielt ihn wohl viel eher für den „Faulenzer", den „ewig Studierenden" oder den „Sport-Junkie", der anderes im Kopf hatte, als sein Leben auf die Reihe zu bekommen, nur an Hobbys und Reisen dachte und vor sich hin träumte. Es dauerte einige Sekunden, bis er ein „Vielen Dank" herausbekam und das Büro verließ. Er nahm den Fahrstuhl ins Erdgeschoss, lief an dem korpulenten Wachmann vorbei und trat auf die Straße. Es regnete heftig, und Dominik zog sich die Kapuze seiner Regenjacke über den Kopf.

Auf dem Weg nach Hause kam er an der Berliner Sparkasse vorbei. Nachdem er mit seiner EC-Karte am Geldautomaten 20 Euro abgehoben hatte, zeigte ihm der Bildschirm seinen Kontostand an, 300 Euro. Das reichte gerade einmal für eine Monatsmiete, aber dann hätte er kein Geld mehr fürs Essen. Er überlegte, was zu machen wäre, Familie oder Freunde hatte er in Europa keine, nur in New York. Sollte er vielleicht seine Mutter anrufen? Könnte sie ihm Geld schicken? Das wäre immerhin eine Idee, er hatte ihren letzten Geburtstag nicht vergessen, hatte sie angerufen und ihr gratuliert. Während er noch darüber nachdachte, ging er in ein Internetcafé, um dem Regen zu entkommen. Hinter der Theke saß ein indisch aussehender Mann. „Ich möchte ins Internet", sagte Dominik. – „Platz drei", antwortete der Mann.

Dominik setzte sich. Er musste etwas unternehmen, um seine Unterkunft zu sichern, und die entsprechenden Internetrecherchen waren an einem „normalen" PC erheblich leichter durchzuführen als am Smartphone. Er rief die Seite von Airbnb auf und richtete ein Konto ein. Dann suchte er nach Angeboten in Berlin. Das günstigste, das er fand, war ein Bett in einem Gemeinschaftszimmer zusammen mit fünf anderen Personen, für 150 Euro im Monat. Nein, so etwas kam nicht in Frage. Vielleicht gäbe es ja bessere Angebote in anderen deutschen oder europäischen Städten. Aus Neugier und zum Spaß suchte er in Athen, Griechenland. Plötzlich kamen mehrere Vorschläge für nur 250 Euro monatlich, und bei denen handelte es sich um ganze Wohnungen. Dominik hatte eine Idee. Er loggte sich bei Airbnb aus und setzte seine Suche unter „Apartments to Rent in Athens" bei Google fort. Dort fand er die Website „www.spiti.gr", auf der man sogar Deutsch als Sprache auswählen konnte. Er schaute sich etwas um und stieß auf eine Einzimmerwohnung in Pangrati für 150 Euro Monatsmiete. Der Name Pangrati sagte Dominik etwas. War das nicht die Gegend, in der er vor vielen Jahren in der Jugendherberge übernachtet hatte? Wie hieß die Straße damals noch gleich? Er suchte erneut bei Google, gab die Stichwörter „Youth Hostel Athens" ein und fand eine ganze Liste von Einträgen, einer davon „Pangrati Youth Hostel, Damareos 75". Als er sich die Bilder ansah, kamen die Erinnerungen von vor 20 Jahren wieder hoch. Für eine Weile könnte er sich die Wohnung in Pangrati vielleicht leisten. Er wusste zumindest, dass die Gegend einigermaßen in Ordnung war, vorausgesetzt in den letzten 20 Jahren hatte sich nichts geändert. Über den Kontaktbutton in der Anzeige schrieb Dominik eine Nachricht auf Englisch: „Hallo, ich wäre daran interessiert, die Wohnung eine Zeit lang zu mieten. Bitte kontaktieren Sie mich per E-Mail, dominik.rosenbaum.dr@gmail.com."

Er loggte sich aus dem Rechner aus und ging nach vorne, um zu zahlen.

„Founfsik Cent", sagte der Mann mit indischem Akzent.

Dominik holte ein Fünfzigcentstück aus seinem Portemonnaie. Dabei wurde sein Blick von der Auswahl an Telefonkarten hinter der Theke gefesselt. Er sah eine Werbung von Lebara mit dem Hinweis, dass man ab einem Cent pro Minute ins Ausland telefonieren könnte.

„Was kostet denn die SIM-Karte von Lebara, und wie viel zahlt man pro Minute für ein Gespräch in die USA?", fragte Dominik.

„Die Karte kostet founf Euro und Moment, ich schau mal nach." Der Mann studierte die Tarife auf der Rückseite der flachen, blauen Verpackung. „Nach USA zwei Cent pro Minute, Festnetz und mobil."

„Die nehme ich", antwortete Dominik.

„Dass macht zehn Euro founfsik, es ist founf Euro Guthaben dabei."

Dominik legte den Zehneuroschein und das Fünfzigcentstück auf die Theke. Ein hilfsbereiter Mann, dachte Dominik, das Gegenteil von dem, was er in der letzten Zeit bei den

Behörden erlebt hatte. Er hatte auch nicht die ganze Zeit auf sein blaues Auge geschaut und auch keinen Kommentar dazu abgegeben. Draußen regnete es noch immer. Dominik steckte die flache Verpackung in seine Jackentasche, um sie vor der Nässe zu schützen. Er kam nach Hause und schloss die Tür zum Innenhof auf. In dem verlassenen Spiegel sah er nach seinem Auge. Es würde lange dauern, bis das wieder normal aussähe. Er ging zum Hauseingang hinüber und lief zu seiner Wohnung hoch. Drinnen las er die Gebrauchsanweisung für die neue SIM-Karte. Heute Abend müsste er versuchen, seine Mutter in den USA zu kontaktieren, möglicherweise könnte sie ihm Geld überweisen, na ja, ein Wunschgedanke, aber immerhin hatte er ihren Geburtstag nicht vergessen, Grund genug vielleicht, ein wenig zu hoffen. Innerhalb von ein paar Minuten hatte er die Karte aktiviert. Sollte er seine Mutter jetzt anrufen? Wie spät war es in New York? Er schaute auf sein Handydisplay, hier war es bereits zwei Uhr, wie schnell die Zeit doch verging. Dort drüben musste es jetzt acht sein. Seine Mutter war sicher wach, er würde sie auf ihrem Handy anrufen, obwohl er wusste, dass sie als IT-Beraterin meistens im Homeoffice arbeitete. Aber er hatte weder Lust mit seinem Stiefvater zu sprechen noch mit seinem Stiefbruder, der wegen seiner Semesterferien eventuell gerade zu Hause sein könnte. Am besten würde er sie sofort anrufen, damit er die Angelegenheit hinter sich brächte.

Er wählte die Nummer, 001 für die USA, dann den Area Code und anschließend das Handy selbst. Es war immer seltsam, einen Mobilanschluss in den USA anzurufen, er war stets auch mit der entsprechenden regionalen Vorwahl verbunden, das einzige Land der Welt, in dem das so war. Es dauerte einige Sekunden, bis es auf der anderen Seite schellte. Nach fünfmaligem Klingeln hörte er die Stimme seiner Mutter: „Hello." Dominik schwieg noch ein paar Sekunden.

„Hello", sagte sie noch einmal.

„Hallo Mutter, ich bin's", antwortete Dominik unvermittelt und laut, so als ob er die Stimme aus sich heraus zwingen wollte.

Auf der anderen Seite der Leitung war es einige Sekunden lang still, bevor seine Mutter zunächst auf Englisch sagte: „Well, Hello", um dann auf Deutsch fortzufahren: „Wie gehts, ist alles gut bei Dir?"

Als sie Deutsch sprach, registrierte Dominik ihren leichten amerikanischen Akzent, sie hatte nicht jeden Tag die Gelegenheit, ihre Muttersprache zu sprechen.

„Ja Mutter, ist alles okay. Wie gehts Dir da drüben?"

„Na ja, viel Arbeit. Dein Bruder Jamie hat Semesterferien, noch zwei Wochen, bevor wir ihn wieder nach Harvard bringen müssen. So langsam nervt er hier zu Hause. Sein Vater hat ihn vor einer Stunde zu seinem Sommerjob gefahren. Und was ich Dir noch sagen sollte, Nora bekommt in zwei Monaten ihr erstes Kind!"

Sie sprach Deutsch zwar perfekt, jetzt aber doch so, wie eine typische Amerikanerin es tun würde. Sie klang sehr amerikanisch, nur die Sprache war eine andere. Dominik erinnerte sich, Nora, eine der beiden Töchter seines Stiefvaters aus dessen erster Ehe, hatte vor zwei Jahren geheiratet. Schön für die alle, dachte Dominik, schön dass die alle die Anerkennung dort drüben bekommen haben, die ihm verwehrt geblieben war.

„Das freut mich", antwortete Dominik, obwohl es ihn völlig kalt ließ.

„Gut von Dir zu hören, Sonnyboy, habe in der letzten Zeit über Dich nachgedacht." Ihre Stimme wurde freundlicher, so als wollte sie die Zeit seines Erwachsenseins zurückdrehen. Bis sie nach Amerika gegangen war, hatte er immer eine gute Zeit mit ihr gehabt, erst damals fingen die Probleme an. Dabei war ihr Verhältnis bis in seine früheren Teenie-Jahre so gut gewesen, warum bloß hatte sie nicht in Deutschland bleiben können, warum musste sie ihn nach Amerika mitnehmen? Warum hatte alles so laufen müssen, wie es gelaufen war?

„Ich auch über Dich", erwiderte Dominik, auch wenn es nicht stimmte. Aber vermutlich sagte seine Mutter ebenso wenig die Wahrheit.

„Gehts Dir gut?", fragte sie und klang diesmal nicht so oberflächlich wie zuvor, eher so wie eine wahre Mutter, die Mutter, die er noch bis in seine Teenie-Jahre gekannt hatte, als sie noch in Berlin lebte. Sie hatte sich Sorgen um ihn gemacht, weil er an der Schule gehänselt wurde. Diese Mutter verschwand leider, als sie wieder heiratete und einen neuen Ehemann zufriedenstellen wollte. Warum kam diese alte Mutter jetzt plötzlich zurück? Hatte sie vielleicht auch Probleme? War sie wirklich noch glücklich? Wollte sie ihm die Hand reichen, wollte sie möglicherweise auch Hilfe von ihm?

„Na ja, Mutter, wo soll ich anfangen? Ich stecke im Moment in einer ziemlich prekären Situation. Ich bekomme vom Arbeitsamt für die nächsten sechs Wochen kein Geld. Mein Mietvertrag ist fristlos gekündigt worden, und ich muss hier bis zum 20. August raus. Dann bin ich obdachlos."

„Oh", hörte er sie sagen, und in ihrer Stimme lag zum ersten Mal so etwas wie Besorgnis. Genauso wie bei der alten Mutter von früher. Dominik spürte, dass bei ihr etwas nicht in Ordnung war. Er erzählte ihr von seinen Problemen, hatte aber gleichzeitig das Gefühl, dass sie ihn wirklich bräuchte.

„Mutter gehts Dir gut?", fragte er besorgt. Wie aus dem Nichts hatte sich dieses Gefühl plötzlich in ihm breitgemacht.

„Na ja", sagte sie, „wir haben schon so einiges erlebt."

„Bist Du gerade allein, Mutter?", fragte Dominik, ihm war nun klar, dass tatsächlich etwas nicht stimmte. Ihre Stimme hörte sich nicht gut an, intuitiv spürte er eine akute Angst darin. So als ob sie ihm etwas erzählen wollte, sich aber nicht traute. „Kannst Du offen mit mir reden?"

„Ich denke schon", antwortete sie. „Na ja, ich glaube nicht, dass mein „cell phone" vom FBI überwacht wird, zumindest jetzt noch nicht."

„Wie meinst Du das, Mutter?"

„Du weißt doch, dass Dein Stiefvater bei Goldman Sachs arbeitet, und Du weißt auch, was vor paar Jahren mit Lehman Brothers passiert ist. Um es kurz zu machen: Dein Stiefvater steht unter dem Verdacht, ein paar „subprime mortgages" dorthin verkauft zu haben, obwohl er gewusst hätte, dass die nicht solvent waren. Natürlich haben das zu der Zeit alle Banker gemacht, aber sie scheinen jetzt alle gegen ihn zu sein. Es ist fast so, als hätten sie ihn ausgewählt, um ein Exempel an ihm zu statuieren. Wenn das stimmt, müssen wir das Haus und alles andere verkaufen, und Dein Stiefvater geht ins Gefängnis. Er hat einen guten Posten, aber auch nicht so gut, als dass er um die Sache herumkäme."

Einige Sekunden lang war Dominik still. Dann fragte er: „Willst Du nicht vielleicht nach Deutschland zurück?"

„Das wird schwierig", war ihre Antwort. „Ich habe keinen deutschen Pass mehr, wie sollte das alles gehen? Nein, Du hast genug Probleme in Deiner Situation jetzt, wie willst Du Dich da auch noch um mich kümmern? Du wirst bald selbst obdachlos, wo sollten wir wohnen? Außerdem ist Jamie noch nicht einmal 21 Jahre alt, jemand muss sich um ihn kümmern, bis er selbständig ist."

„Du willst bei ihm nicht den gleichen Fehler machen, den Du bei mir gemacht hast?", fragte Dominik.

„Genau so ist es", antwortete seine Mutter mit einem Schuldgefühl in ihrer Stimme.

„Kann ich verstehen", sagte Dominik, und zum ersten Mal empfand er ein eigentümliches Mitgefühl für seinen Stiefbruder.

„Was wirst Du jetzt machen?", fragte seine Mutter. „In Berlin auf der Straße leben?"

„Ich habe was vor", sagte Dominik, aber er wusste, dass dies nur ein Wunschgedanke war.

„Aber wenn Du was vorhast, musst Du doch die nächste

Zeit überbrücken. Wie soll das überhaupt gehen?"

„Gute Frage, nächste Frage", antwortete Dominik. „Kann ich Dir nicht beantworten. Scheint so, als ob ich aus dieser Wohnung raus muss. Es gibt hier in Berlin Übernachtungsmöglichkeiten, habe bei Airbnb geschaut. Das sind Baracken mit sechs Leuten im Zimmer für 150 Euro im Monat. Oder man muss ins Obdachlosenheim."

„Das ist wirklich schrecklich", sagte die Mutter.

„Deine Situation sieht nicht so viel besser aus", antwortete Dominik.

„Was hast Du denn vor?", fragte die Mutter.

„Ich weiß es nicht", antwortete er noch mal. „Wenn ich ein bisschen Geld hätte, könnte ich für einige Zeit nach Griechenland ziehen. In Athen kriegt man Wohnungen für nur 150 Euro monatlich, in einer einigermaßen guten Gegend. Mit ein paar tausend Euro könnte ich dort vielleicht ein bis zwei Jahre überleben, ohne dass ich arbeiten müsste."

„Machst Du noch Freediving?", fragte sie.

„Leider nicht, kein Geld mehr für sowas, schon seit über einem Jahr nicht. Ich bin aber fit geblieben, spiele einmal die Woche Unterwasser-Rugby."

„Vielleicht könntest Du dort als Freedive Instructor arbeiten, hast Du mal darüber nachgedacht?"

„Eigentlich nicht", antwortete Dominik. „Ich müsste noch den kompletten Instructor-Kurs machen, der hat damals schon über 2.000 Euro gekostet. Ich hätte gar nicht das Geld für so was."

„Vielleicht kostet es in Griechenland weniger?", fragte seine Mutter.

„Mutter auch wenn es in Griechenland weniger kostet, habe ich trotzdem nicht das Geld dafür. Mit den 300 Euro, die ich jetzt auf dem Konto habe, könnte ich gerade mal den Flug dorthin bezahlen. Dort müsste ich dann auch auf der Straße schlafen."

„Ich könnte Dir vielleicht helfen", sagte sie.

„Wie kannst Du mir schon helfen?", fragte er.

„Dir Geld schicken natürlich."

„In Deiner Situation, Mutter?"

„Na klar", antwortete sie. „Uns gehts noch einigermaßen gut. Ich habe Dich so vernachlässigt in den letzten zwanzig Jahren, Du hast Dich so gut um Deine Großeltern gekümmert, eigentlich hast Du meine Arbeit getan."

Aus den Wörtern seiner Mutter spürte Dominik ihre Schuldgefühle heraus, sie wusste irgendwie, was sie angestellt hatte. Als wäre dies jetzt der letzte Strohhalm, an den sie sich noch klammern könnte. Trotz der Sorgen, die er sich um seine Mutter machte, konnte er ihr Angebot nicht ablehnen.

„Ich kann Dir was schicken", wiederholte sie noch mal. „Die Kontodaten sind noch dieselben wie damals, als ich Dir das Geld für die Sachen für Deine Großeltern geschickt habe, oder?"

„Ja", antwortete Dominik ruhig, „die sind noch dieselben." Er holte die EC-Karte aus seinem Portemonnaie und las noch einmal die kompletten Kontodaten vor, IBAN und BIC.

„Ich schicke Dir was", sagte sie. „Jetzt will ich Dich aber nicht so lange hier am Telefon halten", fuhr sie fort. „Ich denke, es kostet Dich ziemlich viel Geld."

„Nein, nicht so viel", antwortete Dominik. „Nur zwei Cent die Minute."

„Na ja, ich habe hier auch etwas zu erledigen. Ich schicke Dir was. Du hast es in den nächsten Tagen."

„Danke Mutter", antwortete er. „Und falls Du was von mir brauchst, sag bitte Bescheid."

„Halt mich auf dem Laufenden mit Deinem Griechenland-Projekt. Und pass gut auf Dich auf, mein Sohn. Ich werde viel an Dich denken."

Mutter und Sohn legten auf. Das war einfacher gewesen als erwartet, dachte Dominik. Aber die Gedanken, die er sich um seine Mutter machte, beschäftigten ihn weiter. Was würde ihr passieren, wenn sein Stiefvater ins Gefängnis müsste? Was konnte er für sie tun? Zum ersten Mal seit zwanzig Jahren war er ihretwegen besorgt. Aber im Moment konnte nur sie ihm helfen. Vielleicht, dachte er, war dies endlich mal ein Grund, das Leben auf die Reihe zu bekommen. Aber wie sollte er das anstellen? Er schaute aus dem Fenster, betrachtete den Regen und überlegte, was aus ihm geworden war und was werden würde.

Zwei Tage vergingen, an denen Dominik mehrmals versuchte, mit der Hausverwaltung zu sprechen aber jedes Mal abgeblockt wurde. Irgendeine Assistentin teilte ihm nur mit, dass die fristlose Kündigung bestehen bliebe und dass er die Räumungsfrist einhalten müsste. Er ging in dieser Zeit kaum aus dem Haus, aß auch sehr wenig. Das Wetter schien mitzuspielen, es war ständig bewölkt und regnete gelegentlich. Dominik bemühte sich, einiges zusammenzupacken und im Internet nach Lagerräumen zu schauen. Ohne Strom war das Leben auch nicht gerade einfach, aber er versuchte halbwegs, mit allem weiterzumachen. Am dritten Tag riss er sich nach dem Aufstehen um zehn Uhr zusammen und ging zur Bank, um seinen Kontostand zu checken. Nachdem er am Automaten die PIN-Nummer seiner Karte eingegeben hatte, konnte er seinen Augen nicht trauen: 7.300 Euro zeigte der Bildschirm an. So viel hatte seine Mutter ihm geschickt, sie machte sich wirklich Sorgen. Sollte er der Hausverwaltung vielleicht doch lieber 1.500 Euro Cash vorbeibringen, ein Angebot machen für seine Mietschulden? Nein, beschloss er, dann könnten sie vielleicht nur das Geld annehmen und ihn anschließend trotzdem aus der Wohnung vertreiben. Es war besser, dass niemand etwas davon wusste, dass er jetzt Kohle hatte, weder das Arbeitsamt noch der Vermieter.

Auf dem Weg nach Hause ging Dominik wieder ins Internetcafé, die indische Aufsicht verwies ihn auf seinen üblichen Platz drei. Er checkte seine Mails bei Google Mail und fand auch eine Antwort auf seine Anfrage für die Wohnung in Athen. Eine Frau Panagopoulou schrieb ihm auf Englisch: „Ja, Herr Rosenbaum, die Wohnung ist verfügbar. Wo halten Sie sich zur Zeit auf? Ich muss Ihnen nämlich mitteilen, dass ich sechs Monatsmieten im Voraus benötige, falls Sie mich von außerhalb Griechenlands kontaktieren. Sie können dann selbstverständlich die sechs Monate hier bleiben und die Miete monatlich solange weiterzahlen, wie Sie bleiben möchten. Bitte kontaktieren Sie mich, falls dies eine Option für Sie ist. Mit freundlichen Grüßen, Angelika Panagopoulou."

Erleichtert schrieb Dominik zurück: „Hallo Frau Panagopoulou, ja, ich würde die Wohnung sehr gerne mieten. Ich kontaktiere Sie jetzt von Berlin aus." Er dachte sich etwas aus, das ihn gut dastehen lassen könnte: „Ich komme nach Athen, um einen Lehrgang zum Apnoetauchlehrer zu machen und danach an einer Tauchschule zu unterrichten. Es ist kein Problem für mich, die sechs Monatsmieten im Voraus zu zahlen, bitte teilen Sie mir Ihre Bankverbindung (IBAN, BIC etc.) mit. Ich muss die Wohnung innerhalb der nächsten vier Wochen beziehen. Bitte geben Sie mir auch Ihre Telefonnummer, meine eigene lautet +49-151-4273489. Mit freundlichen Grüßen, Dominik Rosenbaum."

Mit einem sehr leichten Gefühl im Herzen ging Dominik anschließend nach Hause. Er begann, alles einzupacken, überlegte, was er noch gebrauchen könnte und was nicht, und was für den voraussichtlich längeren Aufenthalt in Griechenland auf jeden Fall nötig wäre. Den Winter über und höchstwahrscheinlich auch danach würde er dort bleiben, und er hatte gehört, dass die Winter in Athen kühl seien. Und vor allem waren die Häuser nicht so gut gebaut wie in Deutschland, für die kalten Nächte bräuchte er auf jeden Fall warme Decken. Seine Möbel würde er einfach in der Wohnung zurücklassen, mitnehmen konnte er die sowieso nicht. Unbedingt aber musste seine Tauchausrüstung mit nach Griechenland. Er wollte versuchen dort zu trainieren, und vielleicht könnte er ja sogar seinen Schein schaffen und als Tauchlehrer arbeiten. Das Ganze schien alles sehr schnell zu gehen, zu schnell, dachte er. Was würde passieren, wenn er die sechs Monatsmieten überwiese, und Frau Panagopoulou das Geld einfach nähme, ohne ihn in die Wohnung zu lassen? Nein, über so etwas wollte er lieber nicht nachdenken. Einfach probieren und schauen, was passierte.

Eine Woche später war Dominik mit seinen Vorbereitungen fertig. Er trank weiterhin seinen „Frappé stirred never shaken" und aß viel vom Imbiss sowie Kaltes aus der Dose. Er hatte zwar nicht viele Sachen, dennoch aber war es schwer, alles zu organisieren. Einen kleinen Lagerraum hatte er gemietet, hatte 500 Euro bezahlt für ein Jahr, mindestens solange wollte er fortbleiben. Vielleicht würde es aber auch noch länger sein, er hatte keine Ahnung. Frau Panagopoulou hatte ihm ihre Kontodaten mitgeteilt und er ihr die sechs Monatsmieten überwiesen. Er würde mit dem Auto die Fähre von Ancona nach Griechenland nehmen, für Bahn oder Flugzeug hatte er zuviel Gepäck bei sich. Für 400 Euro hatte Dominik einen 2001er Suzuki Alto mit sechs Monaten TÜV bekommen, sogar mit Klimaanlage, allerdings ohne Radio, und der Tacho funktionierte nicht. Aber egal, Radio hatte er auf dem Handy, das könnte er während der Fahrt über den Zigarettenanzünder aufladen, und das billige Navi, das er sich besorgt hatte, war mit einem Satelliten-Tacho ausgestattet. Es verfügte auch über Karten für die Schweiz, Italien und Griechenland, würde ihn also bis zur Fähre in Ancona lotsen, und sobald er in Patras ankäme dann auch weiter nach Athen, bis hin zu Frau Panagopoulou. Er erinnerte sich daran, wie die Parksituation in Athen vor zwanzig Jahren war, aber trotzdem, für die erste Zeit könnte er das Auto dort eventuell noch gebrauchen, der öffentliche Verkehr war damals eine Katastrophe gewesen. Er könnte es immerhin noch drei Monaten lang fahren, bevor es umgemeldet werden müsste. Dominik überlegte sich, ein letztes Mal zu seinem Unterwasser-Rugby-Training zu fahren, vielleicht um sich zu verabschieden. Das tat er dann aber doch lieber mit einer WhatsApp an Thran, der antwortete: „Schade Du warst so ein guter Spieler, vielleicht hätten wir zu einem Tournier fahren können, melde Dich, falls es in Griechenland nicht klappt." Er stellte sich vor, wie Thran das mit seinem vietnamesischen Akzent sagen würde.

Am neunten Tag entschied er, endgültig wegzufahren. Genauso wie es in Stephen Kings „The Stand" der Fall war, als Fran Goldsmith sich entschloss, mit Harold Lauder aus der Kleinstadt in Maine fortzugehen, nachdem alle gestorben waren. Oder auch in dieser Dokumentation im History Channel, die er im Internet geschaut hatte, in der eine Familie mit Mutter, Vater und Sohn während der prekären Situation in Los Angeles nach der Pandemie spontan beschloss, die Stadt zu verlassen. Er stand früh auf. Um sieben Uhr trug er all seine Sachen zum Auto, die Lehne der Rückbank war bereits umgeklappt, nur die zwei Sitze vorne blieben frei. Genauso wie in der Dokumentation im History Channel, nur dass sein Auto wesentlich kleiner war als jenes der Familie. Ein letztes Mal ging er die acht Stockwerke hinauf, die Wohnungstür war noch offen und der Schlüssel steckte. Er wollte noch einmal überprüfen, ob er auch nichts zurückgelassen hatte, fing aber an, sentimental zu werden. Die letzten zehn Jahre seines Lebens hatte er dort verbracht. Nach dem Tod seiner Großeltern war er noch zwei Jahre in deren Wohnung geblieben, bevor der Vermieter ihn bat auszuziehen. Er erinnerte sich daran, wie er die Wohnung damals auflöste, alle Möbel verkaufte oder verschenkte, auch viele Sachen aus seiner Kindheit, die nach dem Umzug in die USA nicht weggekommen waren. Ein Teil von denen befand sich jetzt in seinem Lagerraum, hoffentlich waren sie dort sicher. Nein, er konnte jetzt nicht länger hier bleiben, er musste sofort weg, musste Berlin verlassen, sonst würde er es nie tun. Die

Sentimentalität hatte sehr starke Arme, er musste weg, bevor sie ihn in den Griff bekämen und festhielten. Er ließ die Wohnungstür offen stehen, mit dem Schlüssel im Schloss. Eine leere Wohnung mit offener Tür, das Ende eines Jahrzehnts, bedeutungslos zwar, aber doch mit einigen Erinnerungen, die jetzt versuchten ihn festzuhalten. Er rannte die acht Stockwerke wieder hinunter, lief durch den Innenhof, hin zu seinem Auto, unter dessen Scheibenwischer bereits ein Strafzettel geklemmt war. Er warf ihn auf den Boden, die Politesse, die ein paar Autos weiter stand, schaute ihn mit ernstem Blick an. Er schloss die Tür auf, setzte sich auf den Fahrersitz, steckte den Schlüssel ins Zündschloss und fuhr los. Mit überhöhter Geschwindigkeit fuhr er durch die Straßen, bis er an eine große Allee kam. Er sah das Schild zur Autobahn A100. Das Autofahren fiel ihm schwer. Schon als er seine Sachen mit dem Transporter zum Lager gebracht hatte, hatte er gemerkt, dass er in den letzten zehn Jahren nicht viel gefahren war. Er folgte den Schildern zur A100. Er hatte zwar sein Navi, traute sich aber nicht, anzuhalten und die Adresse vom Hafen in Ancona einzugeben, so groß war die Angst vor den starken Armen der Sentimentalität. Endlich erreichte er den Berliner Ring und folgte diesem so lange, bis er an einen Rasthof kam. Dort hielt er an, holte das Navi heraus und programmierte den Hafen ein. Dann schaltete er das Radio seines Handys an, es stand auf RBB und spielte das Lied „Don't Dream It's Over" von Crowded House. „There's a battle ahead, many battles are lost, but you'll never see the end of the road while you're travelling with me. Hey now, hey now, don't dream it's over ..." Ein ruhiges, langsames Lied, er hörte es bis zum Ende und erinnerte sich noch mal an Stephen Kings „The Stand". In der Verfilmung haben Fran und Harold das Lied in Frans Wohnzimmer gehört, am Abend bevor die beiden aus Ogunquit, Maine weggingen. Es war ein Lied aus seiner Jugendzeit, und ironischerweise konnte er sich auch daran erinnern, dass er es vor fast 30 Jahren gehört hatte, als er Berlin für New York verlassen musste. Aber wenigstens gab es die Welt noch, dachte Dominik, und zum ersten Mal war er dankbar dafür, dass nur er allein in diesem Armageddon-Szenario gefangen war.

Die Reise

Die Fahrt nach Ancona dauerte zwei Tage. Das Auto war nicht sehr schnell, und es gab viel Verkehr. Und auch eine kleine Panne. Dominik musste eine Nacht im Hotel an der Raststätte Irschenberg verbringen, weil ein Reifen geplatzt war, und im Auto, wie er zu spät bemerkte, weder Ersatzrad noch Wagenheber vorhanden waren. Eine Werkstatt in der Nähe besorgte ihm einen Ersatzreifen inklusive Wechseln für 60 Euro. Er musste nur bis zum nächsten Tag auf den Reifen warten, und die Übernachtung im Hotel kostete ihn 80 Euro. Dafür war das Zimmer sogar größer als seine Wohnung in Berlin, welch ein Luxus.

Es wäre alles noch teurer geworden, hätte nicht jemand auf sein Inserat für eine Mitfahrgelegenheit geantwortet, das er schnell noch im Internet aufgegeben hatte. Die junge Frau hatte zum Glück nur einen mittelgroßen Rucksack bei sich, musste runter nach Bologna, weil das Semester bald wieder anfangen würde, wollte aber noch einmal Sommer, Sonne, Strand und Meer genießen, bevor es mit dem Lernen losginge. Eine junge Italienerin, die nur ein bisschen Deutsch sprach und bei Onkel und Tante in München einen Monat gelebt und gearbeitet hatte. In Deutschland könnte man in den Sommerferien mehr verdienen als in Italien, meinte sie. Sie zahlte ihm 40 Euro, sodass er zumindest die Hälfte seiner Kosten für die Strecke wieder reinbekommen hatte.

Es war bewölkt, meistens so um die 20 Grad, weniger heiß als in den letzten Wochen. In ihrer Fahrtrichtung war der Brenner nicht so voll wie in der Gegenrichtung, die meisten Urlauber fuhren wieder nach Hause, die Sommerferien in Deutschland näherten sich dem Ende. Die Straße war steil, Dominik und seine Mitfahrerin hatten Angst, ob das Auto es überhaupt schaffen würde, sie mussten immer auf der rechten Spur bleiben, zusammen mit den Lkw. Auf der anderen Seite der Alpen war es mindestens 15 Grad wärmer. Um im Auto eine erträgliche Temperatur zu halten, ließen sie die Klimaanlage die ganze Zeit laufen. Allmählich wurde die Landschaft immer flacher, und sie merkten, dass sie so langsam ans Meer kamen. Trotz Navi war die Adresse der Studentin in Bologna nur schwer zu finden, und nachdem er sie abgesetzt hatte, fuhr Dominik alleine nach Ancona weiter.

Als er dort ankam, war es später Nachmittag. Er fuhr direkt zum Hafen, wo das Büro von ANEK-Lines noch geöffnet war, das Schiff selbst sollte aber erst am nächsten Tag um 14 Uhr abfahren. Er entschloss sich, im Auto zu übernachten und kein Geld mehr für ein Hotel auszugeben. Er war müde, parkte das Auto am Ende des großen Parkplatzes im Schatten eines Lastwagens, öffnete das Fenster ein wenig und schlief ein. Als er wieder aufwachte, war es schon fast völlig dunkel und die Parkplatzbeleuchtung bereits eingeschaltet. Dominik beobachtete, wie die Lkw-Fahrer ihren abendlichen Spaziergang machten, ein paar von ihnen waren beim Abendbrot, für das sie auf dem Tank ihres Fahrzeugs ein Tuch ausgebreitet hatten. Es standen dort auch mehrere Wohnwagen mit erleuchteten Fenstern herum, sie hatten deutsche, holländische und französische Kennzeichen. Vor einigen saßen die Besitzer auf ihren Campingstühlen, manche grillten, und der Rauch zog über den ganzen Parkplatz. Vor einem der holländischen Wohnwagen spielten zwei Kinder, beide etwa acht Jahre alt, vor einem französischen sah er ein älteres Ehepaar so um die 60. Alt und Jung mit Wohnwagen, Leute die etwas geschafft hatten im Leben, genug verdienten, um sich ein solches Teil leisten zu können und Urlaub damit zu machen. Das Ehepaar mit den Kindern war ungefähr in Dominiks Alter, solche Situationen ließen ihn immer über seine eigenen Lebensumstände nachdenken. Wieso schafften es einige Menschen und andere nicht? Was war das

Geheimnis des Erfolgs? Warum schliefen die dort in ihren tollen Wohnwagen und er im Auto? Selbst die Lkw-Fahrer hatten Betten in ihren Fahrzeugen und sicherlich Familien zu Hause, vielleicht sogar ein sehr schönes Zuhause, man verdiente gut als Fahrer. Dominik stieg aus und legte ein Strandtuch auf den Betonboden, um ein wenig Abendgymnastik und Yoga zu machen. Die Bewegung tat ihm gut, und er widmete sich einigen Atemübungen, an die er sich noch aus der Zeit erinnerte, als er dem Freediving intensiver nachgegangen war. Man musste fit bleiben in diesem Bereich. Danach machte er einen kleinen Spaziergang um den Parkplatz, an dem holländischen Wohnwagen vorbei. Eines der Kinder kam auf ihn zugerast, stieß fast mit ihm zusammen. Dominik lächelte es an und wandte dann den Blick zu den Eltern vor dem Wohnwagen.

„Goede avond", sagte er in dem wenigen Holländisch, das er konnte.

„Goede avond", antwortete die Frau und sprach weiter auf Holländisch.

„Ik kan niet zo goed nederlands spreken", antwortete Dominik und fuhr auf Englisch fort: „Ich spreche nicht so gut Holländisch." Dann setzte er nach: „Ik ben een Berliner!"

Die Frau lachte und antwortete auch auf Englisch: „Ich muss schon sagen, Du kannst Kennedy sehr gut nachmachen... als wenn er diesen Satz auf Holländisch gesagt hätte!"

Dominik lachte: „Nein, ich bin ein echter Berliner, und ich meine nicht die Sorte, die man in der Konditorei kauft! Ich vermute wir sehen uns morgen an Bord, Ihr seid auch auf der Fähre nach Patras?"

„Ja", antwortete die Frau.

Dominik setzte seine Runde um den Parkplatz fort, vorbei an einigen Lkw-Fahrern, bis er wieder bei seinem vollgepackten Suzuki Alto ankam. Er öffnete die Tür und rutschte hinters Lenkrad auf den Fahrersitz. Es war jetzt vollkommen dunkel, nur die Laternen spendeten Licht, ein grelles, blaues

LED-Licht, das die Lastwagen künstlich zum Strahlen brachte. Ein surreales Bild, die moderne Menschheit, von einer dreckigen, harten Seite, die schmutzigen Lastwagen, die kräftigen, zum Teil auch übergewichtigen Fahrer, von denen die letzten noch ihr Abendessen verspeisten, an ihren Zigaretten zogen und Schnaps tranken. Aber alles in Blau gefärbt, eine saubere Farbe wie das saubere Meer, man würde eher an spielende, tauchende Delphine denken, wunderschöne Korallen und nicht etwa an Dreck und Diesel schmutziger Lastwagen und an übergewichtige Fahrer, die vielleicht seit mehreren Tagen nicht mehr geduscht hatten. Immer dieses Paradox im Hafengebiet. Dominik holte seine Schlafmaske und die Ohrenstöpsel hervor und schlief wieder ein. Ein weiterer Tag vorbei, der erste größere Schritt auf seiner Reise.

Als er mit ein bisschen Kopfweh aufwachte, war es hell. Nach der langen Autofahrt am Tag zuvor war er müde gewesen und hatte sehr tief geschlafen. Ein Kaffee würde ihn jetzt wieder auf Vordermann bringen. In Irschenberg hatte er sich eine Schachtel Nescafé in Portionsbeuteln besorgt, nun fehlte ihm nur noch das Wasser, um wieder seinen Anti-Bond-Frappé zu trinken. Im Auto hatte er noch eine kleine, leere Volvic-Flasche, in die er den Kaffee aus zwei der Tütchen schüttete. Dann stieg er aus und ging in Richtung Büro. Unter dem Vordach dort stand ein Wasserspender, wie er ihn auch aus den USA kannte, nur dass es hier noch einen Hahn gab, mit dem sich auch Flaschen füllen ließen, eine übliche Vorrichtung je südlicher man sich in Europa befand. Er ließ Wasser in die Flasche laufen, und das Kaffeepulver begann sich aufzulösen. Dominik schüttelte sie, sodass er seinen Frappé diesmal wie James Bond machte, allerdings in einer schon benutzten Mineralwasserflasche, genauso wie er es vor Jahren einmal bei einem Obdachlosen in einem Park in Athen beobachtet hatte. Er ging zum Auto zurück und trank seinen kalten Kaffee. Die mediterrane Spätsommerhitze hatte die Adria an diesem sonnigen, wolkenlosen Morgen längst erfasst. Dominik beobachtete die Szenerie auf dem Parkplatz. Die Fahrer der französischen und holländischen Wohnwagen hatten bereits damit begonnen, zusammenzupacken und ihre Vorzelte abzubauen, die Grillasche schütteten sie in die Mülleimer. Bei den Lkw wurden die Vorhänge der Fahrerhäuser geöffnet, einige Fahrer saßen hinter ihren Lenkrädern, zündeten die erste Zigarette des Tages an und zeigten einen Gesichtsausdruck, als ob der Schnaps vom Vorabend noch immer wirkte. Die Fährtickets, die Dominik gestern schon gekauft hatte, lagen im Handschuhfach, das Schild mit der Aufschrift „Patras" hatte er hinter die Windschutzscheibe gelegt. 157 Euro hatte die Überfahrt gekostet, seine Deckpassage und das Auto.

Es war bereits zehn Uhr, so spät schon, er hatte sehr lange geschlafen. Bis zur Abfahrt waren es noch vier Stunden. Das Auto wurde langsam heiß, aber Dominik hatte keine Lust, den Motor anzumachen, um die Klimaanlage laufen zu lassen. Er schloss den Wagen ab und ging über den Parkplatz spazieren. Er grüßte wieder das holländische Ehepaar mit seinen Kindern, die aus gelben IKEA-Schüsseln gerade ihre bunten Frühstücksflocken löffelten. Unter normalen Umständen würden solche Eltern es ihren Kindern niemals erlauben, so etwas regelmäßig zu essen, aber jetzt waren sie schließlich im Urlaub. „Wir sehen uns später an Bord", sagte die Mutter mit ihrem holländischen Akzent noch mal auf Englisch. Sie war sehr freundlich zu ihm, vor 20 Jahren hätten die beiden sicher miteinander geflirtet... schade, dass die Zeit so schnell vergangen war, schade, dass er nicht rechtzeitig geschafft hatte, was man im Leben eigentlich schaffen sollte. Ein paar der Lkw-Fahrer standen herum und rauchten, einer hatte seinen Teppich ausgebreitet und verrichtete sein moslemisches Morgengebet. Dominik ging zum Kiosk, offenbar war dort etwas zum Frühstücken zu bekommen. Er bekam allmählich Hunger, hatte aber nur 50 Euro bei sich, und das Geld müsste auch noch für die Überfahrt reichen. Er schaute, was es zu essen gab und was sein Portemonnaie nicht allzu sehr belasten würde. Er entschied sich für ein Käse-Schinken-Brötchen für zwei Euro. Der Kioskbesitzer war ein alter, tiefbraun gebrannter Mann, obwohl er doch scheinbar die ganze Zeit im Schatten saß. Dominik nahm noch drei reife Pfirsiche und ging zum Auto zurück. Er musste mit dem Schlüssel aufschließen, die Fernbedienung der Zentralverriegelung funktionierte nicht mehr. Nachdem er sein Brötchen gegessen hatte, griff er zu den Pfirsichen. Ohne ihn zu waschen, biss er in den ersten hinein, er war süß und saftig. Immerhin verkaufte der Mann reife Ware. Dominik hatte zwar klebrige Hände, nahm sich aber trotzdem gleich den zweiten Pfirsich. Schon beim ersten Bissen bemerkte er, dass die gute Erfahrung von eben sich nicht wiederholen würde. Der Pfirsich war hart und im Geschmack entsprechend sauer. Er aß ihn trotzdem auf, wobei es schon schwerfiel, das letzte Fruchtfleisch vom Kern abzuknabbern. Er tastete den dritten Pfirsich ab. Trotz seiner schönen Farbe war auch er hart, und Dominik entschloss sich, ihn für später aufzubewahren. Eigentlich ein gesundes Frühstück, hätte er nicht das fettige Brötchen gegessen. Eine Schale Müsli wäre besser gewesen. Er entspannte sich auf dem Fahrersitz und ließ die Stunden vorüberziehen. Sie vergingen schnell, wie alles in seinem Leben. Um elf Uhr schaute er sich um und sah, dass die Fähre bereits angedockt hatte und auch schon entladen wurde. Mit diesem Schiff würde er fahren, es kam von Patras und Igoumenitsa herüber und würde voll beladen im Pendelverkehr wieder dorthin zurückkehren. Die Hafenpolizei und Personal von ANEK-Lines leiteten das Prozedere. Zuerst kamen die riesigen Lastwagen heraus, dann die Wohnwagen, danach die Pkw und auch ein paar Motorräder. Ein intensiver Dieselgestank verbreitete sich, und in den ohnehin schon ohrenbetäubenden Lärm mischten sich die lauten Rufe des Personals, das die Entladung dirigierte und gerade den Lastwagenfahrern Anweisungen geben musste, ihre gewaltigen Kolosse richtig aus dem Schiff zu manövrieren. Welch einen Aufwand verursachte die moderne, mobile Gesellschaft mit ihren Gütern und Personen, die ständig irgendwohin befördert werden mussten! Als der ganze Aufruhr allmählich zu Ende ging, bereiteten sich die wartenden Fahrzeuge auf die Einschiffung vor. Dominik erinnerte sich, wie er vor Jahren mit solch einem Schiff aus Griechenland gekommen war. Zunächst waren die Passagiere ohne Fahrzeug an Bord gegangen, dann folgten die Pkw und danach die Lastwagen. Dominik war damals zu Fuß gewesen. Nachdem das Leben mit seinem Vater in Israel nicht funktioniert hatte, schob er auf der Rückreise nach Deutschland einen zweiwöchigen Aufenthalt in Griechenland ein. Er wollte mal was anderes von der Welt sehen als nur Berlin, Israel und die USA. Später hatte er immer wieder mal überlegt, nach Griechenland zurückzukehren, dort vielleicht im Tourismus zu arbeiten, er hatte auch versucht, sich zu bewerben, doch mit Anfang 30 eine Absage bekommen mit der Begründung, dass er schon zu alt wäre. Daran dachte er jetzt. Aber vielleicht ist er im Leben ja doch weitergekommen, immerhin war er damals noch zu Fuß unterwegs, heute dagegen hatte er ein Auto. Das war schon eine Verbesserung, wenn auch keine große. Dominik wartete, bis eine junge, athletische Frau mit blondem Pferdeschwanz und ANEK-Uniform sein „Patras"-Schild hinter der Windschutzscheibe sah und ihm ein Zeichen gab. „Sie dürfen jetzt reinfahren", sagte sie auf Englisch mit griechischem Akzent. Dominik ließ den Motor an und reihte sich in die Autoschlange Richtung Schiff. Das holländische Ehepaar mit seinen zwei Kindern war noch nicht da. Mit ihrem großen Wohnwagen würden sie erst ganz am Ende dran sein. Dominik erinnerte sich, dass die normalen Pkw damals in den unteren Bereich des Schiffs gelotst wurden, die schwereren Fahrzeuge in die Decks darüber. Für „Camping an Bord" gab es ein spezielles Deck, auf dem die Reisenden auch in ihren Wohnwagen übernachten konnten.

Dominik kam dem Schiff immer näher. Sein kleiner, alter Suzuki Alto hatte sich unter all die neuen BMW, Audi und VW gemischt, wirkte eigentlich ein bisschen fehl am Platz neben den größeren und teureren PS-Monstern und den schönen Wohnwagen, die alle von wohlhabenden Menschen gefahren wurden. Er dachte wieder an seine Reise von damals, da war noch ein bisschen was von der Hippiezeit übrig gewesen, und es gab mehr Autos wie das seine jetzt, aber auch wesentlich mehr Passagiere zu Fuß, junge Touristen aus Europa, Australien, Kanada und den USA. Er erinnerte sich an die nette, attraktive Frau, die zehn Jahre älter war als er selbst und mit ihrem achtjährigen Sohn in einem alten, klapprigen Fiat Panda aus den 80er Jahren unterwegs zurück nach Deutschland war. Mit dem Sohn hatte er damals im Schwimmbad gespielt, ihm ein wenig Schwimmen beigebracht und sich gedacht, wie gerne er selbst bald Vater würde, vielleicht innerhalb der nächsten zehn Jahre. Aber auch nach 20 Jahren hatte sich der Wunsch nicht erfüllt, dabei hätte es genügend Zeit gegeben. Was wohl aus der Frau geworden ist, dachte Dominik, der Sohn musste sicher schon Ende 20 sein, hatte vielleicht selbst schon Frau und Kinder. Jedenfalls hatten die Leute etwas geschafft in ihrem Leben, brauchten nicht mehr wie Hippies zu reisen. Die Fahrer der teuren Autos sprachen zum Teil Griechisch und hatten deutsche Ausfuhrkennzeichen. Es waren Menschen, die aus einem Land kamen, in dem die wirtschaftliche Situation angeblich schlechter war als in Deutschland, dennoch konnten sie sich dort einen Urlaub leisten und einen neuen Mercedes oder Audi kaufen. Dominik fühlte sich als der Arme, der es trotz angeblicher Chancen nicht geschafft hatte im Leben. Aber wo waren diese Chancen gewesen? Warum hatte er sie nie wahrgenommen? Gab es sie überhaupt oder waren das nur Illusionen? War vielleicht das ganze Leben nur eine Illusion?

Langsam näherte Dominik sich der Rampe, über die man ins Schiff gelangte. Das Personal winkte die Autos heran und regelte die Zufahrt. Als er über die Rampe fuhr, spürte er ein starkes Vibrieren. Im Inneren der Fähre wurde die Autokolonne dann zu einer riesigen, geöffneten Klappe geleitet, über die man die unteren Decks erreichte. Steil gings hinunter zum ersten, noch leeren Unterdeck. Das Personal winkte die Autos aber weiter zum zweiten Unterdeck hinab, wo die ersten Fahrzeuge bereits parkten. Ein Mann gab ihm Zeichen, sich rechts zu halten. Als Dominiks Wagen weniger als einen Meter Abstand zur Wand hatte, sagte er auf Englisch mit griechischen Akzent und in gestresstem Tonfall: „Okay so, fahr jetzt geradeaus rückwärts." Als Dominik den Gang einlegte, mit der Hand nach der Kopfstütze des Beifahrersitzes griff und sich nach hinten umdrehte, hörte er den Mann schreien: „Nein, Sie schauen nicht zurück, Sie schauen mich an!" Dominik drehte sich wieder nach vorne und sah dem anderen direkt in die Augen. „Okay, geradeaus rückwärts, geradeaus rückwärts." Dominik folgte den Anweisungen, und schaute dabei sein Gegenüber die ganze Zeit an. „Stopp! Stopp!" schrie der Mann plötzlich, aber bevor Dominik reagieren konnte, spürte er einen leichten Ruck. Er war an die Stoßstange des Autos hinter ihm gekommen, ein Audi Q6 mit tschechischem Kennzeichen. Ein zweiter Mann, der seinem gestressten Kollegen vorne von hinten Signale gab, kam zu Dominik an die Fahrertür. „Fahren Sie ein bisschen vor. Es gibt keinerlei Schaden, machen Sie sich keine Sorgen", sagte er ruhig. Er war das Gegenteil von dem anderen, die beiden spielten offensichtlich „good cop, bad cop". Sofort waren sie auch schon dabei, das nächste Auto einzuwinken, einen Mercedes mit britischem Kennzeichen und Lenkrad auf der rechten Seite. Mit dessen Fahrer schienen sie höflicher und freundlicher umzugehen. Dominik stieg aus und schaute nach der Stoßstange des Q6. Es war tatsächlich keine Beschädigung zu erkennen. Er öffnete seinen Kofferraum und nahm den Rucksack mit der Luftmatratze und dem Schlafsack heraus. Um das Treppenhaus zu erreichen, das aus der Garage nach oben führte, musste er sich mit dem Rucksack über dem Kopf zwischen den eng geparkten Autos hindurchzwängen. Ein Mann hielt ihm die Tür auf. „Thank you", sagte Dominik und ging dem anderen hinterher die Treppe hinauf. In den unteren Decks, die unter dem Wasserspiegel lagen, war es heiß, und in den engen Räumlichkeiten überkam ihn ein erstickendes Gefühl, gepaart mit einem Anflug von Übelkeit. Außerdem hatte sich vor ihm eine Menschenschlange gebildet, weil die Fahrer vom oberen Autodeck ebenfalls ins Treppenhaus drängten, um hoch zu ihren Kabinen und den Passagierbereichen der Fähre zu gelangen. Dominik stellte seinen Rucksack auf der Treppe ab und wartete. Durch sein Freedive-Training hatte er gelernt, den Atem anzuhalten, und eigentlich mochte er auch Hitze, aber hier, in einer solchen Umgebung ohne Klimaanlage war das Ganze für ihn einfach nur unerträglich. Er dachte an das, was er über die Zeit der Diktatur in Chile in den 1970er Jahren gelesen und in Dokumentarfilmen gesehen hatte, als die Regierung Menschen entführen und sie in geschlossenen Lieferwagen durch die Straßen fahren ließ. Die Opfer konnten nicht nach draußen sehen in jener Hitze mit all dem Metall um sich herum, genauso wie er jetzt hier vom Metall der Treppe und jenem der Wände des Treppenhauses umgeben war. Endlich bewegte sich die Schlange wieder, Dominik nahm seinen Rucksack und ging weiter hinauf, am ersten Autodeck vorbei und schließlich durch eine Tür zu einem Zwischenraum. Er spürte die ersten Luftzüge der Klimaanlage des Schiffs. Links und rechts von ihm öffneten und schlossen sich ständig Glastüren, hinter denen er Lkw sah, einer von ihnen ein deutscher Lastwagen, auf dem er „Willi" las. Das Wort „Betz" konnte er nicht sehen, das Fahrzeug gehörte der Speditionsfirma Willi Betz. Gegenüber lagen die Fahrstühle und ein weiteres Treppenhaus zu den oberen Decks. Die Wartezeit an den Aufzügen war sehr lang, und so ging Dominik durch das Treppenhaus nach oben. Jetzt bekam er einen Kälteschock, die Klimaanlage schien auf Hochtouren zu laufen. Bald erreichte er das erste Passagierdeck. Links und rechts der Fahrstühle begannen lange Flure, von denen Kabinen abgingen, in diesem Fall die der ersten Klasse. Nein, diesmal hatte er es doch noch nicht geschafft, zwar hatte er jetzt ein Auto, aber das Geld reichte nur für die Deckpassage. Er lief noch zwei Decks weiter hinauf, hinter ihm folgten eine griechische Familie und auch ein paar Lkw-Fahrer. Den Familienvater erkannte Dominik, er hatte ihn hinter dem Steuer eines VW Passat TDI Kombi gesehen, neben sich seine Frau, die beiden Kinder auf dem Rücksitz. Wie vor 60 Jahren ungefähr, als die Gastarbeiterfamilien aus Italien, Griechenland oder der Türkei in den Ferien stolz nach Hause fuhren mit ihren deutschen Autos, die sie mit ihren deutschen Gehältern gekauft hatten. Die Familie hier sah aber nicht so aus wie die Gastarbeiter von damals, das Auto war schicker, und der Mann trug eine Ray-Ban-Sonnenbrille, genauso wie seine Frau. Irgendwie wirkte er so, als ob er Arzt wäre. Sie trugen alle die neuesten Designerklamotten, waren wahrscheinlich Griechen, die im Urlaub ihre Verwandten besuchen wollten, das musste der Grund für die Reise sein. Griechen selbst verbrachten ihren Urlaub niemals im Ausland, das eigene Land bot genug Ferienmöglichkeiten. Dominik erinnerte sich, vor 20 Jahren, bei seinem letzten Aufenthalt in Griechenland, war es auch Ende August gewesen, da waren die Ferien fast vorbei. Ein paar Leute klärten ihn über das griechische Schulsystem mit seinen langen Sommerferien auf, die machten ja auch Sinn bei den heißen Sommern dort.

Sowohl die Familie als auch die Lkw-Fahrer verschwanden vom Treppenhaus in die Flure. Selbst die Fahrer hatten Sportkleidung von bekannten Marken an, einige mit den Adidas-, Umbro- und Nike-Zeichen direkt auf der Brust, unter der sich teilweise ein recht großer Bierbauch ausbreitete. Die Klamotten rochen nach Nikotin, passten irgendwie gar nicht zu ihren Trägern. Dominik schien als Einziger sagen zu können, dass seine Herrenausstatter Lidl, Aldi und Co waren. Er lief die letzte Treppe hoch, und befand sich direkt dem Duty-free-Shop und einem Indoor-Kinderspielplatz gegenüber. Die ausgestellten Parfüms, Whiskyflaschen und Zigaretten standen direkt neben einem Raum mit einer etwa anderthalb Meter hohen Rutschbahn und einer Matte mit ausgestreuten Legosteinen, alles aus Plastik und in roter und gelber Farbe: ein vor UV-Strahlen geschützter und klimatisierter Platz, zu dem Eltern ihre Kinder bringen konnten, die niemals Zeit fanden, ihnen Schwimmen oder Klettern beizubringen. Dominik lief weiter den Gang entlang, vorbei am Restaurant und einer Bar, bis er schließlich an eine Treppe kam. Er ging hinauf und fand rechter Hand die Tür zum Außendeck. Als er hinaustrat, bekam er seinen zweiten Schock, diesmal von der Hitze. Draußen gab es überall Windschutz-Vorrichtungen, sowohl zu den Seiten als auch nach oben hin, die hatte sein Schiff vor 20 Jahren noch nicht gehabt. Er stand jetzt am Heck der Fähre, schaute auf den Hafen und konnte beobachten, wie unten weitere Fahrzeuge einfuhren. Das Schiff hatte rückwärts „eingeparkt" und wurde über die hintere Klappe beladen. Er ging in Richtung Bug, am Schwimmbad vorbei, das der einzige Platz zu sein schien, der zum Himmel hin offen war. Von der strahlenden Sonne beschienene Liegen standen um das Becken herum, in dem ein Mann mit seinem kleinen Sohn spielte. Der Sohn hatte rot-orange Schwimmflügel an den Armen und trug eine blaue Badehose, sein Papa einen grauen Badeslip. Die Mutter saß in ihrem roten Bikini am Rand des Beckens und beobachtete ihre beiden Männer mit einem Lächeln. Beide Eltern waren braun gebrannt, wirkten schlank und athletisch, der Mutter war an der einen oder anderen Stelle ihres Bauches aber anzusehen, dass sie schon ein Kind zur Welt gebracht hatte. Die drei sprachen Italienisch und schienen glücklich zu sein. Wahrscheinlich war der Sohn noch nicht schulpflichtig, sodass die Familie ihren Urlaub gegen Ende des Sommers machen konnte, ohne sich nach dem Schulbeginn richten zu müssen. Dominik lief weiter, kam aber nicht ganz bis zum Bug, sondern nur bis zu einer Tür mit einer Aufschrift in verschiedenen Sprachen. Auf Englisch las er: „Authorized Personnel Only". Rechts von ihm standen mehrere weiße Tische und Stühle aus Plastik im Schatten. In eine Steckdose an der linken Wand steckte das Ladegerät eines iPhones. Dominik entschloss sich, dort zu bleiben. Er setzte sich auf den Boden und nahm Schlafsack und Luftmatratze aus dem Rucksack. Dank des Unterwasser-Rugbys konnte er die Matratze noch mit der Kraft der eigenen Lungen aufblasen. Dann legte er sich hin. Er war plötzlich müde geworden und schlief auch sofort ein. Als er wieder wach wurde, bereiteten mehrere Leute um ihn herum ebenfalls ihren Schlafplatz für die Nacht vor. Das iPhone steckte noch immer in der Steckdose neben seinem Kopf, der Besitzer schlürfte einen Frappé von der Bar und rauchte eine Zigarette. Die Packung lag auf dem Tisch, eine hellgelbe Schachtel, die wie ein Zigarillopäckchen aussah. Dominik kannte die Marke noch von vor 20 Jahren, als er selbst noch rauchte: Karelia Superior Virginia. Die beste Zigarette der Welt, hatte er damals gedacht, und als er jetzt an die alten Zeiten dachte, verspürte er wieder den Wunsch zu rauchen. Er stand auf und lief zum Heck des Schiffs. Von dort hatte er einen schönen Blick auf den Hafen mit dem Parkplatz, auf dem er am Abend zuvor übernachtet hatte, und auf das Panorama von Ancona mit den Bergen im Hintergrund. Gerade fuhren die letzten Lkw ein, und nach ein paar Minuten wurde die große Klappe hochgefahren, die Motoren setzten sich in Bewegung und das ganze Schiff begann zu vibrieren. Unter dem Heck wühlte sich das Wasser in weißem Schaum auf, und die Fähre bewegte sich langsam vom Ufer fort. Umstanden von anderen Reisenden beobachtete Dominik einige Minuten lang, wie Stadt und Hafen sich allmählich entfernten. An Schiffen anderer Gesellschaften las er Namen wie Superfast oder OK Lines, letztere vielleicht eine kleine Reederei, die nach Albanien fuhr. Als ihm langweilig und zu warm wurde, ging er wieder zu seiner Luftmatratze zurück. Er zog das Hemd aus und holte die Badehose aus dem Rucksack. Es war dieselbe Hose, die er neulich am See getragen hatte, als er den Ärger mit den Jungs bekam. Vor einem Jahr hatte er sie für € 2,99 bei Aldi gekauft, dunkelblau mit weißen Motiven von Surfern und Palmen darauf. Im letzten Winter hatte er die gleiche Hose einmal im Hallenbad an einem älteren, unsportlichen Herrn gesehen, der so gar nicht zu dem Bild passte, mit dem Aldi für das Teil warb und das einen athletischen Mann mit Surfbrett zeigte, an seiner Seite eine schöne Frau in Bikini. Dominik lief zu den Duschen, um sich dort umzuziehen. Als er seine Hose und Unterhose zur Luftmatratze zurückbrachte, entdeckte er die Tauchmaske im Rucksack. Er nahm sie mit zum Schwimmbecken, denn auch wenn er ein so guter Schwimmer und Apnoetaucher war, hatte er stets Schwierigkeiten, längere Zeit mit offenen Augen und ohne Nasenschutz im Wasser zu sein. Das italienische Ehepaar mit seinem Sohn war noch immer dort. Dominik setzte sich an den Beckenrand und fing an, ein paar Uddiyana-Bandha-Übungen zu machen. Er atmete tief aus und zog sein Zwerchfell nach oben. In dieser Position saß er da und griff sich mit den Fingern etwa 40 Sekunden lang unter die Rippen. Als er nicht länger konnte, atmete er wieder tief ein und wiederholte das Ganze nach einer einminütigen Pause. Das italienische Ehepaar und auch einige der anderen dort begannen, ihn mit Interesse zu beobachten. Nach einigen weiteren Durchgängen rutschte Dominik ins Becken hinab. Er spuckte in seiner Maske, wusch sie im Wasser aus und tauchte unter. Das Schwimmbad war kurz, problemlos schwamm er zweimal hin und her. Als er wieder nach oben kam, hörte er eine Stimme neben sich. „Machst Du Apnoe?", fragte sie auf Englisch, wobei ein leichter asiatischer Akzent zu hören war. Dominik drehte sich nach links und sah eine junge Asiatin. „Ja", antwortete er ebenfalls auf Englisch. Die junge Frau trug eine orangefarbene Badekappe, eine Schwimmbrille und einen blauen Badeanzug, der ihr vielleicht eine Nummer zu groß war. Um ihren Hals hing eine Nasenklammer. Er betrachtete sie weiter. Sie hatte eine ziemlich weiße Haut, aber er bemerkte doch die hellen Streifen dort, wo die Träger ihres Badeanzugs zur Seite gerutscht waren. Sie verbrachte sicher viel Zeit im Schatten und musste eine Sonnenschutzcreme mit einem Faktor von mindestens 70 benutzen. Typisch für asiatische Frauen.

„Machst Du auch Apnoe?", fragte Dominik.

„Ja", antwortete die junge Frau mit ihrem asiatischen Akzent.

„Bist Du vielleicht Chinesin?"

„Ja." In ihrer Stimme klang auch ein leichter britischer Tonfall mit.

„Wohnst Du in Hong Kong?"

„Ich studiere dort. Wie bist Du darauf gekommen?"

„Du hast einen leichten britischen Akzent", antwortete Dominik. „Was hat Dich ans Mittelmeer verschlagen?"

„Ich mache gerade ein Auslandsjahr. Das Frühjahrssemester habe ich in Kopenhagen verbracht. Seit Anfang Juli studiere und trainiere ich in Italien. Ich mache meine Lizenz zum Freediving Instructor. Während der letzten Wochen war ich mehrmals im ‚Y-40'. Kennst Du das?"

„Klar, das tiefste Schwimmbecken der Welt. Wollte immer mal dorthin", sagte Dominik. „Was studierst Du?"

„Sportmedizin", antwortete die Frau. „Ich sitze gerade an einer Arbeit über die physiologischen Bedingungen beim Apnoetauchen und die anaeroben Funktionsweisen des menschlichen Körpers."

„Wie lange machst Du schon Apnoe?", fragte Dominik.

„Ich habe vor ungefähr zwei Jahren damit angefangen, es war die Inspiration für meine Arbeit. So richtig ernsthaft betreibe ich es aber erst seit den letzten neun Monaten. Die Instructor-Qualifikation habe ich in Triest fast abgeschlossen, den Rest mache ich in Athen. Ich weiß nicht, ob Du schon mal etwas von Jorgos Panastratos gehört hast, er hatte mal den Weltrekord im Apnoetauchen, hat eine eigene Tauchschule in Athen und macht viel mit dem Sportinstitut der Athener Uni zusammen. Ich werde mit ihm trainieren und in diesem Herbst zusammenarbeiten. Bist Du auch auf dem Weg nach Athen? Wie lange wirst Du dort bleiben?"

„Um den zweiten Teil Deiner Frage zu beantworten, auf unbestimmte Zeit. Ich habe für die nächsten paar Monate eine Wohnung in Pangrati gemietet. Wow, Du wirst mit einem ehemaligen Weltrekordhalter trainieren. Den würde ich ja auch gerne mal kennenlernen."

„Sobald ich in Athen ankomme, werde ich ihn kontaktieren", antwortete sie. „Gib mir Deine WhatsApp und ich sage Dir Bescheid, wann das Training ist. Ich heiße übrigens Jenny."

„Dominik", antwortete er und ergriff ihre ausgestreckte Hand. „Dein Name hört sich nicht gerade Chinesisch an."

„Eigentlich heiße ich Xen, Jenny ist nur die europäische Version", antwortete sie. „Hast Du Lust, jetzt ein bisschen mit mir zu trainieren?"

„Gerne", antwortete Dominik. „Mit was würdest Du denn gerne anfangen?"

„Lass uns mit No Fins starten", antwortete Jenny.

Sie machte einige Atemzüge zum Warm-up, setzte ihre Schwimmbrille und die Nasenklammer auf und tauchte ab. Auch Dominik setzte seine Tauchmaske auf und schwamm leicht nach hinten versetzt über ihr. Vier Längen schaffte sie. Am Beckenrand tauchte sie wieder auf und nahm mit tiefen Zügen ihren Erholungsatem. Dominik schaute ihr in die Augen, und sie gab ihm das Okay-Zeichen. „Jetzt bis Du dran", sagte sie. Auch Dominik machte zur Vorbereitung ein paar tiefe Atemzüge mit langem Ausatmen. Er bemerkte, dass er schon ein bisschen den Rhythmus verloren hatte. Außer beim Unterwasser-Rugby hatte er seit über einem Jahr kaum noch Gelegenheit, Apnoe im Wasser zu trainieren. Er tauchte unter. Nach der dritten Länge spürte er zwar schon einen Atemreiz, schaffte in dem kurzen Becken aber noch zwei weitere Längen. Als er auftauchte, schaute sie ihn mit ernstem Blick an. Vielleicht machte sie sich Sorgen, dass er sich zu viel zugemutet hatte. Vielleicht hätte sie sogar recht damit, immerhin war ihm jetzt doch ein wenig schwindlig. Er nahm seine Maske ab, schaute sie an und gab ihr das Okay-Zeichen. „Gut", sagte sie, „mal sehen, ob ich das Gleiche schaffe." Zur Vorbereitung machte sie mehrere Atemzüge, dann tauchte sie ab. Auch sie schaffte fünf Längen und gab ihm anschließend das Okay-Zeichen. „Gut", sagte er. Die beiden setzten ihr Training fort, und zum Schluss kam jeder auf sechs Längen, danach waren sie aber auch erschöpft. „Ich habe schon seit Längerem nicht mehr im Wasser trainiert", sagte Dominik. „Das einzige Training, das ich in letzter Zeit machen konnte, war Unterwasser-Rugby."

„Keine Sorge, das kommt schnell wieder zurück", antwortete sie. „Hast Du Lust auf ein bisschen Statik?"

„Gerne", antwortete Dominik, „Du zuerst. Nach zwei Minuten drücke ich Deinen Arm, und Du gibst mir mit dem Finger ein Zeichen, dass Du okay bist."

Jenny nahm sich zwei Minuten Zeit für ihr Vorbereitungsatmen, dann legte sie sich nach einem letzten, tiefen Atemzug mit dem Gesicht nach unten flach aufs Wasser. Nach zwei Minuten drückte Dominik ihren rechten Arm, und sie hob den Zeigefinger. Nach 30 Sekunden drückte er ihr noch mal den Arm, wieder gab sie ihm das vereinbarte Zeichen. 15 Sekunden später griff sie nach dem Beckenrand und ließ die Füße sinken. Ihr Gesicht hielt sie noch einige Sekunden unter Wasser, bevor sie den Kopf hob und tief einatmete.

„Gut", sagte Dominik, „drei Minuten, zehn Sekunden."

„Ja, für meine Instructor-Prüfung musste ich gerade erst vier Minuten machen."

„Einmal habe ich auch die vier geschafft, aber das war vor einem Jahr, wie gesagt, ich habe seitdem nicht mehr so viel im Wasser trainiert", antwortete Dominik. „Keine Ahnung, was ich jetzt schaffe."

„Probier's mal", sagte Jenny.

Dominik bereitete sich vor, dann legte er sich flach aufs Wasser. Nach zwei Minuten drückte Jenny seinen rechten Arm und Dominik hob den Zeigefinger. Nach dreißig Sekunden erneut das Gleiche. Er spürte den Atemreiz. Statik hatte er schon lange nicht mehr trainiert, und er merkte, dass ihm das Training im Wasser fehlte. Langsam griff er zum Beckenrand, nahm die Füße nach unten, hielt mit ein paar Kontraktionen aber noch etwas durch. Als er den Kopf aus dem Wasser hob, atmete er tief ein.

„Wie wars?", fragte er Jenny.

„Du hast mich um fünf Sekunden geschlagen."

„Ich glaube nicht, dass ich heute die vier Minuten erreiche."

„Es ist auch schwer, nach dem anderen Training noch Statik zu machen."

Jenny legte sich wieder aufs Wasser. Die beiden wiederholten mehrfach die Prozedur mit dem Drücken des Arms und dem Zeichengeben. Als Dominik nach dreieinhalb Minuten wieder zudrückte, blieb ihr Signal aus, und auch nach einem weiteren Versuch reagierte sie nicht. Schnell fasste er ihre Schultern und drehte sie herum. Er nahm ihr Schwimmbrille und Nasenklammer ab und tippte sie an. „Hey, aufwachen, ist alles in Ordnung?", fragte er besorgt. Plötzlich kam sie wieder zu Bewusstsein.

„Ich glaube, Du hast einen Blackout gehabt", sagte Dominik.

„Ich glaube auch", antwortete sie. „Danke, dass Du mein Trainingsbuddy warst und auf mich aufgepasst hast."

„Deswegen trainiert man ja auch niemals alleine", antwortete Dominik.

Mehrere Leute hatten das Tun der beiden verfolgt. Jetzt kam jemand vom Bordpersonal in kurzer Hose und einem ANEK-Lines-Polohemd herbei. „Sprecht Ihr Englisch?", fragte er mit seinem griechischen Akzent und fuhr in strengem Ton fort: „Was Ihr da macht, sieht sehr gefährlich aus. Dafür können wir keine Verantwortung übernehmen, hört bitte auf damit."

Nachdem er fortgegangen war, sagte Jenny: „Heute gehts mir nicht so gut. Es war eine lange Zugfahrt von Triest nach Ancona, und das auch noch mit meinem ganzen Gepäck."

„Wir können ja aus dem Wasser raus und eine Pause machen", meinte Dominik. „Wo hast Du denn Deine Sachen?"

„Da drüben", antwortete sie und zeigte auf eine Stelle gegenüber von Dominiks Platz, auf der anderen Seite der Bar. Sie zogen sich aus dem Wasser heraus, und Dominik folgte Jenny zu ihrem Platz. Sie nahm ein Tuch aus ihrer Tasche und trocknete sich ab. Bei der Meeresbrise, die wehte, war es Dominik, der noch nass im Schatten stand, ein wenig kühl.

„Ich bin lieber in der warmen Sonne", sagte er.

„Ich nicht", antwortete Jenny. „Ich habe in den letzten Tagen ein bisschen zu viel davon abbekommen." Sie schob kurz einen der Schulterträger ihres Badeanzuges zur Seite und zeigte Dominik den weißen Streifen. Aus ihrer Tasche schaute eine Tube mit Sonnencreme heraus, Lichtschutzfaktor 80, ganz so wie Dominik sich schon gedacht hatte.

„Mir ist es ein bisschen zu kühl hier im Schatten. Ich brauche zumindest mein Handtuch."

„Ist schon in Ordnung, wenn Du in die Sonne willst", sagte Jenny. „Wir können uns ja später treffen. Ich glaube ich mache jetzt erst einmal ein kleines Nickerchen. Ich werde hier sein, vielleicht können wir später zusammen zum Abendessen gehen. Gib mir doch Deine WhatsApp-Nummer. Ich wollte Dich auch noch fragen, ob Du mich vielleicht nach Athen mitnehmen kannst?

Ich kann Dir auch etwas dafür geben. Hättest Du noch Platz im Auto?"

„Ja, habe ich", antwortete Dominik. „Du hast nichts weiter dabei als den Rucksack und Deinen Koffer?"

„Nein", war ihre Antwort.

„Okay, dann komme ich später wieder her."

Dominik lief an der Bar vorbei zu seinen Sachen hinüber. Er nahm sich ein Handtuch, ging zu einem leeren Liegestuhl, breitete das Handtuch darauf aus und legte sich hin. Die warme Sonne tat ihm gut, und auch die leichte Brise, die über den Windschutz wehte, war angenehm. Nach knapp einer Stunde wurde ihm aber langweilig, außerdem war es ihm auch wieder ein bisschen zu warm geworden. Er stand auf, kehrte zum Schwimmbecken zurück und ließ sich ins Wasser hinab. Er stieß sich von der Wand ab und schwamm zwei Beckenlängen, allerdings ohne zu tauchen, er wollte nicht, dass das Personal sich wieder beschwerte. Danach zog er sich aus dem Wasser heraus, die kurze Abkühlung reichte ihm. Er legte sich in die Sonne und genoss das Gefühl, nach Griechenland unterwegs zu sein. Irgendwann bekam er Hunger, seit den Pfirsichen und dem Brötchen hatte er nichts mehr zu sich genommen. Essen wollte er aber noch nicht, die Sonne war zu schön. Er holte sein Portemonnaie und ging zur Bar, um sich einen Frappé zu bestellen. Mit dem ging er wieder zu seinem Liegestuhl zurück. Sein erster nicht „Anti-Bond-Frappé" seit langem. Das einzige, was jetzt noch fehlte, war eine Zigarette, eine Karelia Superior Virginia vielleicht. Aber das traute er sich doch nicht, das Freediving war ihm wichtiger. Er trank von seinem Frappé und fühlte sich wie James Bond, nur eben ohne Alkohol. Nach einer halben Stunde ging er noch mal schwimmen, danach legte er sich wieder in die Sonne und trank den Rest seines Frappés. Anschließend ging er zu Jenny hinüber und fand sie auf ihrer Luftmatratze, in ihren Händen ein Buch auf Chinesisch. Das iPhone hatte sie in die Steckdose neben ihr gesteckt.

„Wie gehts?", fragte Dominik.

„Hey, mir gehts gut", sagte sie. „Vielleicht sollten wir doch noch die Nummern tauschen, bevor wir es vergessen. Ruf mich einfach an, dann habe ich Deine: Null, null, vier, fünf für Dänemark, dann fünf, eins, drei, sechs, zwei, sieben, eins, neun, fünf, vier."

Dominik wählte ihre Nummer, und ein Vogel zwitscherte. Er erinnerte sich daran, wie es früher war, als Telefonnummern noch aufgeschrieben wurden. Aber die Zeiten waren längst vorbei, als man zur Bar laufen musste, um nach Papier und Stift zu fragen. Dominik speicherte ihre Nummer, und Jenny machte das Gleiche mit seiner.

„Bis ich eine Prepaid-Karte mit griechischer Nummer habe, kann ich Dich nur über WhatsApp anrufen, wenn ich WiFi habe", erklärte sie.

„Ich glaube, das Treffen mit Jorgos können wir ganz gut arrangieren. Wir wohnen gar nicht so weit auseinander. Ich weiß, wo die Jugendherberge ist, da kann ich schnell mal vorbeischauen. Ich habe Hunger, möchtest Du vielleicht essen gehen? Es ist schon halb sieben."

„Wir können bald gehen, wenn Du magst", antwortete Jenny.

„Ich möchte nur noch kurz duschen vorher, dann können wir in die Cafeteria runtergehen."

„Hört sich gut an", sagte Jenny. „Ich will vorher auch noch duschen."

Dominik lief zu seinem Platz zurück, wo er mittlerweile einige Nachbarn mehr hatte. Er holte sein Duschgel und ein kleineres, frisches Handtuch aus dem Rucksack und nahm die Unterhose sowie seine kurze Lidl-Hose. Dann ging er zur Dusche auf der anderen Seite des Schwimmbads. Nach dem Duschen zog er sich die Hose an, und zurück an seinem Platz streifte er sein Hemd über. Als er wieder bei Jenny war, hatte die bereits ihre Hose, ein bauchfreies Shirt und Wanderstiefel an. Das passte alles zu ihrem eher milchigen Teint, und zum ersten Mal fand Dominik eine solche Frau attraktiv. Früher hatten ihm nur braun gebrannte oder dunkle, mediterrane Frauen gefallen. Die blassen erinnerten ihn an all die orthodoxen Juden in New York und Israel, wo Frauen stets lange Röcke trugen und die Männer mit Sakko und Hut herumliefen, alle immerfort mit bedeckten Armen. Wie die prüden Amerikaner, die Ende der achtziger, Anfang der neunziger Jahre nach den ganzen Warnungen vor Hautkrebs und dem Ozonloch über Australien damit angefangen hatten, sich dick einzucremen. Und wie das alles Hand in Hand ging mit den Anti-Raucher-Kampagnen! In solch einer Welt wollte Dominik nicht leben, deshalb hatte er mit 19 angefangen zu rauchen, aus Protest, und auch als Trost wegen seiner familiären Situation. In den letzten paar Jahren gab es aber wieder braun gebrannte Frauen, allerdings war er für die jetzt zu alt, außerdem behielten sie mittlerweile das Oberteil an.

„Du siehst aus wie eine Wanderin", sagte Dominik. „Lass uns essen gehen."

Er stellte sich vor, dass sie ein verheiratetes Ehepaar wären, wäre doch schön, noch jünger zu sein, und so jemanden an seiner Seite zu haben. Die beiden gingen zur hinteren Treppe, und sobald sie die Tür aufmachten, kam ihnen kalte Luft entgegen, wie ein Schlag aus der Arktis. Die Klimaanlage des Schiffs schien weiter auf Hochtouren zu laufen. Nach wenigen Sekunden gewöhnte Dominik sich jedoch daran und fand es ganz entspannend und erfrischend. Jenny aber sagte: „Oh mein Gott, es ist so kalt hier drin. Ich hoffe, ich werde nicht krank. Ich hätte meine Jacke mitbringen sollen."

„Möchtest Du gerne zurück und sie holen?", fragte Dominik.

„Nein, ist schon in Ordnung, ich halte durch."

Sie gingen hinunter zum Deck mit den Shops und dem Restaurant. Das war ziemlich voll, und die hungrigen Passagiere bildeten eine lange Schlange. Dominik und Jenny stellten sich hinten an, vor ihnen standen zwei Lkw-Fahrer, die sich mit einem starken nordenglischen, fast schottischen Akzent unterhielten. Beide rochen nach Alkohol, sprachen und lachten sehr laut, sie hatten sich sicher schon an der Bar gut bedient. Sie trugen Sportklamotten von Nike und Umbro und hatten beide einen Bierbauch. Die Schlange bewegte sich langsam vorwärts. Jenny und Dominik nahmen sich Tabletts und gingen weiter zum Buffet mit den Speisen. Eine der Schalen hinter der Glasscheibe war mit weißen Nudeln gefüllt, eine andere mit roter Hackfleischsauce. Daneben gab es Lammkoteletts im Angebot sowie Kartoffeln mit roten Paprika. In Streifen geschnittenes Gemüse war von einer gelben Zitrone gekrönt. Dominik entschied sich für das Lamm, Kartoffeln und Gemüse, Spaghetti hatte er aus finanziellen Gründen in der letzten Zeit zu oft gegessen. Ihm stand der Sinn jetzt wirklich auf etwas „mom-and-pop" Hausgemachtes, wie er es aus den USA kannte. Jenny dagegen entschied sich für die Spaghetti. Sie stellten ihr Essen auf die Tabletts und gingen zur Kasse.

„Ich zahle", sagte Jenny. „Du warst heute so ein wunderbarer Buddy. Du hast mir das Leben gerettet." Sie nahm ihr Portemonnaie aus der Tasche und zog eine JCB-Kreditkarte hervor, die sie vermutlich von ihren Eltern bekommen hatte, um ihr Auslandsjahr zu finanzieren. Dominik nahm das Angebot gerne an.

„Das ist das Mindeste, was ich machen kann", sagte sie.

„Ich würde aber gerne Jorgos Panastratos kennenlernen. Wenn Du wirklich Deine Dankbarkeit zeigen willst, dann stell mich ihm vor."

„Das tue ich", war ihre Antwort.

Die beiden fanden einen Tisch, setzten sich und fingen an zu essen. Jenny rollte die Spaghetti mit Hilfe eines Löffels auf der Gabel auf. „Nudeln zu essen geht hier anders als in China. Die europäische Methode musste ich erst lernen."

Sie steckte die Gabel in den Mund und schlürfte leicht. „In Europa darfst Du nicht zu viele Geräusche machen", sagte sie und lachte dabei.

„Ja, Du weißt, wenn Marco Polo China nicht besucht hätte, würde es dort keine ‚italienischen' Spaghetti geben", erwiderte

Dominik. Dann fing auch er an zu essen. Das Lamm mit den Kartoffeln und dem Gemüse war eine tolle Abwechslung zu den ganzen Imbiss-Döner mit Pommes und dem kalten Dosenfutter der letzten Zeit in Berlin, nachdem ihm zu Hause der Strom abgestellt worden war. Jetzt war das alles mehrer als tausend Kilometer weit weg, jetzt saß er auf einem Schiff, hoffentlich auf dem Weg in ein neues, besseres Leben. Oder würde es vielleicht genauso laufen wie vor fast 30 Jahren, als er mit seiner Mutter nach Amerika aufgebrochen war? Er hatte Hunger und aß schnell.

„Du scheinst sehr hungrig zu sein", sagte Jenny. Da erst bemerkte Dominik, dass er bereits die Hälfte seines Lamms aufgegessen hatte.

„Das bin ich", antwortete er. Fast schien es, als wäre er beim Nachdenken über seine Vergangenheit in eine Art Trance gefallen. „Habe heute nicht so viel gegessen, nur ein belegtes Brötchen mit Schinken und Käse und einen Pfirsich vor der Abfahrt."

„Magst Du etwas von meinen Spaghetti? Ich glaube nicht, dass ich die alle alleine schaffe."

„Ich probiere gerne was", erwiderte Dominik.

Mit Löffel und Gabel legte Jenny ihm zwei kleine Portionen auf den Teller. Die Spaghetti waren interessant gewürzt und schmeckten eher griechisch als italienisch. So wie die, die er damals in Athen gegessen hatte.

„Interessanter Geschmack", sagte Dominik.

„Noch ein bisschen mehr?"

„Nein danke, ich möchte erst meins aufessen, das schmeckt auch sehr gut", gab Dominik zurück.

Als er seinen Teller geleert hatte, war von Jennys Spaghetti noch ein Viertel übrig. „Würdest Du gerne den Rest essen?" fragte sie ihn.

„Nein", antwortete Dominik, „aber Du solltest mehr essen, Du bist ziemlich dünn."

Er erinnerte sich an die einzige Freundin, die er in seinem Leben gehabt hatte, vor ungefähr 15 Jahren, eine sehr schöne Frau, mit der er Triathlon trainierte. Sie war magersüchtig gewesen und verhielt sich ähnlich wie Jenny jetzt. Als er mit der Zeit damit anfing abzulehnen, was sie ihm von ihrem Essen anbot, wurde sie böse. Es war schwer gewesen mit anzusehen, wie sie immer dünner wurde, und ihre athletische Schwimmerinnenfigur allmählich verschwand. Eines Tages hatte sie per SMS Schluss mit ihm gemacht, damals wohnte er noch bei seinen Großeltern. Sie meldete sich nie wieder bei ihm, und auch Dominik unternahm keinen Versuch, sie zu kontaktieren. So viele Erinnerungen mitten auf der Adria, was gewesen war, was vielleicht hätte sein können.

Jenny aß doch noch fast den ganzen Rest ihrer Pasta und sagte: „Unmittelbar bevor meine Tage anfangen, verliere ich immer den Appetit."

Dominik brach in Lachen aus: „Warum bloß erzählen mir Frauen, die ich nicht so gut kenne, immer schon gleich am Anfang solch intime Sachen?" Auch Mandy und Sabrina vom Unterwasser-Rugby sprachen in seiner Anwesenheit sehr offen über das Thema.

„Vielleicht hast Du ja etwas an Dir, das das Vertrauen von Frauen gewinnt."

„Ich weiß ja nicht so recht, eine wirkliche Beziehung hat es mir bisher jedenfalls nicht eingebracht." Durch die schmutzigen Fenster sahen sie, dass es draußen langsam dunkel wurde. Die Sonne versank hinter dem Horizont und hinterließ einen glühenden, orangefarbenen Himmel.

„Was gibts zum Nachtisch?", fragte Dominik und erinnerte sich daran, wie Jack Nicholson diese Frage in einem alten Film stellte.

„Ich glaube, ich habe Obst und Schokokuchen am Buffet gesehen. Ich würde jetzt aber gerne einen Verdauungsspaziergang machen."

„Dann machen wir das. Ich verzichte auf Nachtisch."

Sie standen auf, stellten ihre Tabletts in den Wagen für die Geschirrrückgabe und verließen das Restaurant. Dabei kamen sie an den beiden nordenglischen Lkw-Fahrern vorbei, die zum Essen „Mythos" tranken, ein griechisches Bier, und laut lachten. Ihrem Gespräch konnte und wollte Dominik nicht folgen. Durch eine Tür gingen sie nach draußen in einen windgeschützten Bereich. Sobald sie aber an das Geländer traten, spürten sie, dass sie auf einem fast 30 Knoten schnellen Schiff unterwegs waren. Sie liefen zur hinteren Treppe und stiegen zum Campingdeck hinunter, auf dem all die Wohnwagen und Wohnmobile mit holländischen, deutschen und französischen Kennzeichen standen. Die Besitzer saßen vor ihrem Heim auf Rädern, picknickten oder bereiteten drinnen das Essen vor. Eines der Wohnmobile war so riesig, dass man dafür sicher einen speziellen Führerschein brauchte. Durch die Fenster war im Inneren eine Teakholzverkleidung zu sehen, vielleicht war es sogar mit einer integrierten Smart-Garage ausgestattet. Davor saß ein Ehepaar um die 60, das Sekt trank. Dominik und Jenny gingen an den beiden vorüber zum Ende des Decks und schauten in den Sonnenuntergang. Mit ihrem iPhone machte Jenny ein Foto, und auch Dominik zog sein Handy aus der Hosentasche, um den Anblick zu fotografieren. Klar, die jüngeren Leute, besonders die aus Asien, besaßen immer die neueste Technik. Für Dominik dagegen waren iPhone und Co. viel zu teuer. Er hatte zwar auch ein Smartphone, aber nur ein billiges, er gab immer nur möglichst wenig für alles aus. Während sie den Sonnenuntergang beobachteten, dachte Dominik, dass die anderen sie sicher für ein Paar hielten. Schön wärs, wenn er jetzt mit seiner Ehefrau hier stünde! Auf dem Weg zurück entdeckte er den Wohnwagen der holländischen Familie, die er am Abend vorher auf dem Parkplatz kennengelernt hatte. Eltern und Kinder saßen an einem Klapptisch.

„Wie gehts?", fragte Dominik wieder auf Englisch.

„Sehr gut", antwortete die Frau mit ihrem holländischen Akzent, und die Kindern schauten kurz von ihrem Brettspiel auf.

Jenny und Dominik gingen wieder zum Restaurantdeck hinauf, in dessen Innerem die Klimaanlage erneut für einen Kälteschock sorgte. „Ich muss wieder nach oben gehen zu meinen Sachen", sagte Jenny, „hier ist es viel zu kalt." Dominik folgte ihr.

„Ich mache jetzt mein Abendgebet", sagte Jenny. „Du kannst ja mitmachen, wenn Du willst." Sie holte ein kleines Buch mit chinesischen Schriftzeichen und eine Gebetskette aus ihrer Tasche hervor, setzte sich auf den Boden, hielt Buch und Kette zwischen den zusammengelegten Händen und sprach die Wörter: „Nam Myoho Renge Kyo". Dann las sie laut in dem Buch. Dominik schaute sie interessiert an. Ihr Vorlesen sowie das mehrfache Wiederholen der Wortfolge „Nam Myoho Renge Kyo" hatten etwas Beruhigendes und Friedliches. Als sie zum Ende gekommen war, fragte er sie nach ihrer Religion. „Ich bin Buddhistin", antwortete sie. Wenn Du magst, kannst Du es ja auch mal probieren. Leg einfach die Hände zusammen und sag ‚Nam Myoho Renge Kyo'." Dominik befolgte Jennys Anweisung und wiederholte ständig die vorgegebene Wortfolge. Wie im Flug vergingen fünf Minuten, dann hielt er inne.

„Wie fühlst Du Dich?", fragte Jenny.

„Gut", antwortete Dominik, „ein interessantes Gefühl. Ich fühle mich wirklich gut innerlich."

„Zum Glück lebe ich in Hong Kong, dort können wir unsere Religion frei praktizieren, bei meinen Großeltern in Beijing wäre das nicht möglich."

„Was bedeutet der Satz?", fragte Dominik.

„Sich dem mystischen Gesetz des Universums widmen", erklärte sie und fuhr fort: „ ‚Nam' ist das ‚Sichwidmen', ‚Renge' bedeutet ‚Lotus'. Die Lotusblume steht hier symbolisch, sie hat zugleich Blüte und Frucht, das ist wie die Gleichzeitigkeit von Ursache und Wirkung. Sie ist sehr rein und kann nicht schmutzig werden, braucht aber einen dreckigen Sumpf zum Wachsen. Den gleichen Dreck brauchen auch wir zum Wachsen, und alles was wir tun, ist eine Ursache und hat die Wirkung automatisch mit eingebaut. Das ist das Gesetz des Universums."

„Ich verstehe", sagte Dominik. Mittlerweile war es völlig dunkel geworden. „Möchtest Du gerne noch einmal für einen kleinen Nachtisch nach unten gehen?"

„Nein danke, ich werde langsam müde und würde gerne noch etwas lesen. Außerdem mag ich die Klimaanlage nicht."

„Okay", antwortete Dominik. „Für den Fall, dass Du schon schläfst, wenn ich wieder zurück bin: Wo sollen wir uns denn morgen treffen?"

„Komm einfach vorbei, wenn Du wach bist. Ich werde hier sein."

„Okay, bis morgen dann", sagte Dominik und ging wieder zum Restaurant hinunter. Es hatte jedoch bereits geschlossen, und so schaute er sich weiter um. Er kam an einer Bar vorbei, in der sich einige Lkw-Fahrer mit Whisky und anderem Schnaps vergnügten, ihre Sprache klang osteuropäisch.

An einem Tisch abseits der Bar saß eine Vierergruppe bei zwei größeren Flaschen Jack Daniel's, die sie sich vermutlich im Duty-free-Shop besorgt hatte.

Dominik lief weiter zur Diskothek am vorderen Ende des Decks. Es war noch früh, deshalb hielten sich auch noch nicht so viele Leute dort auf. Aus den Lautsprechern klang verhalten griechische Dancefloor-Musik, blaue Lichter spielten im Halbdunkel. Über die fast leere Tanzfläche ging Dominik an die Bar und bestellte eine große Fanta mit Eis, Alkohol trank er schon seit mehreren Jahren nicht mehr. Er setzte sich an einen der leeren Tische und nippte an seinem Glas, so langsam wurde auch er müde. Plötzlich setzte sich eine Frau neben ihn. Sie musste um die 50 sein, roch stark alkoholisiert.

„Wie gehts Dir denn?", fragte sie auf Englisch mit einer Art britischem Akzent, in dem etwas Skandinavisches mitklang.
„Habe mich nie besser gefühlt", antwortete Dominik.
„Was trinkst Du?", fragte sie.
„Fanta", gab Dominik zurück.
„Oh wie süüüüüßßßß", sagte die Frau „wie ein kleiner Junge. Du siehst aber sehr fit aus."
„Bin Freediver", antwortete Dominik. „Ich tauche ohne Luft in die Tiefe."
„Sehr mutig. Woher kommst Du denn?"
„Deutschland", erwiderte Dominik und fühlte sich allmählich genervt von der Frau.
„Du erinnerst mich an meinen kleinen Bruder", fuhr sie fort.
„Was machst Du beruflich?", fragte Dominik. „Und ubrigens, wo bist Du denn her?"
„Aus Dänemark. Ich hatte früher ein Reisebüro, nach meiner Scheidung ging aber alles an meinen Exmann. Das Geschäft ernährt ihn und meine zwei Töchter. Und ich kriege auch noch etwas ab davon und dazu viele Rabatte. So kann ich jetzt diese Reise machen."
Dominik nippte weiter an seiner Fanta. Er hatte sofort gespürt, was es mit dieser Frau auf sich hatte. Ihre Familie hatte sie sicher verlassen, weil sie eine unerträgliche Alkoholikerin gewesen war.
„Was treibt Dich jetzt nach Griechenland?", fragte Dominik gelangweilt.
„Ich werde eine Zeit lang dort wohnen", war ihre Antwort. „Habe eine billige Wohnung in Athen gekauft. Das Leben in Griechenland ist im Moment billiger als in Dänemark."
„Genau wie ich", sagte Dominik und reflektierte über die vielen unerwünschten Gemeinsamkeiten, die er mit dieser Frau hatte.
„Wie bitte?", fragte sie.

„Ach nichts", gab er zur Antwort. Er wollte nicht, dass die Frau die Ähnlichkeiten zwischen ihnen auch erkannte. Eine Gruppe von Griechen hatte sich mittlerweile auf der Tanzfläche versammelt. Sie machten ein paar einheimische Tanzschritte, alle mit den Armen auf den Schultern der Nachbarn. Dominiks Fanta war halb leer. Die Frau sagte: „Ich hole mir was zu trinken", stand auf und ging zur Bar. Diese Gelegenheit nutzte Dominik, um die Diskothek zu verlassen und nach oben zu laufen. Als er endlich wieder draußen stand, spürte er die Wärme der Meeresbrise. An seinem Platz angekommen nahm er Schlafmaske und Ohrenstöpsel aus dem Rucksack und legte sich in seinen offenen Schlafsack. Schnell schlief er ein.

Als er aufwachte, war es bereits hell. Er hatte gut geschlafen, war in der Nacht nur ein- oder zweimal aufgewacht. Auch seine Nachbarn wurden allmählich munter, eine Gruppe junger Griechinnen und ein französisches Pärchen, das die ganze Nacht mit den Köpfen auf dem Tisch verbracht hatte. Dominik stand auf und ging zur Bar, die gerade öffnete. Er bestellte sich einen Frappé, mit diesem in der Hand lief er zu Jenny hinüber. Sie war schon wach, lag aber noch auf dem Schlafsack und tippte auf ihrem iPhone herum.

„Guten Morgen", sagte Dominik, „oh, entschuldige, wolltest Du auch einen Frappé?"

„Nein danke, ich trinke keinen Kaffee, nur Tee."

„Soll ich Dir einen Tee besorgen?"

„Mach Dir keine Gedanken", sagte Jenny.

„Ich dachte, Du hast hier kein Internet", bemerkte Dominik.

„Nachdem Du gestern Abend gegangen warst, habe ich ein Passwort für das WLAN an Bord bekommen. Ich habe zwei Stunden kostenloses Internet. Muss meinen Eltern eine E-Mail schicken, damit sie wissen, dass ich okay bin. Außerdem will ich auch ein paar Freunde von mir kontaktieren. An der Bar gibts kostenlose Zugangscodes fürs Netz, da kannst Du Dir auch einen holen."

Dominik folgte Jennys Rat und bekam vom Barmann ein Kärtchen mit Benutzernamen und Passwort. Mit seinem Smartphone loggte er sich ein und lief zu Jenny zurück. „Habe gerade Deine WhatsApp bekommen", sagte er.

Jenny lächelte: „Dann können wir ja jetzt kommunizieren. Wir kommen gleich in einen Hafen. Ich glaube, das ist Igoumenitsa."

Dominik schaute sich um und sah, dass durch das schmutzige Fenster des Windschutzes Land zu erkennen war. Das Schiff wurde langsamer und eine Durchsage informierte zunächst auf Griechisch, dann auf Englisch mit griechischem Akzent: „Ladies and gentlemen, in thirty meenots we weel be arriving at the port of Igoumenitsa. All passengers deesembarkeeng at Igoumenitsa are requested to turn in their cabin keys and proceed to their veehicles at thees time." – „Meine Damen und Herren, in 30 Minuten erreichen wir den Hafen von Igoumenitsa. Alle Passagiere, die in Igoumenitsa aussteigen, werden gebeten, ihre Kabinenschlüssel an der Rezeption abzugeben und sich zu ihren Fahrzeugen zu begeben."

Einige Deckpassagiere hatten bereits ihre Sachen zusammengepackt und machten sich auf den Weg nach unten. Der Klang der Motoren verriet, dass das Schiff begonnen hatte, von seiner hohen Reisegeschwindigkeit herunterzubremsen. Es fuhr an einigen kleineren Inseln vorbei und steuerte aufs Festland zu.

„In Patras kommen wir erst um halb drei an", sagte Dominik.

„Aber nicht vergessen, in Griechenland ist es eine Stunde später als im restlichen Europa. Nach mitteleuropäischer Zeit sind wir um halb zwei da."

„Du hast recht", antwortete Dominik und ihm fiel ein, dass er seine Uhr noch um eine Stunde vorstellen musste.

Eine halbe Stunde später ging Dominik zum Heck des Schiffs. Im Hafen warteten bereits eine ganze Reihe von Pkw und Lkw sowie einige Passagiere zu Fuß mit ihrem Gepäck auf die Einschiffung. Mehrere herrenlose Hunde spekulierten auf Lebensmittel, die von Passagieren weggeworfen würden, und rannten bellend vorbeifahrenden Autos hinterher. Leute vom Hafenpersonal liefen herum und vertäuten die Fähre mit den starken Seilen am Kai, die vom Schiff herabgeworfen wurden. Die hintere Klappe öffnete sich und die ersten Lastwagen fuhren heraus. Bis sie nach dem Ent- und Beladen wieder ablegen konnten, verging fast eine Stunde. Dann verschwand Igoumenitsa in der Ferne. Das Schiff fuhr jetzt immer in Sichtweite am griechischen Festland entlang. Würde dieses Land für Dominik eine neue Hoffnung sein können, oder würde es genauso werden wie vor 20 Jahren?

Endlich sah er die Brücke bei Patras, die es vor 20 Jahren noch nicht gegeben hatte. Von ihrem Bau hatte er zum ersten Mal erfahren, als er sich eine Fernsehreportage über die Vorbereitungen Griechenlands auf die Olympischen Spiele 2004 angeschaut hatte. Das war damals noch im Wohnzimmer seiner Großeltern gewesen, sein Großvater war bereits gestorben, aber die Großmutter lebte noch, und er pflegte sie. Er erinnerte sich, dass die Infusionsnadel direkt über der eintätowierten Nummer in ihrem Arm steckte. Bald war es soweit, und eine Durchsage kündigte die bevorstehende Ankunft in Patras an: „Ladees and gentlemen, we will be ariveeng shortly een the port of Patras. All pasengers plesse prepare for disembarkation, turn in your cabin keys and een the next few meenots procede to your vehicles." – „Meine Damen und Herren, in Kürze erreichen wir den Hafen von Patras. Wir bitten alle Passagiere, sich auf das Verlassen des Schiffs vorzubereiten, die Kabinenschlüssel an der Rezeption abzugeben und sich in den nächsten Minuten zu ihren Fahrzeugen zu begeben."

Dominik und Jenny hatten ihre Sachen bereits zusammengepackt. „Es ist ein bisschen eng auf der Treppe", sagte Dominik. „Vielleicht wäre es besser, wenn Du zu Fuß aussteigst und wir uns draußen treffen." – „Okay", erwiderte Jenny.

Der lange Weg durch die metallenen, engen und drückend warmen Treppenhäuser hinab rief bei Dominik wieder ein unangenehmes Gefühl der Beklommenheit hervor. Als er das Deck erreichte, auf dem sein Auto stand, war die Metalltür zur Garage bereits geöffnet. Der gestresste Grieche, der ihm am Vortag die Anweisungen beim Einparken gegeben hatte, lief zwischen den Fahrzeugen herum und bereitete alles vor. Mit dem Rucksack über dem Kopf schlängelte Dominik sich an den Autos vorbei zu seinem Suzuki. Viel Platz war nicht, und die Fahrertür ließ sich nur einen Spaltbreit öffnen, mit Mühe quetschte er sich in den Wagen. Auch hier unten war es heiß und stickig. Vielleicht hätte er doch noch warten und erst in letzter Minute herkommen sollen. Er spürte die Vibrationen, die die Motoren des Schiffs beim Manövrieren verursachten, doch langsam wurden sie weniger. Die Fähre schien allmählich zum Stillstand zu kommen. Bald hörte er, dass sich die Fahrzeuge auf dem Deck über ihm bewegten, und nach einiger Zeit wurde rechts vor ihm eine Rampe heruntergelassen. Wenig später begann der Mann vom Vortag damit, die Autos dort hinauf zu dirigieren. Rund um Dominik war das Anspringen von Motoren zu hören. Endlich kam auch er an die Reihe und konnte rauffahren. Als er auf dem Hauptdeck ankam, verließ er das Schiff durch die geöffnete Heckklappe. Draußen hielt er dann Ausschau nach Jenny, und als er sie entdeckte, fuhr er zu ihr hinüber. Grinsend erwartete sie ihn mit ihrem blauen Hartschalen-Trolley und dem roten Rucksack. Ihre Augen waren unter einer Baseballkappe durch eine Sonnenbrille verdeckt. Dominik dachte, dass sie in der intensiv strahlenden, griechischen Sonne fast wie die Tochter eines Hong Konger Gangsters dastand, die ihre bösen Absichten unter ihrer zarten, milchigen Haut zu verstecken suchte. Unter einem Pavillon neben ihr sah er eine Gruppe von Männern, Frauen und Kindern, die dort im Schatten Obst und Brot aßen. Die meisten waren mit ihren Smartphones beschäftigt, einige hatten ihre Handys mit einer angeschlossenen Solarzelle in die Sonne gelegt. Zigeuner, dachte Dominik zuerst, dann fiel ihm ein, dass es sich bestimmt um Flüchtlinge handelte, die auf dem Weg nach Norden waren, also das Gegenteil von dem taten, was er gerade machte.

„Du warst leicht zu finden", sagte Dominik. „Aber es gibt hier ja auch nicht so viele Passagiere zu Fuß. Hauptsächlich sind es Fahrzeuge." Er öffnete die Heckklappe, Jennys Trolley passte so gerade eben noch hinein, der Rucksack jedoch nicht.

„Ist schon okay, den nehme ich auf den Schoß", meinte sie, stieg ein und hielt ihren Rucksack auf den Beinen wie eine Mutter ihr Kind. Auf dem Weg aus dem Hafen hinaus sahen sie noch mehr von solchen Gruppen wie die gerade eben unter dem Pavillon, alle waren sie unterwegs, alle warteten darauf, mit einem Schiff oder anderswie weiterzukommen. Ein Szenario, wie er es in seinen Lieblingsfilmen oft gesehen hatte, Menschen „on the move", fort aus einem Desaster, hin in eine ungewisse Zukunft, eine Zukunft, die vielleicht in einem anderen Desaster enden könnte.

Das neue Leben

Dominik reihte sich mit seinem Suzuki in die Schlange ein, die sich vor der Hafenausfahrt gebildet hatte. Die Nachmittagssonne schien grell herab, sodass der Beton um sie herum intensiv weiß strahlte. Ohne Sonnenbrille wäre das gar nicht zu ertragen gewesen. Die Klimaanlage lief auf Hochtouren, und im Auto herrschte eine angenehme Temperatur. Der Suzuki sah von außen zwar klein und klapprig aus und war in den Bergen auch nicht gerade der Schnellste, aber er war robust und zuverlässig, und bis auf den Tacho funktionierte das Wesentliche. Ein ordentlicher Kauf und hoffentlich ein guter Begleiter für die nächsten paar Monaten im neuen Leben.

An der Ausfahrt stand ein kleines Häuschen, auf dessen einer Seite die Autos in den Hafen hinein- und auf der anderen aus ihm herausfuhren. Bei den einfahrenden Fahrzeugen wurden gelegentlich die Papiere geprüft, insbesondere bei den Lkws und Transportern. Die ausfahrenden Autos wurden zwar nicht kontrolliert, trotzdem aber hatte sich wegen der nur schmalen Durchfahrt eine lange Schlange gebildet. Als sie endlich draußen waren, fuhr Dominik an die Seite, nahm das Navi aus dem Handschuhfach und programmierte die Adresse von Jennys Jugendherberge ein. Sie hatten festgestellt, dass seine Wohnung nur ein paar Hundert Meter entfernt in derselben Straße lag. Dominik folgte dem Navi und bog nach links in die vierspurige Hauptstraße vor dem Hafen ein, die sie zunächst an einem Lidl und einem Praktiker-Baumarkt vorbeiführte. Sie fuhren durch die Stadt, bis sie an die T-förmige Einmündung zu einer autobahnähnlichen Schnellstraße kamen, ein großes, altes Schild gegenüber wies mit griechischen Buchstaben und einem Pfeil nach links den Weg: „Athina". Dominik wartete, bis die Ampel dort auf Grün umschlug, dann bog er ab. Bald schon kam die erste Mautstation. Jenny gab ihm ein paar Münzen, die er der Frau am Schalter hinüberreichte. Die Fahrt nach Athen dauerte insgesamt zweieinhalb Stunden. Unterwegs mussten sie einmal halten um zu tanken. Als er sah, wie viel das Benzin kostete, bekam Dominik einen leichten Schock. Es war teurer als in Deutschland, dabei war es vor 20 Jahren noch deutlich günstiger gewesen als daheim. Jenny bezahlte die 30 Liter mit ihrer Kreditkarte. Bei Korinth machten sie einen Stopp, weil Jenny gerne den Kanal sehen und Wasser kaufen wollte. Hier hatte sich in den letzten 20 Jahren kaum etwas verändert, wie Dominik feststellte, nur dass es unter der Brücke mittlerweile die Möglichkeit zum Bungee-Jumping gab.

Auf der Weiterfahrt erreichten sie schließlich die ersten Vororte von Athen, die mit ihren Ölraffinerien und einem penetranten Schwefelgeruch in der Luft nicht gerade besonders schön waren. Zäune grenzten die Werksgelände gegen die Straße ab, in deren dichten Verkehr sich nun auch viele Tanklastwagen mischten. An den Stränden rechts der Straße konnte man nicht baden, vielmehr ragten dort lange Stege ins Wasser hinein, auf denen mächtige Leitungen lagen. Sie waren zu kleineren Tankschiffen geführt, die ein paar Hundert Meter weiter draußen ankerten und Öl von riesigen, einige Kilometer entfernt wartenden Tankern herbeibrachten. Öl, das notwendig war, um in einem Land mit zehn Millionen Einwohnern die Autos am Laufen zu halten. Die Straße führte dann an baumbestandenen Grünanlagen vorbei, die durch stinkenden Müll und abgelegten Schrott völlig verdreckt waren. Einige Obdachlose hatten sich hier ihr Zuhause eingerichtet. An den Ampeln liefen fremdländisch aussehende Menschen durch die Reihen der Autos und boten Päckchen mit Papiertaschentüchern feil. Die meisten von ihnen trugen schmutzige Kleidung: Langärmlige, oft karierte Hemden, blaue oder graue Arbeitshosen sowie Baseballkappen. Ihre Haut war von der Sonne tiefdunkel verbrannt. Wahrscheinlich waren es Flüchtlinge, die ums Überleben kämpften, nachts schliefen sie in den verlassenen Grünanlagen, tagsüber war die Straße ihr Arbeitsplatz. Viele Geschäfte säumten die Straße, darunter ein größerer Media Markt mit Parkplatz und ein zehnstöckiges Gebäude, an dem oben der Schriftzug „Karelia" zu lesen war, der Name des größten griechischen Zigarettenherstellers. Dominik hatte nicht die geringste Ahnung, wo er hinfuhr, er folgte einfach nur den Anweisungen seines Navis. Langsam wurde die Straße schmaler, und es schien, als hätten sie die Innenstadt erreicht. Als sie plötzlich einen großen Platz vor sich sahen, wusste Dominik, wo sie waren. Es handelte sich um den Omonia-Platz, und er erinnerte sich, dass dies vor 20 Jahren ein Ort war, den man nachts besser mied und an dem man tagsüber vor Taschendieben auf der Hut sein musste. Es sah hier fast genauso aus wie damals, mit den Kiosken oder Periptera, wie sie auf Griechisch hießen, und all den Menschenmassen auf den Bürgersteigen, den billigen Hotels, den Reisebüros mit ihren Werbetafeln für „Cheap Flights and Ferry Tickets" sowie den Läden, die günstige Schuhe und andere Kleidung anboten. Neu allerdings war der Brunnen, aus dem inmitten einer Anlage aus grünem Gras, Beton und Sitzbänken Wasser fünf Meter in die Höhe schoss. Dominik folgte dem Navi um den Platz herum bis zu einem Schild, auf dem neben einem Pfeil nach rechts sowohl in griechischen als auch in lateinischen Buchstaben „Syntagma" stand. Er bog ab und folgte einer breiten Einbahnstraße mit Büros und kleineren Bekleidungsläden, in deren Schaufenstern kopflose Puppen in Herrenanzügen sowie Damenblusen und Röcken steckten, daneben waren Cafés und Fast-Food-Imbisse der Ketten Goody's und Everest zu sehen. Schilder davor warben auf Griechisch: „Frappé mono ena Evro". Dann stießen sie auf den Syntagma-Platz. Dominik erkannte das Hotel Grande Bretagne wieder mit seinem schick gekleideten Personal, das den VIPs die Türen der dort haltenden Autos öffnete, und das große Parlamentsgebäude, vor dem zu jeder vollen Stunde die Wachablösung der Ehrengarde stattfand. Dort wo er vor 20 Jahren noch bei Wendy's gegessen hatte, war mittlerweile eine McDonald's-Filiale untergebracht, daneben lag die Post. Und an der Stelle der U-Bahn-Baustelle von damals führte jetzt ein Eingang zur Metrostation „Syntagma" hinab. Das Navi dirigierte Dominik an einer Straßenbahnhaltestelle vorbei und dann weiter geradeaus. Plötzlich sahen sie rechts vor ihnen die Akropolis. Als Jenny ihr iPhone hervorholte und ein paar Bilder schoss, erinnerte sich Dominik an das Album mit seinen alten Fotos von Athen, es lag jetzt im Lagerraum in Berlin. Hinter dem Olympiastadion von 1896 wies das Navi sie an, nach rechts in eine der Seitenstraßen mit ihren kleinen Wettbüros und Supermärkten abzubiegen. Auf den Balkons der Häuser hing zwischen der grünen Pflanzenpracht die Wäsche der Bewohner zum Trocknen auf den Leinen. Die nächste Straße links kam Dominik dann auf einmal bekannt vor, und tatsächlich konnte er auf einem Schild in griechischen und lateinischen Buchstaben ihren Name lesen: „Damareos". Sogleich meldete sich auch die Stimme aus dem Navi: „In hundert Metern haben Sie ihr Ziel erreicht, Ihr Ziel liegt auf der rechten Seite." Vor der Jugendherberge stellte Dominik das Auto in zweiter Reihe ab und schaltete die Warnblinkanlage an. Dann half er Jenny mit ihrem Gepäck. Sie gingen zum Eingang und betraten einen langgezogenen, nach oben offenen Gang, der wie ein Innenhof wirkte, und den Dominik sofort wiedererkannte. An einem der dort aufgestellten Tische hatten sich ein paar junge Backpacker niedergelassen, an einem anderen war ein Ehepaar, das ungefähr in Dominiks Alter sein musste, damit beschäftigt, einen Salat zu essen. Etwas abseits unterhielten sich zwei junge Frauen auf Italienisch. Im hinteren Bereich lag das Zimmer fürs Personal, junge Leute, die in der Herberge arbeiteten und übernachteten, Studenten aus den USA, verschiedenen europäischen Ländern oder auch aus Australien, die per „work-study" durch Europa reisten. Dominik führte Jenny dorthin. Auf einem der Etagenbetten saß ein junger Mann und tippte auf seinem Smartphone herum, das er an den Strom angeschlossen hatte. Als er die beiden sah, fragte er auf Englisch mit italienischem Akzent: „Wollt Ihr einchecken?"

„Ich nicht, aber sie", antwortete Dominik und zeigte auf Jenny. An sie gewandt meinte er: „Okay, ich glaube, dann gehe ich jetzt."

„Danke für die Mitfahrgelegenheit", sagte Jenny. „Ich ‚whatsappe' Dir, sobald ich mit Jorgos Panastratos in Kontakt bin. Machs gut, und melde Dich, wenn Du mal Lust auf ein Treffen hast oder was unternehmen möchtest."

„Okay, wir bleiben in Kontakt", antwortete Dominik und ging zu seinem Auto hinaus. Er schaltete das Navi noch mal an und gab die Adresse seiner Wohnung ein. Das Gerät wies ihn an, geradeaus zu fahren, und gleich hinter der nächsten Kreuzung hörte er dann schon die Stimme: „In hundert Metern haben Sie Ihr Ziel erreicht. Ihr Ziel liegt auf der rechten Seite."

Zum Glück gab es eine Parklücke direkt vor dem Haus. Aus seiner Studienzeit konnte er noch griechische Buchstaben lesen, und so fand er auch rasch die Klingel mit dem Namen Panagopoulou. Er schellte und wartete. Es war fast 18 Uhr, und der Beton der Stadt begann allmählich, die aufgenommene Hitze des Tages wieder abzugeben. Durch ein Fenster neben der Haustür konnte Dominik sehen, wie sich der Fahrstuhl öffnete, und eine hübsche, dunkelhaarige Frau so um die 30 zum Eingang kam.

„Sie sind Dominik Rosenbaum?", fragte sie.

„Ja", antwortete er.

„Angelika Panagopoulou", sagte die Frau und hielt ihm die rechte Hand entgegen. „Oder auch Angie, ist einfacher."

„Genau wie unsere frühere Bundeskanzlerin", erwiderte Dominik und ergriff ihre Hand. Sie sprach Englisch mit fast perfektem amerikanischen Akzent. „Woher kannst Du so gut Englisch?", fragte er.

„Im Alter zwischen 15 und 20 habe ich in Toronto gelebt", erklärte sie.

„Genau wie ich. Ich war in dem Alter in New York City. Was hat Dich wieder nach Griechenland zurückgeführt in diesen so schwierigen Zeiten?"

„Es ist einfach schöner hier. Die Menschen, das Wetter. Es gibt keinen besseren Platz auf Erden. Meine Eltern sind auch zurückgekehrt, als mein Vater in Rente ging. Die haben jetzt was Schönes in Vironas. Hier in diesem Haus besitzen wir zwei Wohnungen, ich selbst wohne im zweiten Stock, Du im vierten. Ich bringe Dich hoch."

Dominik folgte der jungen Frau zum Fahrstuhl. So hatte er sich Frau Panagopoulou nicht vorgestellt, er hätte eher mit einer griechischen Matrone von Mitte 50 gerechnet. Der Aufzug war ziemlich eng, es hätte höchstens noch eine weitere Person hineingepasst, und die weit herausstehenden Knöpfe für die einzelnen Etagen ließen erkennen, dass er schon recht alt war. Als er sich nach oben bewegte, sah Dominik die Schachtwände und die Türen der anderen Stockwerke an sich vorbeiziehen. In der vierten Etage stiegen sie aus. Es war warm im Flur, aber durch ein offenes Fenster kam Luft herein. Dominik schaute hinaus und sah eine Reihe von Balkons, die auf einen Innenhof gingen. Am Ende des Gangs betrat er hinter Angelika seine neue Wohnung. Im Wohnzimmer stand die Glastür zum Balkon auf, sodass die hellen, fast durchsichtigen Vorhänge sich durch den Luftzug leicht bewegten. Das Sonnenlicht fiel nahezu ungehindert ins Zimmer. Fast genauso wie in seiner Berliner Wohnung, dachte Dominik, gut dass er die Schlafmaske mitgebracht hatte. Aber da fiel ihm rechts der Tür das breite Band für den Rolladen auf, und eine Klimaanlage gab es auch. Trotz der Hitze draußen würde er doch immerhin lange schlafen können. Hinter einer offenen, hüfthohen Durchreiche lag eine kleine Küche, davor standen ein paar Barhocker. Mitten im Zimmer stand ein Esstisch, an der linken Seite ein Sofa.

„Das Sofa lässt sich in ein Bett verwandeln", sagte Angelika, „dann muss nur der Tisch weg. Wenn Du mir hilfst, zeige ich Dir, wie es geht." Sie schoben den Tisch zur Seite, und Angelika zog das Sofa aus. „Decken sind im Schrank dort oben", erklärte sie und wies mit dem Finger auf eine Tür, die etwa zweieinhalb Meter über dem Boden lag. „Du brauchst aber Deine eigene Bettwäsche und auch eigene Handtücher. Wenn Du keine hast, kannst Du ganz günstig welche bei Sklavenitis, im Supermarkt hier in der Nähe bekommen. Ich zeige Dir jetzt noch das Bad."

Das Badezimmer war mit einer Toilette, einer Dusche samt Vorhang und einem Waschbecken ausgestattet. Neben der Dusche stand eine kompakte Toplader-Waschmaschine mit zwei Knöpfen. „Wenn Du die Waschmaschine benutzt, musst Du das Wasser in die Dusche abfließen lassen. Sie funktioniert wie jede andere europäische Waschmaschine auch. Die Bedienungsanleitung findest Du in der oberen Schublade in der Kommode im Wohnzimmer, falls Du sie brauchst. Da liegt auch die Gebrauchsanweisung für die Klimaanlage."

Welch ein Luxus, dachte Dominik. Das hier war wesentlich mehr als das, was er in Berlin gehabt hatte, und dort hatte er die letzte Zeit sogar ohne Strom überlebt.

„Solltest Du irgendwas brauchen, sag einfach Bescheid. Ich muss jetzt gehen, ich muss um sieben unterrichten."

„Was unterrichtest Du denn?", fragte Dominik.

„Tanz. Ich habe heute Ballett für Anfänger", antwortete Angelika.

„Könntest Du mir nur noch kurz zeigen, wie die Klimaanlage funktioniert, bevor Du gehst?"

„Natürlich", erwiderte sie, und die beiden gingen wieder ins Wohnschlafzimmer zurück. Angelika erklärte Dominik die Fernbedienung und schaltete das Gerät an. „Gut, dann bin ich jetzt weg", sagte sie, „wir sehen uns."

Dominik legte sich auf die Matratze des Sofabetts und schlief nach kurzer Zeit ein. Als er wieder wach wurde, war es draußen noch hell, sein Handy zeigte 19 Uhr. Er nahm die Schlüssel, die Angelika auf den Tisch gelegt hatte, und verließ die Wohnung, um sein Auto auszuräumen. Dreimal musste er runter und wieder rauf, gut dass es den Fahrstuhl gab. Nach einer halben Stunde hatte er alles Notwendige in der Wohnung oben, auch die große Tasche mit seiner Tauchausrüstung, das einzig Wertvolle, das er noch besaß. Er nahm die Wäsche aus einer der Taschen und bezog das Bett. Langsam bekam er Hunger und beschloss, zum Supermarkt zu gehen. Er verließ die Wohnung, fuhr mit dem Fahrstuhl hinunter und lief ein paar Hundert Meter Richtung Jugendherberge, bog aber an der Kreuzung davor links ab. Er bewegte sich in der neuen Nachbarschaft, als ob er das alles aus einem früheren Leben kennen würde, wie in einer hypnotischen Rückführung. Er erinnerte sich ganz genau, wo der Sklavenitis war. Als er den Laden betrat, wurde er von Geruch nach gebratenem Fleisch begrüßt. Der kam sicherlich von der Heißen Theke her, so wie in den Supermärkten in den USA. Er ging dorthin und sah frische Lammkoteletts und Hähnchenschenkel in der Auslage, aber auch bereits in Plastikschalen abgepacktes Essen wie Auberginen mit Tomaten, ganze Brathähnchen und Moussaka. Dominik entschied sich für ein Brathähnchen sowie eine Portion von den Auberginen mit Tomaten und legte beides in den Einkaufskorb, den er sich am Eingang genommen hatte. Auf dem Weg zur Kasse tat er neben einem Tetrapak Amita Mehrfruchtsaft noch eine 100g Dose Nescafé und eine kleine, blaue Packung Loumidis-Kaffee dazu. Er zahlte mit seiner EC-Karte von der Sparkasse, und als der Kassierer sah, dass es sich um eine deutsche Karte handelte, sagte er auf Deutsch: „Vielen Dank." Seine Einkäufe packte Dominik in zwei dünne Plastiktüten, für die er jetzt anders als vor 20 Jahren jeweils neun Cent bezahlen musste, aber hinterher könnte er sie auch als Mülltüten verwenden. In Deutschland war das anders, da boten einige Supermärkte ja schon gar keine Plastiktüten mehr an. Wieder draußen auf der Straße wurde es allmählich dunkel, und der heiße Spätsommerabend rief in Dominik die Erinnerung an sein letztes Unterwasser-Rugby-Spiel an jenem warmen Tag in Berlin wach, das war jetzt fast einen Monat her. Er lief zu seiner Wohnung zurück, als hätte es die letzten 20 Jahre nicht gegeben, wie damals war er wieder ein junger Mann Mitte 20, der Hoffnungen hatte und das Leben noch vor sich. An der Haustür angekommen öffnete er diese mit seinem Schlüssel und stieg in den Fahrstuhl ein. So gut hatte er es in Berlin nicht gehabt, dort musste er die acht Stockwerke immer zu Fuß hochlaufen, auch wenn er schwer bepackt war. Seine Wohnung begrüßte ihn mit einem leichten Kälteschock, er hatte die Klimaanlage angelassen, während er einkaufen war. In der Küche fand er Besteck und zwei Teller, nahm sie mit ins Zimmer, stellte die beiden Schalen mit dem Hähnchen und dem Gemüse darauf und begann zu essen. Das Hähnchen war außen zwar recht fettig, innen aber sehr trocken. Typisch, wenn man so spät am Tag noch etwas von der Heißen Theke holt. Immerhin waren die Auberginen und Tomaten weich und gut gewürzt. Obst und Gemüse schmeckten am Mittelmeer doch immer besser als in Deutschland, selbst wenn sie in Plastik verpackt waren. Vom Hähnchen schaffte er nur die Hälfte, den Rest legte er für den nächsten Tag in den Kühlschrank. Dann schaltete er den Flachbildfernseher ein und zappte durch die Kanäle. Er fand ein paar griechische Sender, konnte aber kaum etwas verstehen. Er stieß schließlich auf BBC World News und schaute sich die neuesten Nachrichten über Flüchtlinge an, einige von denen hatte er heute ja gesehen. Ihm wurde bewusst, wie weit er an den Rand der Gesellschaft abgerutscht war. Als er noch bei seinen Großeltern wohnte, hatte er regelmäßig die Nachrichten verfolgt. Danach besaß er gar keinen Fernseher mehr, hatte aber immerhin noch eine Zeit lang an seinem Computer fernsehen können, bis dieser vor ein paar Jahren dann nur noch einen dunklen Bildschirm gezeigt hatte. Seit dem letzten Jahr konnte er mit seinem billigen Smartphone gelegentlich wieder was schauen, das brachte aber den Datenverbrauch immer schnell ans Limit. Auch mit seinem Weltempfänger von Lidl hatte er noch Nachrichten empfangen, damit aber schon vor einiger Zeit aufgehört. Als die BBC nämlich den Kurzwellenkanal für Kontinentaleuropa eingestellt hatte, war ihm irgendwie alles egal geworden.

Er schaute die Sendung im Fernsehen weiter und stellte zu seiner Erleichterung fest, dass er wieder in die Welt einstieg, er konnte sich wieder für das interessieren, was um ihn herum geschah. Mit der Fernbedienung suchte er nach weiteren Kanälen. Sogar die Deutsche Welle war auf Englisch zu empfangen, dann blieb er aber bei einer Finanzsendung in englischer Sprache hängen. In der Werbepause erschien ein arabisches Symbol mit dem Schriftzug „Al Jazeera" auf dem Bildschirm, die tolle Begleitmelodie mit dem Piepsen darin klang fast wie bei der BBC. Dominik hatte schon mal von dem Sender gehört und auch dessen Webseite besucht. Es folgte ein Spot für Qatar Airways mit einer gut aussehenden Geschäftsfrau in der ersten Klasse, die von einer hübschen Flugbegleiterin bedient wurde. Die Geschäftsfrau erinnerte ihn an die Sachbearbeiterin, die ihm vor fast einem Monat die Hiobsbotschaft mitgeteilt hatte.

Die Klimaanlage lief auf vollen Touren, und langsam wurde es ihm zu kühl. Dominik nahm die Fernbedienung, stellte die Temperatur höher und den Ventilator runter. Die Anlage war neu und verursachte kaum Geräusche. So allmählich machte sich seine Müdigkeit bemerkbar. Er schaute aufs Handy und sah, dass es bereits nach zehn war, so schnell waren drei Stunden vergangen. Er schloss die Rollläden, löschte das Zimmerlicht und knipste die Lampe an, die auf einem Tisch neben dem Sofabett stand. Zusammen mit dem laufenden Fernseher sorgte deren Licht für eine entspannende Atmosphäre. Dominik holte sich eine Decke aus dem Schrank, legte sich aufs Bett und sah weiter fern. So hatte er sich schon lange nicht mehr gefühlt, es war fast wie in einem richtigen Schlafzimmer mit Nachttisch und Fernseher, obwohl es sich bei dem Bett ja eigentlich nur ein Sofa zum Ausziehen handelte. Die Klimaanlage gab ein leises, beruhigendes Geräusch von sich, Ohrenstöpsel würde er nicht brauchen. Mit der Fernbedienung schaltete er den Fernseher aus, zog sich die Decke über und drehte sich auf die Seite. Durch die geschlossenen Fenster und die heruntergelassenen Rollläden war die Wohnung fast vollständig vom Lärm der Straße abgeschottet, nur ganz entfernt hörte er eine vorbeifahrende Vespa. Ein weiterer Tag, der zu Ende ging, dachte Dominik noch beim Einschlafen, hoffentlich war dies der Start in ein neues Leben ... Vielleicht würde es das aber auch nicht sein ...

Einige Stunden später wurde er wieder wach. Durch die Rollläden drang ein wenig Licht ins Zimmer, draußen war es schon hell. Ein Blick auf sein Handy verriet Dominik, dass es bereits acht Uhr war. So lange schlief man als Arbeitsloser immer, selbst im „Urlaub", wenn man das denn so nennen konnte. Er stand auf, zog die Rollläden hoch, und schaute auf die Balkons des gegenüberliegenden Hauses. Athen stand ein sonniger Tag bevor, mit einem strahlend blauen Himmel. Trotz der geschlossenen Fenster hörte Dominik eine durchdringende Lautsprecherstimme: „Orees patates, rodakina, karpouzia" – „Schöne Kartoffeln, Pfirsiche, Melonen." Er öffnete die Tür und trat auf den Balkon hinaus. Es war warm, aber noch nicht so heiß, wie es im Hochsommer um diese Uhrzeit in Griechenland schon hätte sein können. Aber sie hatten ja auch bereits Anfang September. Der Balkon war zwar klein aber immerhin doch groß genug für einen Tisch mit Stühlen und eine Grünpflanze. Dominik blickte zur Straße hinab, die noch im Schatten lag. Er sah, dass die Lautsprecherstimme vom Toyota Pick-up eines Bauern herkam, der auf diese Weise die ganze Nachbarschaft auf sich aufmerksam machen wollte. Derweil summte die Außeneinheit der Klimaanlage, die etwas mehr als zwei Meter über dem Boden an der Wand angebracht war, leise vor sich hin. Das ließ ihn daran denken, dass man in Berlin von einer solch modernen Wohnung für einen so günstigen Preis nur hätte träumen können.

Dominik ging in die Küche und öffnete die Packung mit dem Loumidis-Kaffee, die er am Vorabend gekauft hatte. In einem der Schränke fand er ein Töpfchen, mit dem er sich griechischen Kaffee kochen konnte. Er füllte es mit Wasser, gab Kaffee und Zucker hinein und stellte es auf die dafür vorgesehene kleine Platte des Herdes. Dann ging er wieder auf den Balkon zurück, um zu beobachten, was sich unten auf der Straße tat. Er überlegte, welcher Wochentag heute war, auch so ein Symptom der Arbeitslosigkeit, bis er darauf kam, dass es Dienstag sein müsste. Auf der Straße war einiges los, mehrere junge Leute eilten zur Arbeit, und auf der Fahrbahn ging ein älterer Herr, der eine lange Hose mit Trägern, ein weißes T-Shirt und einen Hut trug, an seinem Stock neben den geparkten Autos her, weil es auf seiner Straßenseite keinen Bürgersteig gab. Auch an Dominiks Suzuki lief er vorbei. Der Obst- und Gemüsehändler saß hinter dem Steuer seines Pick-ups und pries über den Lautsprecher auf dem Fahrzeugdach seine Waren an. Plötzlich hörte Dominik ein Geräusch aus der Küche, der Kaffee lief über! „Mist", sagte er laut und rannte in die Küche, um den Topf von der Platte zu nehmen. Zum Glück war noch mehr als genug Flüssigkeit übrig geblieben. Mit ein paar Papierhandtüchern von der Rolle neben dem Spülbecken wischte er den Herd ab, goss dann Kaffee in eine Tasse, nahm sie mit auf den Balkon und setzte sich an den Tisch. Ein Aschenbecher rief wieder die Erinnerung ans Rauchen in ihm wach, eine Karelia Superior Virginia wie vor 20 Jahren wäre jetzt eigentlich gar nicht schlecht gewesen. Aber auch ohne Zigarette nippte er zufrieden an seinem heißen Kaffee: Das hier war das Beste, was ihm in den letzten zehn Jahren, nach der Zeit bei seinen Großeltern, passiert war. Er sann über den Morgen nach ... Ein neuer Anfang, dachte er wieder.

Allmählich war sein Kaffee kühler geworden, sodass er ihn normal trinken konnte. Dominik überlegte, was er heute machen wollte. Vielleicht könnte er sich ja die Akropolis anschauen. Eigentlich war er zwar nicht als Tourist nach Griechenland gekommen, aber einen Tag könnte er vielleicht doch so verbringen, dachte er sich, nur den ersten in seinem neuen Leben. Er ging hinein, schloss die Balkontür, zog Hemd und Schuhe an, schaltete die Klimaanlage aus und verließ die Wohnung.

Der Morgen war warm, die extreme Hitze des Hochsommers jedoch stellte sich jetzt nicht mehr ein. Dominik wandte sich wieder in Richtung Jugendherberge, blieb aber an einer Bushaltestelle stehen. Irgendwas hatte er von vor 20 Jahren noch vage in Erinnerung, und so wartete er. Nach ein paar Minuten kam ein weißer Mercedes Linienbus mit gelben und blauen Streifen, und er stieg ein. Alles wirkte wie in einem Bus in Deutschland, selbst ein ausrangierter Fahrscheinentwerter, neben dem jetzt ein neues Gerät in Betrieb war, sah so aus wie dort. Da bemerkte Dominik oben am Fenster ein Schild des MVV, des „Münchner Verkehrs- und Tarifverbunds", auf dem in deutscher Sprache stand: „Schwarzfahren kostet 60 Euro". Einen Moment lang dachte er, er hätte Halluzinationen, doch dann erinnerte er sich daran, entsprechende Schilder auch vor 20 Jahren schon in griechischen Bussen gesehen zu haben. Die Fahrzeuge wurden in Deutschland gebraucht gekauft und zu Hause sofort eingesetzt, ohne dass man dabei auf solche Details achten würde. Jetzt erst fiel ihm auch ein, dass er selbst keinen Fahrschein hatte. Nachher müsste er sich auf jeden Fall noch welche am Periptero besorgen, dort jedenfalls waren sie vor 20 Jahren zu bekommen gewesen. Der Bus fuhr durch die Straßen, vorbei an Wohnhäusern und Geschäften. Er war sehr voll, dicht neben Dominik stand eine kräftige, ältere Dame in einem Kleid mit freien Schultern und braunem Blumenmuster. Als sie an einem größeren Gebäude vorbeikamen, vor dem einige Kampfjets ausgestellt waren, wusste Dominik endlich wieder, wo er sich befand. An der nächsten Haltestelle stieg er aus und ging die Treppen zu einer U-Bahn-Station hinunter. Im Vergleich zu all den mittlerweile heruntergekommenen Nachkriegsbauten, den Automassen mit ihren Abgasen und dem ganzen Dreck über der Erde hatte er hier unten fast den Eindruck, sich in einer anderen, saubereren Welt zu befinden, in der alles modern und aus Marmor zu sein schien. Auf der rechten Seite sah er die Fahrkartenautomaten und einen Schalter, hinter dem eine gelangweilte, attraktive Frau um die 30 saß und auf Kunden wartete. Dominik ging an einen der Automaten, studierte die Buttons und drückte schließlich einen, der den britischen Union Jack zeigte. Plötzlich erschien der ganze Bildschirm in englischer Sprache. Er drückte „Single Ticket" – „Einzelfahrschein" und wurde aufgefordert: „Please pay € 1,20" – „Bitte zahlen Sie € 1,20". Halb so viel wie in Berlin, dachte er und steckte ein Zweieurostück in den Schlitz. Heraus kamen seine Fahrkarte und 80 Cent Wechselgeld. Ein Fünfzigcentstück ließ ihn daran denken, wie an dem verregneten Tag vor einem Monat der Inder im Internetcafé in Berlin „Founfsik Cent" gesagt hatte. Mit dem Ticket passierte er die Zugangsschranke und fuhr auf einer Rolltreppe zu den Gleisen hinunter. Es war warm auf dem Bahnsteig und außerdem auch sehr voll, die Rushhour schien noch in vollem Gang zu sein. Dominik schaute sich die Werbeplakate an und verfolgte auf einem Bildschirm ein Video, das einladend angerichtete Spezialitäten wie Fisch, Garnelen und Lamm zeigte sowie einen Sommelier, der einem hübschen Paar Rotwein einschenkte. Das Paar saß an einem Tisch direkt auf einer Klippe, mit dem herrlichen Meer und einem romantischen Sonnenuntergang im Hintergrund. Dann wechselte das Bild zu gut aussehenden, braun gebrannten Urlaubern auf einer Segeljacht in einer schönen Bucht, Frauen in blauen und schwarzen Bikinis, Männer in gelben und rosafarbenen Badeshorts. Sie spielten Gitarre und sprangen anschließend ins kristallklare Wasser. Eine Unterwasserkamera filmte sie beim Schwimmen und Tauchen, wobei die Hintern der Frauen mit besonderer Sorgfalt ins Bild genommen wurden. Warum bloß trugen die Frauen Schwarz und Blau, die Männer dagegen hellere Farben und sogar Pink? Im Anschluss erschienen die Wörter „Visit Greece" auf dem Monitor. Danach wechselte das Bild zum Foto einer Frau, es wirkte wie ein Passfoto, und auf Griechisch war mit roten Buchstaben etwas diagonal darüber geschrieben. Links vom Foto standen Daten mit den Jahreszahlen 2005 und 1980, letzteres vermutlich das Geburtsdatum, ersteres wohl der Zeitpunkt, seit dem die Frau vermisst oder gesucht wurde. Ein offizieller Stempel war auch auf dem Bild zu sehen. Auf einmal hörte Dominik polternde Geräusche von links aus der Tunnelöffnung, sie kündigten die Einfahrt der U-Bahn an. Als der Zug hielt, stieg er ein, und bevor sich die Türen wieder schlossen, erklang ein Warnsignal, es war fast das Gleiche, das Dominik von der Berliner S-Bahn her kannte. Die Bahn fuhr los, und bald war aus dem Lautsprecher eine angenehme, weibliche Stimme zu hören: „Epomeni stasi Syntagma. Next station Syntagma", das zweite mit griechischem Akzent. Eine junge Frau in schmutzigen Klamotten und dreckigem Kopftuch lief weinend durch die Menge der Fahrgäste und bettelte mit ausgestreckter Hand: „Ena Evro, ena Evro, parakalo, prepi na fao, pinao." Ihre Stimme war das Einzige, das in dem vollen Wagon zu hören war, aber die übrigen Leute schienen andere Sorgen zu haben. Zum ersten Mal in seinem Leben hatte Dominik den Eindruck, die Situation einer solchen Person verstehen zu können, beinahe wäre ihm ja etwas Vergleichbares passiert. Früher in Berlin hatte er Bettler immer ignoriert, jetzt aber griff er in seine Tasche und fasste nach dem Fünfzigcentstück, es war noch nicht in seinem Portemonnaie gelandet. Er legte es der Frau in die ausgestreckte Hand. Überrascht schaute sie zu ihm auf, legte ihre Hand aufs Herz, neigte den Kopf und sagte mit starkem südländischen Akzent auf Englisch: „Danke sehr, Deine Barmherzigkeit wird nie vergessen werden." Noch bevor Dominik reagieren konnte, hielt der Zug an der nächsten Station, und die Frau war verschwunden, vermutlich war sie ausgestiegen. Beunruhigt griff er nach seinem Portemonnaie in der Hosentasche, es war noch da, sie hatte ihm nichts gestohlen. Wieder hörte er die Durchsage: „Syntagma, Sindesi me tram, change here for tram."

Syntagma kannte er. Er stieg aus und trat auf den Bahnsteig. Hier war alles in Beige gehalten. Im Hintergrund spielte beruhigende Musik, und anstatt sich in die Schlange an der Rolltreppe zu stellen, lief Dominik die Stufen der Treppe hinauf, wobei er jeweils zwei Stufen mit einem Schritt nahm. Er musste ja schließlich fit bleiben! Oben angekommen war er ein wenig außer Atem, ging aber weiter in eine große Halle, von der aus Treppen und Rolltreppen weiter hinaufführten. Diesen Teil hier hatte er wahrscheinlich vor 20 Jahren gesehen, als alles noch im Bau war. Wieder entschied er sich für die Stufen und lief zur nächsten Ebene hoch, die voller Menschen war. Dort ging er mit seinem Fahrschein noch mal durch eine Schranke, hielt sich nach links, wo durch den Ausgang zum Platz bereits Sonnenlicht einfiel, und nach ein paar weiteren Stufen stand er unter freiem Himmel. Seine Erinnerungen von vor 20 Jahren kehrten zurück. Zu seiner Rechten schien eine Gruppe von Leuten in Zelten zu kampieren, sie hatten auf Griechisch beschriftete Protestbanner bei sich. Auf einem von ihnen fiel Dominik das Wort „Ochi" ins Auge. Und das alles im Schatten des Hotels Grande Bretagne! Er lief an einigen Souvenirverkäufern sowie einer kleinen Gruppe von Zeugen Jehovas vorbei, bis er die Straße am anderen Ende des Platzes erreichte. Vor dem McDonald's auf der gegenüberliegenden Seite stand ein kleiner Zug, der aussah, als käme er direkt aus Disney World. In den beiden Wagen hinter der roten Lok, auf der ein Schild mit der Aufschrift „Athens Tours" zu sehen war, saßen Leute mit Kameras, einige davon wohl Chinesen. Rechts davon fiel Dominik eine Public-Filiale auf, und er erinnerte sich daran, dass er noch eine griechische SIM-Karte brauchte. Er wartete, bis die Fußgängerampel auf Grün umschlug, dann überquerte er inmitten der Menschenmenge die Straße. Dabei stellte er fest, dass gar nicht so viele Touristen unterwegs zu sein schienen, aber es war auch schon Anfang September. Drüben angekommen ging er direkt ins Public hinein. Die Auslagen dort präsentierten die neuesten Elektronikartikel, insbesonders Handys von Samsung und Apple, versehen mit Preisschildern und Werbung auf Griechisch. Er kam zu einem Verkaufstisch von Vodafone, hinter dem zwei hübsche Griechinnen in roten Vodafone T-Shirts standen.

„Sprechen Sie Englisch?", fragte Dominik.

„Ja", antwortete eine der Frauen auf Englisch mit griechischem Akzent.

„Ich brauche eine Prepaid-SIM-Karte mit Datenvolumen, so ungefähr fünf Gigabyte", sagte Dominik.

Die Frau zeigte ihm eine rote Verpackung und erklärte freundlich: „Diese hier kostet fünfzig Euro mit fünf Gigabyte Datenvolumen und 15 Euro Gesprächsguthaben. Danach können Sie immer wieder 15 Euro aufladen."

Dominik war einverstanden. Er holte sein Handy aus der Tasche und reichte es der Frau, die die deutsche SIM-Karte durch eine neue ersetzte. Dann rief sie die Nummer für die Aktivierung an und erledigte die erforderlichen Schritte. Zum Schluss zahlte Dominik mit seiner EC-Karte und bedankte sich. Als er den Laden verließ, machte sich allmählich die Hitze des Spätsommertages bemerkbar. Auf der Straße lagen Zigarettenkippen und anderer Abfall herum, die U-Bahn war ganz offenbar der einzig saubere Ort in Athen. Dominik lief Richtung Akropolis, und kam bald schon durch Gassen ohne jeden Autoverkehr. Schicke Boutiquen boten hier teure Designerklamotten an, Werbefotos zeigten hübsche Männer und Frauen, die genau diese Sachen trugen. Er ging an leeren Tavernen vorbei, die Essenszeit hatte noch nicht begonnen. Die Geschäfte wurden immer touristischer, verkauften Souvenirs und T-Shirts, die auch auf Ständern vor den Läden hingen, auf einem las Dominik: „Oedipus, The Original Motherfucker". Irgendwann wurden die Gassen zu aufsteigenden Treppengängen, auf die hin sich die Türen von Wohnungen öffneten. Von einem etwas breiteren Platz aus schaute er nach oben und sah die Akropolis direkt vor sich. Ein breiter, steiniger und staubiger Weg führte zu deren Eingang. Viele Leute strömten ihm entgegen, so allmählich fing die Mittagszeit an, und den Touristen wurde es zu heiß. Er ging zum großen Kassenhaus, dessen Architektur nach den 60er Jahren aussah. „Ein Ticket", sagte er zu dem kräftigen Mann mit Bart am Schalter. „20 Euro", gab dieser zurück. Dominik nahm die Karte, und nachdem er sie in eine der automatischen Schranken am Eingang gesteckt hatte, stieg er weiter den Berg hinauf. Der Weg war eine Mischung aus Pfad und Treppen, staubig und schon fast in der Mittagssonne. Oben angekommen ragten vor einem blauen, wolkenlosen Himmel die Bauten der Akropolis vor ihm auf. Er ging zum Skelett des Parthenon hinüber, jenem Rest einer vergangenen Zeit, der durch all die Jahrhunderte, mittlerweile sogar Jahrtausende so viel gesehen hatte. Moderne Kräne standen daneben, an dem Bau wurde gearbeitet, an einem Bau, der bereits seit Langem eine Ruine war. Ein modernes Gebäude in solch einem Zustand wäre längst abgerissen worden. So wertvoll also konnte eine Ruine sein. Dominik drehte ein paar Runden an den anderen Gebäuderesten vorbei, ging kurz ins Museum und kam schließlich zum Belvedere ganz vorne an der Spitze, von dem aus man einen weiten Blick über Athen hatte. Die Stadt erstreckte sich in alle Richtungen, bis hin zu den Bergen, ein Labyrinth von Nachkriegsbauten und dem einen oder anderen Hochhaus, alles verbunden durch Straßen voller Fahrzeuge und Menschenmassen. Da unten eilten alle nur umher, ganz im Gegensatz zu dem kleinen Flecken hier oben, wo die Zeit stehen geblieben war und wo paradoxerweise Kräne und die neueste Bautechnik aus der Welt des modernen Chaos dort unten dafür sorgten, dass sie auch weiterhin stehen blieb. Dominik fragte sich, ob es in der Antike wohl genauso hektisch zugegangen war. Aber wer konnte heute schon wissen, wie es damals wirklich gewesen ist? Und was würden die antiken Menschen denken, wenn sie sähen, dass wir uns so viel Mühe damit gaben, die Reste ihrer Zivilisation zu erhalten? Dominik nahm sein Handy aus der Hosentasche und machte ein paar Bilder. Er bemerkte, dass die Luft klarer war als bei seinem letzten Aufenthalt vor 20 Jahren, es gab nicht mehr so viel Smog wie damals. In der Zwischenzeit war es ziemlich heiß geworden, und die meisten Besucher waren bereits gegangen. „Only mad dogs and Dominiks go out in the noonday sun", dachte er, „nur tollwütige Hunde und Dominiks gehen in der Mittagssonne raus." Langsam bekam er Durst, hatte aber nichts zu trinken bei sich. Er schaute auf seine Armbanduhr, es war bereits halb eins. Er entschloss sich zu gehen, es reichte ihm, Tourist zu sein. Er machte sich wieder auf den Weg Richtung Stadtmitte und Syntagma. Die Tavernen in den kleinen Gassen hatten jetzt Kundschaft, zumeist Urlauber, die bei einem Menü mit Aperitifs und Rotwein der Mittagshitze entfliehen wollten. An einem Souvenirladen machte er kurz halt und besorgte sich eine Flasche Wasser. Als er wieder am Syntagma-Platz ankam, spürte er, dass sein Handy vibrierte. Er hatte zwei WhatsApp-Nachrichten bekommen, eine von seiner Mutter und eine von Jenny. Zuerst las er die von seiner Mutter: „Hallo mein Sohn, wie gehts? Ist das Geld angekommen? Bist Du jetzt in Griechenland?" Er hatte ganz vergessen, seine Mutter anzurufen, seitdem er vor einem Monat mit ihr gesprochen hatte. Dann las er Jennys Nachricht: „Hi, wie gehts? Bin jetzt am Uni-Sportzentrum und habe Jorgos Panastratos getroffen. Ein netter Kerl, wir trainieren morgen Abend in der ehemaligen Olympia-Schwimmhalle im Athener

Norden. Er meinte, Du kannst kommen, wenn Du willst. Könntest Du mir vielleicht auch mit Deinem Auto helfen? Mein Zimmer im Studentenwohnheim ist jetzt so weit, und ich müsste meine Sachen dorthin bringen. Ich lade Dich auch zum Abendessen ein." Dominik antwortete sofort: „Hört sich gut an. Wann soll ich an der Jugendherberge sein?"

Er lief zur anderen Seite des Platzes und überquerte die Straße zum Parlamentsgebäude, um sich die Wachablösung anzuschauen. Danach ging er zur Metrostation, löste einen Fahrschein und nahm die Rolltreppen zum Bahnsteig hinab. Jetzt in der Mittagszeit war es nicht mehr ganz so voll. Aus den Lautsprechern kam sanfte Musik, und über die Bildschirme liefen wieder die farbigen Videoclips mit hübschen Menschen, reizvollen Landschaften und leckerem Essen. Nach einigen Minuten kam der Zug, die Anzeigetafel mit den Fahrzeiten war tatsächlich sehr zuverlässig. Dominik fuhr eine Station und stieg wieder aus. Oben auf der Straße stellte er dann fest, dass er sich hinter dem Gebäude mit den ausgestellten Kampfjets befand. Rechts von ihm lag ein Park, und er beschloss hindurchzugehen. Die Geräusche der Grillen erinnerten ihn an eine Sommernacht auf Long Island. Er war damals mit seiner Mutter und seinem Stiefvater im Sommerhaus am Meer gewesen und hat vor dem Einschlafen bei geöffnetem Fenster noch wach im Bett gelegen. In Mitteleuropa war solch ein Geräusch selten zu hören, besonders in größeren Städten wie Berlin. Als er an eine Haltestelle kam, stieg er ohne nachzudenken in den nächsten Bus. Zum Glück fuhr der aber in die richtige Richtung, und nach ungefähr 15 Minuten stand Dominik wieder vor seiner Haustür. Im Flur traf er auf Angelika. Sie schaute die Post durch, die sich auf einer Ablage im Eingangsbereich angesammelt hatte.

„Hey, mir ist eingefallen, dass ich vergessen habe, Dir die WLAN-Zugangsdaten zu geben", sagte sie zur Begrüßung und zog eine Karte aus der Handtasche.

„Danke, da kann ich Datenvolumen sparen. Wie war der Unterricht gestern Abend?"

„Schön. Jetzt wo alle aus dem Sommerurlaub zurück sind, bin ich ganz gut beschäftigt."

„Du warst Tänzerin?", fragte Dominik.

„Bin ich immer noch", antwortete sie. „In diesem Herbst habe ich ein paar Vorstellungen."

„Da werde ich versuchen, mal in eine zu kommen", sagte er und öffnete die Fahrstuhltür. „Bis bald."

„Machs gut", erwiderte Angelika.

Dominik fuhr zu seiner Wohnung hoch. Drinnen war es warm. Er hatte vergessen, die Rollläden zu schließen, so schien die Sonne ungehindert herein. Schnell machte er die Klimaanlage an. Dann spürte er, dass sein Handy wieder vibrierte und schaute auf das Display. Jenny hatte ihm eine neue WhatsApp geschrieben: „Kannst Du um fünf an der Jugendherberge sein?" – „Ja", antwortete Dominik, „ich werde da sein." Er schaute auf die Uhr, es war bereits zwei. Er holte den Amita Mehrfruchtsaft, den er gestern gekauft hatte, aus dem Kühlschrank und fand im Schrank ein Glas. Beim Weitersuchen stieß er auf eine Plastiktüte mit einigen Scheiben Brot darin. Plötzlich merkte er, dass das ganze Laufen durch die Stadt ihn hungrig gemacht hatte, und bis zum Abendessen mit Jenny konnte er nicht mehr warten. Er ging noch einmal zum Kühlschrank, nahm das halbe Hähnchen, das noch übriggeblieben war, heraus und wärmte es in der Mikrowelle auf. Im Zimmer setzte er sich dann auf das ausgezogene Bett und begann zu essen. Das Hähnchen war zwar noch trockener als am Abend zuvor, hatte außen aber doch reichlich Fett, das er mit den Brotscheiben aufnehmen konnte. Nachdem er fertig war, überlegte er, was er in den nächsten Stunden, bevor er Jenny treffen müsste, noch machen könnte. Er entschloss sich, seine Mutter anzurufen. Auf seinem Smartphone hatte er Skype installiert, und so loggte er es im WLAN ein, öffnete das Programm und wählte seine Mutter an. Es schellte dreimal, bevor eine Stimme antwortete: „Hello."

„Hallo Mutter", sagte Dominik.

„Hey, schön von Dir zu hören", erwiderte sie. „Bist Du in Griechenland? Hast Du das Geld bekommen?"

„Das habe ich bekommen, Mutter, vielen Dank, und jetzt bin ich in Athen. Gerade eben war ich oben auf der Akropolis. Es ist schön hier, die Luft ist klarer als vor 20 Jahren. Morgen bin ich auch zu einer Freedive-Gruppe eingeladen."

„Hört sich gut an", meinte seine Mutter.

„Aber wie gehts Dir, Mutter? Was läuft jetzt mit Stiefvater und Jamie?"

„Jamie's Vater hat ihn wieder Richtung Norden gebracht gestern, zum Herbstsemester in Harvard. Der Chevy Suburban war vollgepackt wie immer." Mit einem Mal wurde ihre Stimme ruhiger und ernster. „Wir haben Deinem Stiefbruder bis jetzt noch nichts gesagt, aber es wird eng hier bei uns. Es kann sein, dass dies Jamie's letztes Semester sein wird. Sein Vater hat morgen einen Termin beim Anwalt. Sieht so aus, als ob seine ehemaligen Vorgesetzten und Kollegen eine Menge Beweise gegen ihn geliefert hätten, um den eigenen Hintern zu retten. Ich weiß nicht, ob und wie wir da rauskommen. Vielleicht spürt Jamie es auch." Sie wurde still, und Dominik hörte, dass sie anfing zu weinen. „Es tut mir leid, was in den letzten 25 Jahren mit Dir passiert ist", fuhr sie fort. „Es tut mir wirklich leid, was ich Dir angetan habe, ich hätte in Deinen Teenie-Jahren viel mehr für Dich da sein sollen, dann hättest Du vielleicht auch Deinen Weg besser finden können."

Beide schwiegen. Die Sonne strahlte durch die Balkontür ins Zimmer, und die Klimaanlage lief weiter auf Hochtouren. Die Temperatur in der Wohnung und die Atmosphäre am Telefon standen in krassem Kontrast zu dem sonnigen Wetter und der Nachmittagshitze draußen. Nach einer gefühlten Ewigkeit fragte Dominik: „Mutter, was kann ich für Dich tun?"

Es dauerte etwas, bis die Antwort kam: „Mein Sohn, in Deiner Situation kannst Du nicht viel für mich machen. Du musst realistisch bleiben, was Deine Möglichkeiten angeht. Außerdem, ich habe Dir gegenüber auch nicht meine Pflicht als Mutter erfüllt, Dein Vater seine genauso wenig. Und Du hast Dich auch noch um Deine Großeltern gekümmert, was eigentlich ich hätte tun müssen. Vergiss nur nicht, was ich gerade lerne: Wenn Du auch nur eine Person rettest oder ihr hilfst, tust Du schon Deine Pflicht als Mensch. Wenn Du Ungerechtigkeit siehst, bleib nicht still. Und noch etwas: Verteidige Dich gegen diejenigen, die Dir etwas antun, aber hasse sie niemals. Sie sind auch Menschen."

„Sehr schön gesagt, Mutter", antwortete Dominik mit einer Stimme, die sich fast väterlich anhörte, „aber ich mache mir wirklich Sorgen."

„Das sollst Du nicht", erwiderte seine Mutter. „Ich weiß, Du bist jetzt über vierzig, aber das ist noch relativ jung. Fang dort ein neues Leben an, zweifle nicht an Dir selbst. Mach das Beste draus, und denk nicht an mich. Du hast noch einige Jahre vor Dir."

„Das mache ich, Mutter, und ich komme Dich besuchen, sobald ich kann."

„Ich warte auf Dich, mein Sohn. Pass auf Dich auf!"

„Du auch, Mutter", antwortete Dominik, und beide legten auf.

Er war erschüttert. Er legte sich aufs Bett und starrte einige Minuten lang die Decke an. Die Situation überforderte ihn, und er fühlte sich völlig hilflos. Auf einmal kam ihm der Satz wieder in den Sinn, den Jenny ihm vorgestern auf der Autofähre beigebracht hatte: „Nam Myoho Renge Kyo." In Gedanken sagte er immerfort: „Nam Myoho Renge Kyo." Er setzte sich aufrecht aufs Bett, legte die Handflächen aneinander und wiederholte ständig diesen einen Satz. Dabei dachte er an seine Mutter. Schließlich wurde er müde, legte sich hin und schlief ein. Um Viertel nach vier wachte er auf und ging in die Küche. Er tat zwei Löffel Nescafé und ein bisschen Zucker in ein Glas und gab kaltes Wasser dazu. Wieder ein „Frappé stirred never shaken". Dann trat er auf den Balkon hinaus und entspannte sich in der Sonne. Er verfolgte die Szenerie unten auf der Straße, schaute den vorbeifahrenden Autos und Vespas nach, sah seinen eigenen Suzuki und auch wieder den Mann vom Vormittag, den mit Hut, grauer Hose mit Trägern, weißem T-Shirt und Stock, der sich irgendwie zu weigern schien, den Bürgersteig zu benutzen. Langsam trank Dominik seinen „Anti-Bond-Frappé" und beobachtete weiter, was unten geschah. Der Mann mit den Kartoffeln und dem Obst in seinem Toyota Pick-up bediente die letzten Kunden des Tages, der kegelförmige Lautsprecher blieb jetzt stumm, die Leute waren in der Zwischenzeit längst auf ihn aufmerksam geworden. Dominik sah auf die Uhr, es war bereits zwanzig vor fünf. Er leerte sein Kaffeeglas und brachte es in die Küche zurück. Dann schaltete er die Klimaanlage ab und verließ die Wohnung. Der Fahrstuhl hielt im zweiten Stock, wo Angelika mit einer Sporttasche in der Hand zustieg. Sie grüßte ihn mit einem Lächeln.

„Hallo noch mal", sagte Dominik. „Gehst Du jetzt zum Unterricht?"

„Nein, nur zur Probe", antwortete sie.

Auf der Straße ging Angelika nach links zur Bushaltestelle, während Dominik zu seinem Auto lief. Wegen der Einbahnstraßen musste er noch eine Runde um den Block fahren, um zur Jugendherberge zu kommen. Er stellte das Auto wieder in zweiter Reihe ab und ging hinein. Jenny saß mit ihrem Trolley und dem Rucksack bereits im Flur. Sie trug eine sehr kurze, grüne Hose und ein weißes Hemd.

„Du bist pünktlich", sagte sie.

„Ja", antwortete Dominik, „dann können wir ja jetzt fahren."

Er half ihr mit dem Koffer, und sie gingen hinaus, um das Gepäck im Auto zu verstauen. Nachdem Dominik die Adresse ins Navi eingegeben hatte, fuhren sie los. Es war wieder Rushhour. Überall waren gelbe Taxis und blau-gelb gestreifte Busse unterwegs, alles schien chaotisch, es wurde gerast, und die Menschen wirkten wie Maschinenteile, nicht wie einzelne Körper. Das Navi dirigierte sie auf eine größere Allee, die nach Olof Palme benannt war. Seltsam, dachte Dominik, dass die Straße den Namen eines schwedischen Ministerpräsidenten trug. Zu ihrer Linken fuhren sie nun an einem großen Park mit unzähligen Kiefern vorbei, und Dominik fühlte sich an den Tiergarten in Berlin erinnert, wo Straßen und Radwege mitten in der Stadt durch Wald führten. Bald schon sahen sie rechts dann das sechsstöckige Studentenwohnheim, und an einem Periptero bogen sie auf einen Parkplatz ein. Dominik stellte das Auto ab, und bepackt mit Jennys Sachen gingen sie an ein paar Mofas und Motorrädern vorbei zum Haupteingang mit seinen Glastüren, zu denen einige Treppenstufen hochführten. Sie betraten die große klimatisierte Lobby, in der sich rechts am Empfang mehrere Mitarbeiter eines Sicherheitsdienstes aufhielten. Während die jüngeren von ihnen auf ihre Smartphones schauten, hatte ein etwas älterer Wachmann einen kleinen Röhrenfernseher dabei und sah sich eine griechische Serie aus den 1970er oder 1980er Jahren an. Durch eine geöffnete Tür fiel der Blick in die Mensa, in der ein paar Studenten zu Abend aßen. Die Wände und Türen waren voll von Graffiti und Plakaten mit irgendwelchen politischen Parolen oder Ankündigungen von Kundgebungen. Es handelte sich um ein Wohnheim, mit griechischem Touch, gebaut im Nachkriegsstil, und einige Sitzgruppen mit alten und verschlissenen Möbeln erinnerten noch an die 60er und 70er Jahre. Es hätte fast ein Wohnheim in Deutschland sein können, wäre die Lobby nicht klimatisiert gewesen und hätte es draußen in der Abendwärme nicht die Geräusche der Grillen und den Harzduft der Bäume aus dem Park auf der gegenüberliegenden Straßenseite gegeben. Jenny sprach den älteren Wachmann an der Rezeption an und fragte auf Englisch nach den Fahrstühlen. Er zeigte mit der Hand nach rechts, hielt den Blick dabei aber weiterhin auf den Fernseher gerichtet. Dominik und Jenny gingen zum Aufzug, der wesentlich moderner war als der in Dominiks Haus, aber total ungepflegt und verdreckt. In Dominik keimte plötzlich eine Art Vaterinstinkt auf, eigentlich war er ja auch fast alt genug, um Jennys Vater sein zu können. Er stellte sich vor, seine eigene Tochter zum Herbstsemester in die Uni zu bringen, und machte sich Sorgen, dass sie in einem solchen Wohnheim einzog. Als der Aufzug im fünften Stock hielt, traten sie in den ebenfalls mit Graffiti beschmierten Gang hinaus. Die Räder von Jennys Trolley verursachten ein leises Geräusch auf dem Parkettboden. An der linken Wand verliefen in Deckennähe Leitungen, an die WLAN-Router angeschlossen waren. Hinter den Türen der einzelnen Zimmer, die links und rechts vom Flur abgingen, waren Stimmen zu hören. Eine junge Griechin eilte ihnen entgegen und sprach dabei in ihr Handy. Es gab nur etwas Tageslicht, dafür erhellten Halogenleuchten den Korridor. Wie in den Victory Mansions in Orwells „1984", dachte Dominik. Der Flur war erfüllt von einem Geruch, den Dominik auch aus den USA kannte, ein süßlich künstlicher Chemikaliengeruch, der fast an Erde erinnerte. Jennys Zimmer lag ganz am Ende des Gangs auf der rechten Seite. Sie holte ihre Schlüssel heraus und öffnete die Tür. Das Zimmer war einigermaßen geräumig und sogar mit Balkon und Duschbad ausgestattet, hatte aber außer einem Bett und einem Schreibtisch ansonsten nichts zu bieten. Gelbes Abendlicht schien herein, und durch die offene, nach innen gekippte Balkontür drangen die Geräusche vom Verkehr der Straße sowie der Harzduft aus dem Park gegenüber. Jenny nahm als erstes ihre Gebetskette und das Buch aus dem Trolley, das sie schon auf dem Schiff bei sich hatte. Dann holte sie noch ein kleines Kästchen heraus, das sie öffnete und wie ein Dreieck auf dem Schreibtisch platzierte, die Vorderseite ihr zugewandt. Einem kleinen Etui entnahm sie einen rechteckigen Gegenstand, den sie ebenfalls aufmachte und in den vorderen Bereich des Kästchens einpasste.

„Ich mache jetzt mein Abendgebet, genau wie auf der Fähre. Vielleicht kannst Du beim letzten Teil ja mitmachen, beim Rezitieren von ‚Nam Myoho Renge Kyo', der mittlere Teil wird im Moment noch zu schwer für Dich sein."

„Ich habe heute Nachmittag ‚Nam Myoho Renge Kyo' bei mir zu Hause rezitiert, nachdem ich mit meiner Mutter telefoniert habe. Es geht ihr im Moment nicht so gut da drüben in den USA", sagte Dominik.

„Dann lass uns beide für sie beten", schlug Jenny vor.

Sie nahm ihre Gebetskette, schaute auf das Kästchen mit seinen asiatischen Schriftzeichen und fing an, laut aus dem Buch vorzulesen. Als sie damit fertig war und begann, „Nam Myoho Renge Kyo" zu wiederholen, setzte Dominik sich neben sie und stimmte mit ein. Er dachte an seine Mutter und hoffte, dass es ihr gut ginge. Nach zehn Minuten hörten die beiden auf. Jenny schien still zu beten, sagte danach noch mal „Nam Myoho Renge Kyo" und beugte den Kopf nach unten.

„Ich habe jetzt gerade an Deine Mutter gedacht", erklärte sie und schaute in Dominiks Richtung.

„Ich auch."

„So allmählich bekomme ich Hunger", fuhr sie fort, „lass uns essen gehen. Ich habe hier WLAN, das Passwort habe ich mit meinen Schlüsseln bekommen. Ich schaue mal nach einem Restaurant in der Nähe." Sie loggte ihr iPhone ins WiFi ein. „Es gibt eins gleich im Park gegenüber. Wir können zu Fuß dorthin gehen."

Jenny vergewisserte sich, dass sie ihr Portemonnaie eingesteckt hatte, und die beiden verließen das Zimmer. Sie stiegen in den Fahrstuhl, der bereits auf ihrer Etage wartete, und Jenny drückte auf den Knopf neben der Null, diese bezeichnete in Griechenland das Erdgeschoss. Draußen überquerten sie die

Olof-Palme-Allee und gingen in den Park, wo sie nach wenigen Hundert Metern zur „Taverna Fragboula" kamen. Vor dem Haus stand in einem rustikalen Hof eine große Kiefer. Darunter saßen einige Leute an kleinen Holztischen, für Gruppen waren mehrere Tische zusammengestellt. Als Außenbeleuchtung dienten größere, mattierte Birnen, die wie Weihnachtsbaumkerzen an elektrischen Schnüren hingen. Im Haus selbst lagen die Küche und ein Gastraum, der aber vermutlich erst in den kälteren Monaten zum Einsatz kam. Eine richtige Nachbarschafts-Taverne, in der die Bewohner des Viertels zu Abend aßen. Außer zwei Familien, jeweils Vater, Mutter und zwei Kinder, hatte sich auch eine Gesellschaft von acht älteren Leuten eingefunden, Männer und Frauen um die 70, wahrscheinlich vier Ehepaare. Alle aßen und tranken, eine der Mütter rauchte Silk Cut One, die stark gebräunten Männer der älteren Gruppe Assos ohne Filter. Diese Marke kannte Dominik noch von damals, als er vor 20 Jahren in Griechenland war. Überhaupt wurde in Griechenland noch viel geraucht, man konnte die Menschen nach den Zigarettenmarken unterscheiden, die sie bevorzugten. Dominik und Jenny setzten sich an einen freien Tisch neben eine der Familien. Es war alles sehr einfach und primitiv, die Stuhlbeine standen in der losen Erde, außerdem war der Boden nicht eben, sodass die Stühle entweder leicht nach links oder nach rechts kippten, genauso wie der Tisch selbst. Jenny meinte dazu: „Nach dem Wein sollte man hier besser nicht mehr sitzen." Beide lachten. Plötzlich erschien ein verschwitzter, übergewichtiger Mann in blauem T-Shirt und Jeans, der eine weiße Tischdecke aus Papier und vier Metallklammern bei sich hatte. Die Decke breitete er auf dem Tisch aus und befestigte sie anschließend mit den Klammern. Trotz seines Übergewichts bewegte er sich schnell und hektisch. Er sprach die beiden sofort auf Englisch mit einem starken griechischen Akzent an: „Kommt mal mit in die Küche und sagt, was Ihr wollt." Jenny schien wegen dieser Art, das Essen zu bestellen, ein wenig perplex zu sein, Dominik dagegen kannte das schon aus Griechenland. Sie folgten dem nass geschwitzten Mann in die Küche. Vor dem Herd stand eine alte Frau mit braunem Rock und freien Schultern und behielt vier große Töpfe im Blick, die über Gasflammen standen. An ihrem Körper waren viele blaue Venen zu sehen. Sie trug ein Paar Schuhe, das aussahen wie Badeschlappen, und braune Strümpfe. Als Dominik und Jenny eintraten, drehte sie sich um, lächelte die beiden an und sagte: „Kalispera." Im Unterkiefer fehlten ihr die vorderen Zähne, sodass sie ein bisschen lispelte. Es war sehr heiß in der Küche, vielleicht war ihre Haut – und auch die des übergewichtigen Mannes – ja daher so dunkel und nicht etwa von der Sonne. Grelle Neonröhren ließen alles in einem hellen Weiß erstrahlen, genauso wie gerade eben im Studentenwohnheim.

„Kommt, schaut mal, was wir haben", sagte der Mann. Er war wesentlich jünger als die Frau, vermutlich handelte es sich um ihren Sohn. Jenny und Dominik traten an den Herd, und der Mann hob den Deckel von einem der Töpfe, zum Vorschein kamen Paprika in einer roten Soße. „Gefüllte grüne Paprika", sagte der Mann und nahm den Deckel von einem anderen Topf, in dem Hähnchenkeulen ebenfalls in roter Soße lagen. „Geschmortes Hähnchen", erklärte er und zeigte ihnen dann einen Topf mit Kichererbsen und einen weiteren mit etwas Grünem darin. „Kichererbsen und Spinat, und im Ofen haben wir Moussaka", fügte er hinzu und öffnete den Backofen, in dem der Auflauf stand.

„Sieht aus wie Lasagne", meinte Jenny.

„Es ist so was Ähnliches", sagte Dominik, „aber statt mit Nudeln wird es mit Kartoffeln gemacht."

„Das nehme ich", entschied Jenny, „und dazu Spinat und Kichererbsen."

„Und ich nehme das Hähnchen, den Spinat und zwei gefüllte Paprika", ergänzte Dominik.

„Was möchtet Ihr trinken?", fragte der schweißgebadete Mann. „Wir machen unseren Wein selbst."

„Ich möchte einen Wein", sagte Jenny.

„Und ich eine Fanta", setzte Dominik hinzu.

Sie kehrten an ihren Tisch im Hof zurück und setzten sich. Nach ein paar Minuten kamen ihre Getränke, Jennys Wein in einer kleinen Karaffe und Dominiks Fanta in einer kleinen, griechischen Mehrwegflasche mit blauem Etikett. Sie schenkten sich ein und stießen mit ihren Gläsern an, genauso wie in der Werbung, die Dominik heute auf dem Bildschirm in der U-Bahn-Station gesehen hatte. 15 Minuten später wurde das Essen gebracht. Dominik war hungrig, das Hähnchen und die gefüllten Paprika schmeckten gut. Auch Jenny schien den ganzen Tag noch nichts gegessen zu haben, sie aß den Moussakas und die Kichererbsen ziemlich schnell. Am Nebentisch rauchte die Frau weiter ihre Silk Cut Ones, während die Kinder die Reste ihrer Portionen verputzten und wie Dominik Fanta tranken. Der hatte für einen Augenblick den Eindruck, dass er selbst wieder zum Kind würde und Jenny vielleicht eine ältere Cousine oder Tante von ihm wäre. Vielleicht befand er sich ja auch bereits in seinem nächsten Leben und einem alternativen Universum. Beim Essen sprachen Jenny und er nicht viel.

Als sie fertig waren, räumte der Mann ihre Teller ab. Jenny nippte an ihrem Wein, Dominiks Fanta war bereits leer. Der Mann kam mit einer kleinen Platte voller Melonen und Pfirsiche zurück. „Vom Haus", sagte er und stellte ihnen das Obst auf den Tisch.

„Gut zu wissen, dass das Restaurant gleich bei mir um die Ecke ist", meinte Jenny. „Da weiß ich jetzt, wo ich mit meinen Eltern hingehen kann."

Das Ehepaar mit den Kindern am Nachbartisch bezahlte und stand langsam auf, die Rentner unterhielten sich weiter und tranken Retsina. Jenny nahm den letzten Schluck von ihrem Wein.

„Der Wein schmeckt irgendwie komisch, halbbitter wie Sherry. Außerdem ist er ziemlich stark. Auf dem Weg nach Hause wird mir sicher ein bisschen schwindlig sein."

Der übergewichtige Mann kam wieder und legte die Rechnung auf den Tisch. Ein Stück vorbedrucktes Papier, das mit der Hand beschrieben war. Jenny nahm ihr Portemonnaie aus dem Rucksack und reichte ihm zwei Zwanzigeuroscheine. „Machen Sie 25", sagte sie. Der Mann bedankte sich, holte mit einem hektischen Griff 15 Euro aus seiner Tasche hervor und reichte sie Jenny. Die beiden standen auf und gingen zum Ausgang. Irgendwie erinnerte der Restauranthof hier Dominik an den Hof des Hauses in Berlin, in dem er bis vor Kurzem noch gewohnt hatte. Sie liefen durch den Park zurück Richtung Studentenwohnheim.

„Morgen Abend um sieben ist Training", sagte Jenny. „In der Schwimmhalle im Olympiazentrum. Du kannst mit der Metro dorthin fahren. Ich schicke Dir die Wegbeschreibung per WhatsApp."

„Okay", antwortete Dominik.

Allmählich erreichten sie das Wohnheim. „Bis morgen dann", sagte Jenny, als sie auf dem Parkplatz neben Dominiks Auto standen.

„Bis morgen", erwiderte der und stieg ein. Er programmierte die Adresse seiner Wohnung in Pangrati ins Navi ein und startete den Motor. Neben dem Periptero bog er rechts ab, mittlerweile gab es nicht mehr so viel Verkehr wie vorhin. Als er an einer roten Ampel warten musste, sah er an einer Apotheke eine Temperaturanzeige. Sie hatten noch immer 28 Grad, dabei war es jetzt um 21 Uhr schon völlig dunkel. Zu Hause fand er diesmal leider keinen Parkplatz vor der Tür, sondern musste mehrmals um den Block fahren, bis er endlich auf eine Parklücke stieß. Er stellte das Auto ab und lief zu seinem Haus. Dort traf er auf Angelika, die gerade die Tür öffnete. Die Sporttasche hatte sie über der Schulter hängen.

„Hey", grüßte Dominik. Angelika drehte sich um und sah ihn an.

„Wie war Dein Tag?", fragte sie.

„Ganz okay", antwortete Dominik, „habe gerade in einer Taverne in der Nähe des Studentenwohnheims toll gegessen."

„Ich glaube, die kenne ich", sagte Angelika. „Eine alte Frau kocht da, und ihr übergewichtiger Sohn bedient."

„Ja, das ist sie", stimmte Dominik zu. „Eine schöne Nachbarschafts-Taverne."

Sie gingen zum Fahrstuhl und stiegen ein. Angelika verabschiedete sich in die zweite Etage, Dominik fuhr bis zur vierten hoch. In seiner Wohnung war es warm, die Klimaanlage war mehrere Stunden aus gewesen. Dominik schaltete sie und den Fernseher an. Er schaute BBC World News, wieder diese Bilder von Krieg und Zerstörung im Nahen Osten. Zum ersten Mal dachte Dominik an seinen Vater in Israel. Was der jetzt wohl machte, ob er noch verheiratet war? Seit seiner Abreise vor 20 Jahren hatte Dominik keinen Kontakt mehr zu ihm gehabt. Vielleicht könnte er ihn ja anrufen und erzählen, dass er in Griechenland war, gar nicht so weit weg von Israel. Aber er kannte die Nummer seines Vaters ja gar nicht, hatte nur eine uralte Handynummer von ihm. Ob die noch funktionierte? Vielleicht sollte er seine Mutter mal fragen, ob die eine Nummer hatte. Aber das war auch eher unwahrscheinlich, seit der Scheidung hatten die beiden eigentlich keinen Kontakt mehr. In seinen Lidl- und Aldi-Klamotten lag Dominik angezogen auf dem Bett. Da er langsam müde wurde, zog er sich aus und bereitete sich aufs Schlafen vor. Er schlüpfte unter die Decke und sah weiter fern. Die Bilder von Krieg und Zerstörung wichen einer seltsamen Musik, die sich beinahe wie ein laufender Motor anhörte, und die Wörter „Top Gear" erschienen auf dem Bildschirm. Ein Mann mit lockigen Haaren begann, über Autos zu reden. Dominik schaltete den Fernseher aus und löschte das Licht in der Wohnung. Die Rollläden waren einen Spaltbreit offen und ließen ein wenig Licht von der Straße herein. Dominik schloss die Augen, der zweite Tag seines Neuanfangs war bereits vorüber. Beim Einschlafen dachte er über seine neue Umgebung nach, so langsam kam er wieder ins Leben zurück, nicht nur mit Auto, sondern auch mit Klimaanlage, Flachbildfernseher und Balkon. Er war gespannt was auf ihn zukommen würde ... und was nicht.

Der nächste Tag verging schnell. Nach dem Aufstehen erledigte Dominik einige Einkäufe und packte schon mal ein paar Sachen aus seinem Koffer aus, um sich zu Hause zu fühlen. Mittags machte er sich einen griechischen Salat und trank seinen Frappé „gerührt, niemals geschüttelt". Er ging auch zu Kotsovolos und besorgte sich einen Tablet-PC von Amazon für nur 50 Euro und eine Rollei Action Cam für 40 Euro. Er checkte sein Bankkonto und stellte fest, dass sein ALG II weitergezahlt wurde, ein glücklicher Fehler, den das Jobcenter in Berlin da machte. Die sechswöchige Sperre schien vorüber zu sein und ganz offensichtlich war gar nicht geprüft worden, ob er sich überhaupt noch dort aufhielt.

In der Zwischenzeit war es spät geworden. Da er keine Lust hatte, wieder so lange nach einem Parkplatz suchen zu müssen, wenn er nachher heimkommen würde, fuhr er mit öffentlichen Verkehrsmitteln zum Olympiazentrum im Norden Athens. Die Wegbeschreibung, die Jenny ihm per WhatsApp geschickt hatte, war sehr gut. Dominik nahm die alte Metrolinie, der Zug war langsam und sehr laut, und die Klimaanlage funktionierte nicht. Er stieg in Irini aus, verließ die Station und betrat die Olympiaanlage. Zunächst ging er unter einer Metallkonstruktion aus zahllosen hintereinander gestaffelten Bögen hindurch und dann weiter auf einem breiten, betonierten Weg, in dessen Mitte eine grüne Glasabdeckung verlief. Sie war früher scheinbar beleuchtet. Links und rechts führten kleinere Wege durch weite Flächen aus brauner Erde, die irgendwann einmal sicher mit Gras bewachsen waren. Dominik hielt sich auf ein riesiges, zehn Meter hohes Gebilde mit offenbar beweglichen Metallstangen zu, das von Betonsäulen getragen wurde. Dahinter lag das geschlossene Schwimmstadion, das von außen an die Münchener Olympia-Schwimmhalle erinnerte. Jenny hatte in ihrer WhatsApp aber geschrieben, dass sie sich im unteren Außenschwimmbad mit den 50-Meter-Bahnen treffen würden. Dominik schleppte seine ganze Ausrüstung mit sich herum, Gewichte, Anzug und Handtücher in einem Rucksack, die Flossen in einer Tasche über der Schulter. Die Flossen hatte er vorhin noch zusammengeschraubt, er hatte ganz vergessen, wie schwer das sein konnte. Zum Glück hatte er in einer der Schubladen in seiner Wohnung einen Schraubenzieher gefunden. Als ihn ein Elektro Golfcart vom Sicherheitsdienst überholte, erschrak er etwas, weil es sehr leise war, und er es nicht hatte kommen hören. Er ging rechts des Stadions durch einen Zaun, danach links eine Metalltreppe runter. Er folgte Jennys Anweisungen, die sogar mit Bildern versehen waren, offensichtlich war sie schon mal dort gewesen. Rechts von ihm lag nun das obere Außenschwimmbad, neben dem er links eine weitere Treppe zu einer Unterführung hinabstieg, hinter der er das untere 50-Meter-Schwimmbecken erreichte. Dort wurde gerade nur eine Bahn benutzt, von zwei Männern und einer Frau, alle drei um die Mitte 20, die Männer in schwarzen und roten Badehosen, die Frau in einem blauen Badeanzug mit der Aufschrift „Endurance" an der Seite. Es war der gleiche Badeanzug, den die Mädels beim Unterwasser-Rugby in Kombibad in Mariendorf immer trugen. Die drei machten gerade Sprints und waren dabei ziemlich schnell, sowohl die Männer als auch die Frau. Vor der Bahn lag eine Menge an Ausrüstung im Trockenen, eine Pull Buoy, ein paar Flossen und ein Kickboard. Sportstudenten, dachte Dominik, vielleicht wird Jenny die bald kennenlernen. Etwa auf halber Beckenlänge setzte er sich auf einen einsamen Stuhl, beobachtete die Dreiergruppe und schaute sich im Stadion um.

Links befand sich das Sprungbecken, das aber trocken und umzäunt war. Ein Sprungturm war nirgends zu sehen, den hatte man vermutlich bereits abgerissen. In der oberen Reihe einer gegenüberliegenden Tribüne stand ein uniformierter Wachmann, der nach rechts hinübersah. Plötzlich kam eine dunkelhaarige, schlanke Frau mit Rucksack und Apnoeflossen in einer Tragetasche durch die Unterführung. Dominik ging ihr entgegen und sprach sie an: „Bist Du von der Freediver-Gruppe mit Jorgos?" – „Ja", antwortete sie. Sie war schlank und muskulös, um die 35, hatte langes, schwarz gelocktes Haar und eine tiefbraun gebrannte Haut. Sie trug eine kurze, dunkelgrüne Hose, die ihr bis knapp über die Knie reichte und ein schwarzes Trägerhemd. Darunter guckte ihr orangefarbenes Bikini-Oberteil etwas hervor. Sie war ungeschminkt, eine „raue" aber hübsche Frau fast in Dominiks Alter.

„Woher kommst Du?", fragte sie in beinahe akzentfreiem Englisch.

„Aus Deutschland", antwortete Dominik.

„Und Du bist so weit gereist, nur um hier Freediving zu trainieren!" Beide lachten, die Frau war Dominik sehr sympathisch. Hübsch und athletisch, aber keine Barbiepuppe, ihre Finger- und Fußnägel waren unlackiert. Eine ganz natürliche Frau mit einem schönen Lächeln und einer freundlichen, selbstbewussten Ausstrahlung in den Augen. Sie war nicht mehr die Allerjüngste, aber das gefiel Dominik.

„Dominik", stellte er sich vor und reichte ihr die Hand.

„Katerina", antwortete sie. Ihr Händedruck war kräftig und voller Leben.

„Wie viele kommen noch?", fragte Dominik.

„Ich weiß nicht", antwortete sie. „Meistens kommen immer auch noch ein paar Studenten von der Uni."

„Ich weiß", sagte Dominik. „Eine von denen hat mich heute Abend hierher eingeladen."

Katerina ging zum Beckenrand und hielt kurz die Hand ins

Wasser. „Es ist sehr warm, hat sich den Tag über aufgewärmt. Perfekt für Statik."

Auch Dominik hielt nun seine Hand ins Wasser. „Du hast Recht", sage er. „Dann brauche ich meinen Anzug nur für die Statik. Bei Dynamik würde es mir zu warm werden."

Katerina holte ihre Sachen aus dem Rucksack und breitete ein großes Handtuch auf dem Betonboden aus.

„Hast Du Lust auf Stretching?", fragte sie.

„Gerne", antwortete Dominik.

Sie sprach sehr gut Englisch, fast akzentfrei, wie eine Amerikanerin. Dominik nahm das große, blaue Handtuch aus seinem Rucksack. Das hatte er vor Jahren mal bei Aldi für die Sauna gekauft, es stand sogar „Sauna" drauf. Er legte es neben Katerinas Handtuch.

„Was machst Du normalerweise beim Stretching?", fragte sie.

„Ich fange meistens mit der Leiste an."

Dominik setzte sich auf den Boden, nahm die Beine auseinander und legte die Fußsolen zusammen, dabei versuchte er, die Knie auf den Boden zu pressen. Katerina setzte sich ihm gegenüber auf ihr Handtuch und machte das Gleiche. Sie schauten einander an. Aus ihren braunen Augen sprach eine angenehme Wärme. Auf einmal nahm sie einen Haargummi von ihrem Handgelenk und band damit ihre Haare hinten zusammen.

„Als nächstes machen wir den Innenbereich des Oberschenkels", sagte Dominik. „Wir können uns gegenseitig helfen dabei." Er spreizte die Beine, so weit er konnte. „Nimm die Beine auseinander, so wie ich gerade. Dann legen wir unsere Füße aneinander und ziehen uns gegenseitig." Katerina tat, was er sagte, und als sie sich an den Händen hielten, meinte Dominik: „Du ziehst zuerst." Katerina legte sich zurück und zog Dominiks Oberkörper zu sich herüber. Er kam fast bis an ihre Brust heran. Diese Position hielten sie einige Sekunden lang, bis Dominik fortfuhr: „Okay, jetzt ziehe ich Dich." Er zog, und diesmal stieß ihr Kopf fast an seine Brust. Das Ganze wiederholten sie dann noch ein weiteres Mal. Katerina schien nicht schüchtern zu sein, sie hatte kein Problem, diese Übung mit Dominik zu machen.

„Okay jetzt bleib in dieser Position", sagte er schließlich, „geh aber ein bisschen zurück, weil wir uns gleich vorwärts bewegen müssen." Dominik erklärte ihr die nächste Übung, und beide rutschten ein wenig zurück, ließen aber die Beine ausgebreitet. Sie holten tief Luft, nahmen die rechte Hand über den Kopf und griffen dann zum linken Bein hinunter. Nach etwa 20 Sekunden atmeten sie aus, bevor sie das Gleiche mit dem linken Arm und dem rechte Bein machten. Als sie damit fertig waren, sah Dominik, dass Jenny durch die Unterführung kam. Die Dreiergruppe hatte inzwischen damit begonnen, ihre Sachen zusammenzupacken. Jenny ging zu den beiden hin.

„Hey Dominik, Du hast es vor mir hierher geschafft", begrüßte sie ihn.

„Deine Wegbeschreibung war ja auch sehr gut", antwortete er. „Sogar mit Bildern. Übrigens, das ist Katerina." Mit der Hand wies er auf die Frau ihm gegenüber.

„Hi, ich heiße Xen, aber in Europa nennt man mich Jenny."

„Katerina", erwiderte Dominiks Gegenüber und reichte Jenny die Hand.

„Jorgos müsste jede Minute kommen", sagte Jenny.

In dem Moment näherte sich auch schon ein Mann dem Becken. Er kam Rechts vom Eingang neben der Autoauffahrt, vermutlich hatte er dort geparkt. Er war über einen Meter neunzig groß, braun gebrannt, sehr muskulös und hatte einen kahl rasierten Kopf. In einer Tasche über der Schulter trug er Flossen, außerdem zog er einen Duffel Trolley hinter sich her. Er kam auf die drei zu. Dominik und Katerina erhoben sich von Boden, um ihn zu begrüßen. Er sah sehr männlich aus und hatte auf den ersten Blick etwas Väterliches, aber als Dominik ihm tiefer in die Augen schaute, bemerkte er, dass der andere, der sicher älter war als er selbst, etwas Sanftes, Weibliches und auch Mütterliches ausstrahlte.

„Jassas, hallo alle zusammen", sagte der Neuankömmling. „Hast Du den Weg gut gefunden, Jenny?" Und an Dominik gerichtet fuhr er fort: „Du bist bestimmt der deutsche Kerl, von dem Jenny mir erzählt hat. Ich heiße Jorgos." Er reichte Dominik die Hand. „Dominik", gab dieser zurück.

Der Mann sah Dominik nicht nur mit dem Interesse eines Vaters an, das der für seinen Sohn zeigen würde, sondern auch mit einer Art Liebe, die eine Mutter für ihr Baby aufbrachte. Er schien zugleich Vater als auch Mutter zu sein. Von dem Augenblick an war Dominik klar, dass Jorgos schwul war. Seine Schüler, egal ob Mann oder Frau, waren seine Kinder. Er könnte ganz sicher streng sein, dachte Dominik, aber eben so, wie eine strenge Mutter oder ein strenger Vater.

„Sieht so aus, als ob wir hier eine schöne kleine Gruppe hätten. Wir sollten bald anfangen, heute haben wir nur knapp über eine Stunde. Vielleicht sollten wir uns auf Statik konzentrieren, wenn wir dann mal mehr Zeit haben, können wir ja Dynamik probieren, ist das in Ordnung?"

Alle stimmten zu, dann wandte Jorgos sich an Dominik. „Welches sind Deine Bestleistungen in Statik, Dynamik und Tiefe?" fragte er.

„Das ist jetzt alles über ein Jahr her", antwortete Dominik. „Seit einem Jahr trainiere ich nur noch Unterwasser-Rugby. Aber bisher waren meine Bestleistungen 40 Meter Tiefe, 100 Meter Dynamik und vier Minuten Statik. Hätte es fast in den Club 145 geschafft, wäre die Statik nicht gewesen."

„Typisch, so wie Ihr in Nordeuropa trainiert", meinte Jorgos. „Ihr seid zu hektisch, Ihr entspannt Euch nicht genug." Alle lachten. „Okay, fangen wir an", sagte Jorgos. „Wir machen erst ein bisschen Stretching, so wie Ihr zwei eben." Dabei wies er auf Dominik und Katerina. „Okay, jetzt tief einatmen und Luft anhalten, nehmt die Hände über den Kopf und beugt

Euch nach rechts." Sie folgten seinen Anweisungen, bis er sagte: „Okay, loslassen, und jetzt links."

Nachdem sie auch damit fertig waren, wies Jorgos sie an: „Okay, und jetzt bitte alle auf den Boden und flach auf den Bauch legen, tief einatmen, die Luft anhalten, und dann drückt Euch mit den Händen nach oben, bleibt dabei mit dem Körper aber weiterhin so weit wie möglich am Boden." Dominik drückte seinen Oberkörper hoch, presste das Becken jedoch gegen den Boden. Er hatte solche Übungen schon länger nicht mehr gemacht, fand aber schnell wieder in den Rhythmus hinein. Für sein Alter war er eigentlich noch immer ganz fit, dachte er bei sich, und obwohl er ein Mann war, machte er die Übungen doch genauso gut wie die Frauen, er war schon noch einigermaßen geschmeidig geblieben. Dominik beobachtete die beiden Frauen: Sie waren schon recht unterschiedlich. Katerina war um einiges größer als Jenny, schlank, braun gebrannt und muskulös, ganz im Gegensatz zur zarten, milchigen Erscheinung der Asiatin. Sollte er endlich eine Frau kennengelernt haben, wie er sie sich immer gewünscht hatte? Aber für solche Gedanken war es natürlich noch viel zu früh ...

Jorgos ließ die Gruppe noch einige Dehnübungen machen, bevor er in die Hände klatschte und sagte: „Okay Leute, gehen wir ins Wasser." Nun zogen sich alle aus. Katerina legte zuerst ihr schwarzes Trägerhemd ab, dann die dunkelgrüne Hose. In der Abendsonne leuchtete der orangefarbene Bikini hell auf ihrer dunklen Haut. Auch Jenny entledigte sich ihrer kurzen, grünen Hose und ihres luftigen, weißen Hemds. Darunter trug sie den blauen Badeanzug, den sie vor ein paar Tagen auch auf der Fähre anhatte. Die beiden Männer zogen sich zuletzt aus, Dominik trug seine Badehose von Aldi, Jorgos eine schwarze Adidas mit orangen Streifen. Dann holten Dominik und die beiden Frauen ihre Anzüge hervor. Alle drei hatten Open-Cell-Anzüge, die man nur im Wasser an- und ausziehen konnte, der von Dominik war schwarz, der von Katerina hatte ein blaues Camouflage-Muster. Die beiden rutschten vom Beckenrand ins Wasser hinab, um ihre Anzüge anzuziehen. Jenny benutzte dazu eine Dusche links vom Becken, ein primitives, etwa zwei Meter hohes Wasserrohr, das aus dem Betonboden kam, und an dem ein Duschkopf befestigt war. Einen Abfluss gab es nicht, sodass das Wasser sich über den Boden verteilte. Als Katerina ihre Maske und Tauchsocken anzog, bemerkte Dominik, dass er die Sachen vergessen hatte. Er musste noch mal zu seinem Rucksack gehen und sie holen. Kurze Zeit später aber waren sie dann alle drei im Wasser, Dominik zwischen den beiden Frauen, und schauten zu Jorgos hoch. Der stand über ihnen am Beckenrand.

„Okay", sagte Jorgos, „wir machen eine kleine Tabelle. Wir fangen mit zwei Minuten an und machen acht Runden, dabei erhöhen wir die Apnoezeit jeweils um zehn Sekunden. Wenn ich vorbeikomme und euch an der Schulter berühre, gebt Ihr mir mit der Hand ein Signal, dass es Euch gut geht. Wir fangen in zwei Minuten an."

Sie entspannten sich mit tiefem Ein- und langsamem Ausatmen und versuchten, den Puls abzusenken. „Eine Minute", sagte Jorgos. Dann zählte er: „Dreißig Sekunden, fünfzehn Sekunden, fünf, vier, drei, zwei, eins, Start."

Sie atmeten tief ein und legten das Gesicht ins Wasser. Dominik konzentrierte sich und versuchte, sich zu entspannen und sich dabei in der Zeit zu verlieren. Seit mehr als einem Jahr hatte er das bis jetzt nur einmal, nämlich mit Jenny auf der Fähre geübt. Als Jorgos ihn an der Schulter berührte, hob er die Hand. Nach einiger Zeit hörte er Jorgos' Stimme von außerhalb des Wassers: „Noch fünfzehn Sekunden, fünf, vier, drei, zwei, eins, okay, alle atmen." Sie hoben die Köpfe langsam aus dem Wasser und machten ihr Erholungsatmen.

„Okay, zwei Minuten", sagte Jorgos. Sie atmeten wieder tief ein und langsam aus. „Eine Minute", zählte Jorgos weiter, die Zeit schien schnell zu vergehen. „Dreißig Sekunden, fünfzehn Sekunden, fünf, vier, drei, zwei, eins, Start." Wieder legten sie das Gesicht ins Wasser. Jetzt schien die Zeit nur sehr langsam zu verstreichen, doch irgendwie genoss Dominik das in dem warmen Wasser. Dann hörte er wieder Jorgos' Stimme: „Noch zwanzig Sekunden, noch fünf, vier, drei, zwei, eins, und atmen." Die Übung ging noch fast eine halbe Stunde so weiter, beim letzten Durchgang kam Dominik allerdings schon nach drei Minuten und zehn Sekunden hoch. Er war an diesem Tag nicht ganz so entspannt. Die beiden Frauen hörten erst nach drei Minuten fünfundzwanzig auf.

„Wie fühlt Ihr euch?" fragte Jorgos. Alle drei gaben das Okay-Zeichen. „Wir haben jetzt noch eine halbe Stunde, probieren wir ein bisschen Dynamik und schauen, was unser Maximum ist", sagte Jorgos. „Wir entspannen uns jetzt ungefähr vier Minuten, dann gehe ich ins Wasser und sichere einen von Euch ab, einer von Euch muss danach den anderen sichern, dann wechseln wir, und derjenige der gesichert hat, macht bei der nächsten Runde seinen Maximalversuch. Wer will als erster sichern?" Katerina hob die Hand. „Okay, Katerina, Du sicherst Dominik, und ich Jenny."

Jorgos holte seine Flossen, die Maske, den Schnorchel und die Socken. „Braucht jemand ein bisschen Gewicht?" fragte er. Dominik stieg aus dem Wasser und holte seinen vier Kilo schweren Gewichtsgürtel sowie die Flossen und Socken. Er legte den Gürtel um die Hüfte, merkte jedoch, dass er überbleit war, als er im Wasser sofort zum Boden hinabsank. Er zog seinen Anzug aus, bei der Wärme des Wassers brauchte er den nicht, und reduzierte das Gewicht auf ein Kilo. Dann zog er Flossen und Socken an und bereitete sich auf den Tauchgang vor. Er atmete tief ein und langsam aus, um seinen Pulsschlag zu senken. Jenny tat es ihm gleich, allerdings behielt sie den Anzug an. Jorgos gab ihr einen Gürtel mit drei Kilo Blei, den sie sich umband.

„Okay, vier Minuten", sagte Jorgos. Katerina hatte mittlerweile auch ihren Anzug ausgezogen und hielt sich mit ihrem orange leuchtenden Bikini im Wasser neben Dominik. Sie begann, ihn zu coachen. „Entspann Dich", sagte sie. „Langsam ausatmen, um den Pulsschlag runterzukriegen."

Jorgos machte das Gleiche mit Jenny, auch er war mittlerweile im Wasser. Zum ersten Mal seit Langem spürte Dominik eine Frau an seiner Seite, die ihn unterstützte.

„Zwei Minuten", sagte Jorgos. Er kümmerte sich wie eine Kombination aus Mutter und Vater um Jenny. Um ihr zu zeigen, dass sie mit dem Bauch atmen sollte, legte er seine flache Hand dorthin. Jenny schien das nicht zu stören, vielleicht spürte sie, dass die Berührung nicht sexuell motiviert, sondern seinem elterlichen Instinkt geschuldet war. Er war wie ein Ballettlehrer, der seinen Tänzern Übungen und Bewegungen beibringen wollte.

„Eine Minute", sagte Jorgos. Dominik hatte schon lange keinen Maximalversuch mehr gemacht und war ein bisschen nervös deswegen. Wahrscheinlich merkte Katerina das, denn sie sagte zu ihm: „Entspann Dich, ich bin da."

„Dreißig Sekunden", zählte Jorgos weiter, dann: „zehn, fünf, vier, drei, zwei, eins, los!"

Dominik nahm einen tiefen Atemzug, hielt die Luft an, tauchte mit Kopf und Körper unter und stieß sich mit nach vorne gestreckten Armen von der Wand ab. Er erinnerte sich, dass man die Gleitphase ausnutzen sollte. Er machte einen Armschlag und glitt noch ein paar Meter dahin, bevor er mit dem Beinschlag anfing. Katerina hielt sich nach hinten versetzt über ihm und atmete durch den Schnorchel, damit sie ihn immer im Blick hatte. Dominik tauchte weiter, bis er das andere Ende des Beckens erreichte. Er spürte den ersten Atemreiz, wandte sich jedoch um und stieß sich erneut von der Wand ab. Allmählich wurde der Atemreiz intensiver, trotzdem schlug er nach der Gleitphase weiter mit den Beinen und kam auch ziemlich gut voran. Er bemerkte eine Linie, die offenbar die halbe Beckenlänge markierte, er hatte also bereits 75 Meter geschafft. Nach einigen weiteren Metern wurde der Atemreiz dann aber doch so stark, dass er unbedingt Luft brauchte. Er schoss zur Oberfläche hinauf, drehte sich auf dem Rücken, atmete kurz und schnell aus und begann, wieder tief einzuatmen. Er hörte Katerinas Stimme neben sich: „Atme, atme." Nachdem er sein Erholungsatmen ein paar Sekunden lang auf dem Rücken fortgesetzt hatte, fragte sie: „Alles in Ordnung?"

Dominik schwebte weiter auf dem Rücken im Wasser und sagte: „Ich bin okay."

„Gut", erwiderte Katerina, „ich glaube, Du hast 80 Meter geschafft."

Plötzlich tauchte Jenny rechts von ihm auf, griff an die Wand und fing mit ihrem Erholungsatmen an. Sie bestätigte Jorgos, dass mit ihr alles in Ordnung wäre. Dann kraulte Dominik zurück, und Katerina schwamm neben ihm her. Am Beckenrand warteten sie auf die beiden anderen. Als auch die ankamen, meinte Jorgos: „Okay, Katerina, Du gehst als Letzte heute, in vier Minuten." Katerina bereitete sich mit konzentriertem Atmen vor, und Dominik coachte sie: „Tief einatmen, langsam ausatmen."

Als Jorgos ihr das Startsignal gab, atmete sie tief ein und stieß sich ab. Dominik schwamm nach hinten versetzt über ihr und beobachtete sie. Mit ihrem orangen Bikini und der tiefbraunen Haut bildete sie einen schönen Kontrast zum hellblauen Boden des Beckens. Nach anderthalb Bahnen schwamm sie zum seitlichen Rand und tauchte auf. Dominik war schnell neben ihr und sagte: „Atme, atme. Gib bitte das Okay-Zeichen."

Sie nahm die Maske ab und schaute ihn mit ihren tiefbraunen Olivenaugen an. In einem selbstbewussten aber zarten Tonfall bestätigte sie: „Bin okay."

„Sehr schön", meinte Dominik, „ich glaube, Du hast es ein bisschen weiter geschafft."

„Schwimmbad ist wirklich nicht meine Diziplin", erwiderte sie. „Das Meer ist mir wesentlich lieber." Sie schwammen zu Jorgos und Jenny zurück, die bereits neben dem Becken standen, und hoben sich aus dem Wasser.

„Gut gemacht heute Abend", sagte Jorgos. „Wir müssen jetzt Schluss machen, die Security hier will gleich zumachen. Das nächste Training ist dann am Meer. Wer macht denn da mit?"

Alle drei hoben die Hand.

„Wisst Ihr alle, wo es ist, und habt Ihr eine Mitfahrgelegenheit?"

„Ich habe ein Auto", sagte Dominik. „Ich weiß aber nicht, wo es ist."

„Gib mir Deine WhatsApp-Nummer", forderte Jorgos ihn auf.

Dominik gab ihm sowohl seine griechische Nummer als auch die deutsche von der SIM-Karte, die er an jenem verregneten Tag bei dem Inder in dem Berliner Internetcafé gekauft hatte.

„Ich schicke Dir die Wegbeschreibung und die GPS-Koordinaten per WhatsApp", sagte Jorgos.

„Vielleicht kann ich bei Dir mitfahren?", fragte Katerina.

„Es wäre wirklich schön, wenn Du Katerina mitnehmen könntest", meinte Jorgos. „Jenny kann bei mir mitfahren. Ich sehe sie Freitag an der Sportschule, dann fahren wir einfach von dort los. Katerina kennt den Platz und kann Dir helfen, ihn zu finden."

„Wo wohnst Du?", fragte Dominik.

„Panormou", antwortete Katerina.

„Das sind nur drei Stationen von mir", sagte Dominik, „Das sollte kein Problem sein, wir können ja auch jetzt zusammen nach Hause fahren."

„Leute, ich will wirklich keinen Stress machen, aber wir müssen jetzt gehen, die wollen hier zumachen", drängte Jorgos. Katerina und Dominik trockneten sich rasch ab und zogen ihre Straßenklamotten über die Badesachen, Katerina trug wieder ihre dunkelgrünen Bermudas und das schwarze Trägerhemd. Die vier packten ihre Sachen zusammen, um das Schwimmbad zu verlassen, vorher aber wandte sich Jorgos noch mal an die Gruppe: „Dominik und Katerina, seid am Freitag so um fünf herum da. Ich sage Dir Bescheid, Dominik, wenn Du noch jemanden mitnehmen sollst. Und Jenny, wir treffen uns um halb vier oder so an der Sportschule. Also dann, schönen Abend Euch allen und tschüss."

Jorgos verließ die Gruppe und ging zu einem hier unten gelegenen Ausgang hinüber, hinter dem er seinen verstaubten, dunkelgrünen Toyota RAV4 unter einem Betonvordach geparkt hatte. Dominik dagegen kehrte mit den beiden Frauen auf demselben Weg zur Metrostation zurück, auf dem er vorhin auch hergekommen war. Als sie dort ankamen, dachte Dominik daran, wie er sich vor mehr als einem Monat nach dem letzten Unterwasser-Rugby-Spiel von Thran an dessen Auto verabschiedet hatte und anschließend mit Bus, U- und S-Bahn nach Hause gefahren war. Dominik und Katerina trennten sich von Jenny, die in die andere Richtung fahren musste, und gingen zu ihrem Bahnsteig hin, wo sie den Lärm der befahrenen Straße nebenan hörten. Die Metro verlief hier überirdisch, als Dominik vor 20 Jahren in Athen war, war diese Linie noch die einzige der Stadt gewesen.

„War schön, mal wieder im Wasser zu trainieren", sagte Dominik. „Und gut zu wissen, dass ich immer noch die 75 plus schaffe."

„Wie gesagt, Schwimmbad ist nicht wirklich meinen Ding", erwiderte Katerina. „Das Meer ist mir viel lieber. Ich mache Speerfischen, habe mir selbst beigebracht, mit der Pfeilpistole umzugehen. Die zwei Monate, die ich wieder hier in Athen bin, muss ich fit bleiben. Ich achte nie drauf, wie lange oder wie tief ich tauchen kann, ich mache es einfach und versuche, Spaß dabei zu haben. Normalerweise wohne ich auf Serifos."

„Keine gute Idee, alleine Speerfischen zu machen", meinte Dominik.

„Tue ich auch nicht", antwortete Katerina. „Zumindest bis jetzt nicht. Der, mit dem zusammen ich es früher gemacht habe, hat Serifos verlassen. Hat woanders ein besseres Leben gefunden. Jetzt muss ich mir einen neuen Buddy suchen."

„Das einzige Training, das ich seit einem Jahr mache, ist Unterwasser-Rugby", sagte Dominik. Plötzlich hörten sie polternde Geräusche von links. Der Zug fuhr ein und hielt mit einem dröhnenden Geräusch. Dies hier war die langsame alte Linie, fast so wie die alten S-Bahn-Linien in Berlin. Die Türen öffneten sich, und mehrere Fahrgäste stiegen aus, bevor Dominik und Katerina einsteigen und sich setzen konnten. Kurz nachdem sie losgefahren waren, hörten sie die Durchsage: „Epomeni stasi Iraklio. Next station Iraklio". Wie schon bei der Herfahrt funktionierte die Klimaanlage auch jetzt nicht, und es war ziemlich warm im Zug.

„Erinnert mich ein bisschen an Berlin", sagte Dominik. „Etwa so bin ich vor einem Monat nach meinem letzten Unterwasser-Rugby-Training nach Hause gefahren."

„War das alles, wofür Du im vergangenen Jahr Zeit gehabt hast?", fragte Katerina.

„Na ja, Zeit und Geld", antwortete Dominik, „aber das ist was anderes." Er wollte nicht so viel über seine Lebensumstände der letzten Monate und Jahre reden. Aber er spürte, dass seine Begleiterin möglicherweise unter einer ähnlichen Situation zu leiden hatte. Sie trug keine teuren Klamotten. Sie war gepflegt und hübsch, aber alles war doch auch sehr einfach. Der Bikini, den sie jetzt unter ihrer kurzen Hose und dem Hemd trug, konnte auch gut von einem Discounter stammen. Ob sie auf eigenen Wunsch so lebte oder nicht, war schwer zu sagen.

„Ich habe Videos vom Unterwasser-Rugby gesehen. Es sieht ganz interessant aus aber auch ein wenig brutal. Und Männer und Frauen spielen oft zusammen, ist das richtig?"

„Trainiert wird meistens gemeinsam, aber die Spiele in der Oberliga finden normalerweise nach Geschlechtern getrennt statt. Ich habe vor allem mitgemacht, um mich fit zu halten. Bei uns haben immer auch zwei Frauen mittrainiert. Die beiden waren ganz attraktiv, aber schon vergeben."

Katerina lachte. „Schade", sagte sie. „Mein Buddy beim Speerfischen hat Serifos verlassen, um mit seinem Freund auf Syros zusammen zu sein, einem Maler. Ich wusste immer, dass es nichts würde mit uns, er hat sich nur für Männer interessiert. Genauso wie Jorgos. Ich habe Jorgos' Freund oder Mann auch kennengelernt, er trainiert manchmal mit uns, wenn er Zeit hat. Er macht auch Aufsicht, wenn wir größere Gruppen haben. Netter Kerl, arbeitet für die Kripo und erinnert einen ein bisschen an Steve McGarrett aus ‚Hawaii Fünf-Null', den Polizisten, den Jack Lord gespielt hat."

„Schön, jemanden zu treffen, der die alte Serie kennt", sagte Dominik.

„Ja, ich habe sie als Kind in den achtziger Jahren immer gesehen, alles auf Englisch mit griechischen Untertiteln."

Die beiden schauten aus dem Fenster, der Zug fuhr sehr langsam durch Viertel mit beigefarbigen, etwa fünf Stockwerke hohen Betonwohnblocks. Überall auf den Straßen waren Autos geparkt. Alles war voller Spätsommer-Staub, und alles von der orangen Abendsonne beleuchtet. Sie hielten an mehreren Stationen, die alle wie aus einer anderen Epoche wirkten, ganz im Gegensatz zu den Stationen der neuen Linien. Irgendwann fuhr der Zug dann unterirdisch weiter und erreichte den Omonia-Platz. Die Station war zwar modernisiert worden, hatte aber noch immer die gleiche Gestalt und Ausstattung mit Kacheln wie vor hundert Jahren.

„Steig um diese Uhrzeit niemals hier aus", mahnte Katerina.

„Ich weiß", sagte Dominik. „Ich erinnere mich noch genau dran, wie es vor 20 Jahren hier war. Ich vermute, viel hat sich nicht geändert seit damals."

„Wow, Du warst vor 20 Jahren schon mal in Athen", staunte Katerina. „Leider wohnt meine Mutter hier. Nach 18 Uhr kann sie die Wohnung nicht mehr verlassen. Wobei ‚Wohnung' eigentlich das falsche Wort ist, ‚Zimmer' wäre richtiger."

„Warum wohnt sie hier, wenn ich fragen darf?"

„Das ist eine lange Geschichte", antwortete Katerina. „Die Regierung hat uns die beiden Wohnungen, die unserer Familie gehörten, weggenommen, als wir die neue, astronomisch hohe Immobiliensteuer nicht mehr bezahlen konnten. Meine Mutter hat in einer davon gelebt, ich in der anderen. Weil meine Mutter unter einer chronischen Erkrankung leidet und Rentnerin ist, wurde ihr eine staatliche Unterkunft zugeteilt, die eigentlich nicht mehr ist als ein Hotelzimmer."

„Und Dein Vater?", fragte Dominik.

„Der ist vor zehn Jahren an einem Herzinfarkt gestorben. Zum Glück musste er nicht mehr miterleben, was alles passiert ist."

Die Türen gingen zu, und der Zug fuhr durch einen dunklen Tunnel langsam weiter bis zur Station Monastiraki. Die Gleise lagen dort zwar tiefer als das Straßenniveau, aber doch unter freiem Himmel. Dominik und Katerina stiegen aus. Mittlerweile war es fast völlig dunkel geworden, sodass die Beleuchtung des Bahnhofs das allerletzte orangefarbene Licht des Himmels über der Station ergänzte. Der Bahnhof wirkte alt aber restauriert, doch sobald man vom Bahnsteig nach rechts ging und dem Schild Richtung Flughafen folgte, war alles wieder hochmodern. Musik klang aus irgendwelchen Lautsprechern, und in der Luft lag der gleiche Geruch, den Dominik vor zwei Tagen in Jennys Studentenwohnheim wahrgenommen hatte. Die Station wurde immer voller von Einheimischen und Touristen, die jetzt am Abend die Tavernen und Kneipen von Monastiraki besuchen wollten. Dominik und Katerina fuhren die Rolltreppen zu einem unterirdischen Bahnsteig hinab. Auch hier standen viele Menschen, laut Anzeige sollte der nächste

Zug in acht Minuten kommen. Auf den Videomonitoren liefen wieder die Visit Greece-Werbungen, diesmal waren junge Paare wie Wanderer gekleidet und bewegten sich unter einem strahlend blauen Himmel mit großen Augen durch alte Ruinen.

„Lass uns noch unsere WhatsApp-Nummern tauschen, bevor wir es vergessen", sagte Katerina.

„Okay, sag mir Deine Nummer, dann schicke Dir eine WhatsApp", forderte Dominik sie auf.

Katerina gab ihm ihre Nummer und er meinte: „Okay, ich speichere Dich unter meinen Kontakten. Wie heißt Du mit Nachnamen?"

„Pisoka", antwortete Katerina.

Dominik speicherte ihren Name und die Nummer in seinem Telefon und schickte Katerina eine Nachricht. In der Tasche ihrer dunkelgrünen Bermudas vibrierte es. Sie nahm ihr Handy heraus und schaute aufs Display, dann tippte sie etwas ein und sagte: „Habe Dir gerade geantwortet." Im selben Moment vibrierte Dominiks Handy, und er sah Katerinas Profil und ein Smiley.

„Oh Gott, ich muss Dir was sagen. Ich weiß, Du meinst es gut, aber ich mag keine Smileys, seitdem Julija Tymoschenko aus der Ukraine in einer Mitteilung verkündet hat, dass sie Atomwaffen gegen Russland einsetzen würde und ein Smiley dazugesetzt hat."

„Oh, Entschuldigung", sagte Katerina. „Aber ich muss zugeben, das wusste ich gar nicht."

„Ist vor ein paar Jahren passiert", erklärte Dominik. „Ich finde ja, ein wirklich lustiges Emoji ist nicht das Smiley, sondern der Scheißhaufen, so was sollte Julija bekommen, keine Rakete mit Atomsprengkopf sondern eine mit einem Fäkaliensprengkopf!" Beide lachten. Als der Zug kam, quetschten sie sich mit ihren Utensilien hinein, einen Sitzplatz gab es diesmal nicht. Kurz nachdem sie losgefahren waren, hörten sie die Durchsage: „Epomeni stasi Syntagma. Next station Syntagma".

„Übrigens, was machst Du außer Freediving so? Du hast gesagt, Du wohnst normalerweise auf Serifos", fragte Dominik.

„Im Moment bin ich Krankenpflegerin am Evangelismos-Krankenhaus. Aber nur noch für drei Wochen. Ich habe bis vor zwei Jahren schon mal dort gearbeitet, aber dann wurde die Belegschaft halbiert. Jetzt brauchen die nur zwischendurch immer mal ein bisschen mehr Personal, und so haben sie mich für Juni, Juli, August und einen Teil vom September zurückgeholt. Außerdem haben sie mir auch eine schöne Wohnung im zehnten Stock des Apollon-Turms bei der Metrostation Panormou zur Verfügung gestellt. Das Angebot konnte ich nicht ausschlagen. Auf Serifos arbeite ich in einer kleinen Klinik. Der Arzt dort gibt mir etwas Geld, manchmal auch ein bisschen Lamm vom Bauernhof seiner Mutter, er lässt mich kostenlos an seiner Tankstelle tanken und in einer kleinen Hütte auf der anderen Seite der Insel wohnen. Da habe ich einen Gemüsegarten, Hühner und einen Esel, und ich mache Speerfischen. Wenn ich weg bin, passen meine Nachbarn auf meinen Garten und die Tiere auf. Die dürfen sich dann am Gemüse, den Eiern und der Ziegenmilch bedienen.

„Hört sich ziemlich idyllisch an", sagte Dominik.

„Na ja, wenn Du es idyllisch nennst, ohne Strom zu leben. Die Hütte ist nicht ans Stromnetz angeschlossen, fürs Kochen und das bisschen Heizen im Winter muss ich immer Feuer machen. Ich habe aber nicht nur einen Holzkamin, sondern auch einen Gasherd und Gasheizkörper, nur muss ich dafür ständig Propan besorgen, da ist es meistens doch einfacher, Holz zu sammeln. Und ich habe eine kleine Solarzelle, um mein Smartphone und das Tablet zu laden. Aber eins ist wahr. Es ist besser so zu leben, als unter schlechten Bedingungen in der Stadt. Nachdem meine Familie die Wohnung verloren hatte, war das Leben in Athen unerträglich geworden. Ich habe einen Monat in einer Erdgeschosswohnung am Omonia verbracht, mit Junkies als Mitbewohner. Bei meiner Mutter ist es besser, sie wohnt im vierten Stock und hat eine Klimaanlage. Habe ein paar Mal bei ihr auf dem Boden geschlafen. Alles nachdem ich meine Stelle im Krankenhaus verloren hatte. Dann habe ich die Arbeit bei dem Arzt auf Serifos gefunden. Für Geld, Essen und ein paar Kleinigkeiten. Das ist jedenfalls viel besser, als in der Stadt arm zu sein."

Dominik dachte an seine eigene Situation, und zum ersten Mal empfand er die Bereitschaft, ein wenig darüber zu reden. „Meine Situation ist nicht viel besser. Mein Vermieter in Berlin hat mir gekündigt, ich habe ein paar Tausend Euro von meiner Mutter in den USA gekriegt und bin hierher gekommen, weil ich hier länger damit überleben kann als in Deutschland. Ich habe mir ein Auto gekauft und im Voraus sechs Monatsmieten für eine Wohnung hier in Athen bezahlt. Der deutsche Staat hat aber nicht bemerkt, dass ich weg bin, und zahlt mein Arbeitslosengeld weiter. Das ist meine Geschichte."

Als der Zug am Syntagma-Platz hielt, wurde er noch voller. Dominik und Katerina rückten eng zusammen, und ihre nackten Oberarme berührten sich. Da sie sich mit den Händen an den oberen Griffen festhielten, konnte Dominik sehen, dass Katerina sich seit ein oder zwei Tagen die Achseln nicht mehr rasiert hatte. Nachdem sie wieder losgefahren waren, sagte er: „An der nächsten Haltestelle muss ich aus."

„Da steige ich immer für die Arbeit aus. Ich fahre noch drei Stationen weiter bis Panormou", erwiderte Katerina.

„Dann sehe ich Dich nächsten Freitag. Wann soll ich bei Dir sein?"

„Sei doch so um drei unten am Apollon-Turm. Ich habe diese Woche Frühschicht und um zwei Feierabend. Wir sollten uns genügend Zeit nehmen wegen des Verkehrs. Ich kann Dir dann den Weg zeigen."

„Ich bringe sicherheitshalber auch mein Navi mit. Es gibt auch Verkehrshinweise."

Als der Zug in Dominiks Station einfuhr, legte Katerina

ihre Hand auf seine Schulter und sagte: „Okay, dann bis Freitag." Er schaute ihr in die braunen Augen, sie strahlten eine intensive Wärme aus, fast wie eine Einladung zum Küssen. Dominik umarmte sie, und sie küssten sich erst auf die linke, dann auf die rechte Wange. „Bis Freitag", sagte er und ging zur Tür. Katerina folgte ihm mit einem sanften Blick. Nachdem er ausgestiegen war, drehte er sich noch mal zu ihr um. Sie lächelten und winkten sich zu. Auf dem Weg zur Rolltreppe kam Dominik an einem Mann vorbei, der Geige spielte. Die ganze Station war erfüllt von seiner gefühlvollen, zugleich aber auch dramatisch und tragisch klingenden Musik. Irgendwoher kannte Dominik das Stück. Der Mann trug eine dunkle Brille, er war blind. Vor ihm stand ein alter Frappé-Becher mit ein paar Münzen darin. Dominik nahm sein Portemonnaie aus der Tasche und warf ein Fünfzigcentstück hinein. Zum Dank nickte der Mann mit dem Kopf, ohne sein Spiel zu unterbrechen. Dominik folgte der Menschenmenge zu den Rolltreppen und fuhr hinauf, nach dem Training und mit der schweren Ausrüstung war er zu müde, um die Stufen zu nehmen. Draußen folgte er einigen anderen Leuten in den dunklen Park. In der Abendwärme gaben die Grillen ihre üblichen Geräusche von sich. Plötzlich sprach ihn von hinten ein Mann auf Englisch mit britischem Akzent an: „Entschuldigung, können Sie mir helfen? Ich weiß, es ist schwer zu glauben, aber ich wurde gerade von der US-Regierung hier freigelassen. Die hatten mich entführt und zwei Wochen lang in Ägypten festgehalten. Ich muss zurück nach Hause, zu meiner Familie in Wembley. Wissen Sie, wo das britische Konsulat ist?"

Dominik drehte sich um und schaute den Mann an, er sah irgendwie indisch oder pakistanisch aus. „Nein", sagte er, „aber vielleicht sollten Sie zur nächsten Polizeiwache oder in ein Krankenhaus ..." Doch noch bevor er seinen Satz zu Ende bringen konnte, war der Mann verschwunden. Dominik bekam Angst und griff sofort in seine Tasche, das Portemonnaie war noch da, ebenso sein Rucksack und die Flossen. Das zweite Gespenst innerhalb von zwei Tagen! Er lief schnell durch den Park zur Hauptstraße auf der anderen Seite. Nach dieser Begegnung wollte er so rasch wie möglich nach Hause. An der Fußgängerampel wartete er, bis sie grün wurde, dann überquerte er die Straße und lief Richtung Pangrati hoch. Langsam beruhigte er sich, und die Angst verschwand. Er kam an einem Alpha-Vita-Supermarkt vorbei, und da er Hunger hatte, ging er hinein. An der Heißen Theke besorgte er sich eine Plastikschale mit Lammkoteletts, dazu eine weitere mit Kartoffeln und grünen Bohnen. Anschließend setzte Dominik seinen langen Weg nach Hause fort, mit seiner schweren Ausrüstung musste er immerhin über einen Kilometer weit laufen. Vor der Tür begegnete er wieder Angelika, die auch jetzt ihre Sporttasche dabeihatte.

„Wie läufts?", fragte er. „Kommst Du von einer Vorstellung zurück?"

„Nein", antwortete sie, „nur von einer Probe. Du warst beim Tauchen, nicht wahr?"

„Ja, ich hatte heute Abend mein erstes Training mit Jorgos Panastratos."

„Wow, Du hast Jorgos Panastratos kennengelernt ... Ich habe auf ERT1 vor einiger Zeit eine Dokumentation über ihn gesehen."

Sie gingen ins Haus, und Angelika schaute die Post auf der Theke durch, um zu sehen, ob für sie etwas dabei war. Dominik wartete so lange am Fahrstuhl auf sie. Als er schließlich seine Wohnung betrat, machte er als Erstes die Klimaanlage an, da es ziemlich warm war. Dann hängte er seine nassen Sachen auf dem Balkon auf einen Wäscheständer, den er in der Küche gefunden hatte. Anschließend ging er ins Bad, um zu duschen. Danach holte er sich Teller aus der Küche, tat sein mitgebrachtes Essen darauf und setzte sich aufs Bett. Er schaltete den Fernseher ein und schaute die neuesten Nachrichten auf BBC

World News. Er erinnerte sich noch daran, dass seine Großmutter BBC immer als „Voice of Decency", als „Stimme des Anstands" bezeichnet hatte. Sie hatte den Sender immer heimlich gehört, bevor sie abgeholt und ins KZ gebracht worden war. Dominik aß alles auf und schaute weiter fern, zwischendurch stand er nur kurz auf, um die Teller in die Küche zu bringen. Langsam wurde es kalt in der Wohnung. Er nahm die Fernbedienung der Klimaanlage und stellte die Temperatur auf 26 Grad. Er merkte, dass er langsam müde wurde, machte die Nachttischlampe neben dem Bett an und löschte das große Licht. Ein paar Minuten schaute er noch BBC, dann schaltete er Fernseher und Lampe aus. Beim Einschlafen dachte er über den Tag nach. Es war ein guter Tag gewesen, und er hatte eine nette Frau kennengelernt, mal sehen, wie es im neuen Leben weitergehen würde.

Am nächsten Morgen wurde Dominik von seinem Handy geweckt. Es war eine WhatsApp von Katerina. Sie hatte ihm ein Scheißhaufen-Emoji geschickt und gefragt: „Hast Du Lust auf Mittagessen?" Die Frau hatte wenigstens Humor, dachte Dominik und antwortete mit „Ja". Er stand auf, ging in die Küche, um sich einen griechischen Kaffee zu machen, und schrieb noch mal an Katerina: „Wann und wo sollen wir uns treffen?" Nach zwei Minuten kam die Antwort: „Evangelismos, vor dem Kriegsmuseum neben den Kampfjets. Um 14:00. Meine Schicht endet um 13:30, sollte bis dahin dort sein."

Dominik schaute auf sein Handy und sah, dass es bereits elf war. Noch dreieinhalb Stunden. Er goss den Kaffee in eine Tasse, nahm sie mit ins Zimmer und setzte sich aufs Bett. Er nippte am Kaffee, aber der war noch zu heiß, außerdem hatte er zu viel Zucker reingetan. Er zog die Rollläden zum Balkon hoch, öffnete die Tür und ging nach draußen. Die Außeneinheit der Klimaanlage summte leise vor sich hin, und die Sachen, die er gestern auf den Wäscheständer gehängt hatte, waren in der Zwischenzeit getrocknet. Dominik setzte sich mit seiner

Tasse an den Balkontisch und beobachtete wieder das Treiben unten auf der Straße. Der Obstverkäufer mit dem Pick-up war heute nicht da, auch nicht der alte Mann, der den Bürgersteig nie benutzte. Stattdessen sah Dominik eine alte Dame mit Einkaufstüte in einem orangefarbigen Rock, ähnlich der Frau, die er ein paar Tage zuvor im Bus gesehen hatte.

    Er nippte weiter an seinem Kaffee. Der wurde zwar kühler, dafür aber die Luft immer wärmer, es war fast Mittag, und die Sonne stand schon ziemlich hoch am Himmel. Es mussten wenigstens 28 Grad sein. Nach einer halben Stunde ging Dominik ins Zimmer zurück, schloss die Tür und setzte sich aufs Bett. Er legte die Hände zusammen, schaute auf eine Stelle an der Wand und rezitierte wieder eine halbe Stunde lang die Formel „Nam Myoho Renge Kyo". Danach legte er sich noch mal aufs Bett und schaute eine Weile an die Decke, bis ihm ein Blick auf sein Handy verriet, dass es bereits halb eins war. Noch anderthalb Stunden, bis er Katerina treffen würde. Er entschloss sich, die Wohnung zu verlassen, und fuhr mit der U-Bahn zum Syntagma-Platz. Dort ging er noch mal ins Public, um sich zwei Speicherkarten zu besorgen, anschließend machte er Windowshopping in Monastiraki. Er sah eine Badehose von Esprit, die ihm gefiel und die wegen des Sommerschlussverkaufs auch runtergesetzt war, aber die 20 Euro, die sie kosten sollte, waren ihm noch immer viel zu viel. Bei Everest holte er sich einen Frappé für einen Euro, nahm ihn mit in die U-Bahn und fuhr wieder zur Station Evangelismos zurück. Als er dort ankam, war es bereits Viertel vor zwei, er hatte noch 15 Minuten. Er ging zum Park mit den Kiefern, die aus dem trockenen, staubigen Boden wuchsen, und hörte das Geräusch der Grillen in der Nachmittagshitze sowie den Lärm vom Verkehr auf den Straßen. Dann lief er zum vereinbarten Treffpunkt vor dem Kriegsmuseum und wartete dort. Nach etwa fünf Minuten entdeckte er Katerina in einer Menschenmenge, die gerade an einer Ampel die Straße überquerte. Sie hatte eine weiße Bluse und eine kurze, blaue Jeans

an, die weniger als die Hälfte ihrer braunen, muskulösen Oberschenkel bedeckte. Die Hosenbeine waren abgeschnitten, und unter den ausgefransten Rändern schauten die Taschen hervor. Katerinas Füße steckten in braunen Ledersandalen, und von der linken Schulter hing eine Korbtasche herab. Zum Schutz vor der Sonne trug sie eine dunkle Sonnenbrille. Sie winkte, als sie Dominik sah, kam zu ihm hin und legte ihm mit starkem Griff die Hand auf die Schulter. Die beiden küssten sich zur Begrüßung auf die Wangen, dann sagte Dominik: „Das war ja eine interessante Art und Weise, jemanden zum Mittagsessen einzuladen. Mit einem Scheißhaufen ..."
Katerina ließ ihre Hand auf seiner Schulter, nahm den Kopf zurück und lachte herzlich. „Na ja, man könnte sagen, ich hatte heute einen Scheißtag, eine Patientin, eine alte Frau, hat das ganze Bett vollgeschissen, und es war eine ziemlich stinkige Angelegenheit, das wieder sauber zu machen. Wenn du im medizinischen Bereich arbeitest, gewöhnst du dich dran, und ich habe mich erinnert, worüber wir gestern Abend gesprochen haben, über Julija Tymoschenko."
„Ich muss zugeben, Du hast einen tollen Sinn für Humor", sagte Dominik. „Schicks aber bitte Julija und nicht mir."
Katerina lachte: „Das erinnert mich daran, was Winston in ‚1984' sagte, als die ihn im Liebesministerium mit den Ratten foltern wollte. ‚Tu es bitte Julia an!'"
„Das Buch kennst Du also auch, ich fange wirklich an, Dich zu mögen. Es ist Deine Stadt, wohin sollen wir gehen?", fragte Dominik.
„Wir könnten ein bisschen laufen, wenn Du willst", schlug Katerina vor. „Nach dem, was mir heute passiert ist, brauche ich etwas frische Luft. Oben im Hondos Center am Omonia gibts eine Cafeteria, das Essen dort ist lecker und auch nicht zu teuer."
„Ich war gerade an Syntagma und in Monastiraki. Wir können aber trotzdem gerne wieder in die Richtung gehen, wenn Du möchtest."

„Lass uns durch den Park laufen", sagte Katerina. Die beiden gingen zum Park und nahmen einen staubigen Pfad zwischen den Bäume hindurch. Die Grillen zirpten laut, und auf einer Bank saß ein älterer Herr in weißem Hemd und langer, grauer Hose. Er trug eine dunkle Brille und rauchte.

„Die Tiere, die diese Geräusche machen, siehst du nie, aber du hörst sie immer. Sie sind lauter als der gesamte Lärm der Stadt. Daran kann ich mich auch noch gut aus der Zeit erinnern, als ich hier aufgewachsen bin. Deswegen laufe ich auch so gerne durch die Parkanlagen in Athen, Kindheitserinnerungen. Mit dem Platz, zu dem wir morgen fahren, verbinde ich auch viele Erinnerungen. Ich bin da oft alleine schwimmen gegangen. Es ist wirklich unglaublich, dass Jorgos den auch für sein Training nutzt. In meiner Jugend war das immer meine private Ecke. Ich wollte mich niemals mit den Mädels zusammentun, die nur sonnenbaden im Sinn hatten. Ich mochte auch die Typen nicht, auf die die abfuhren, die mit ihren Motorrädern und Sportwagen. Ich bin immer gern geschwommen und konnte es auch sehr gut, konnte sogar bis zum Grund tauchen."

„Wie tief ist es denn dort?", fragte Dominik.

„20 Meter" antwortete Katerina. „Oder vielleicht 23, hängt davon ab, wo genau Du bist."

„Ich habe mal 40 geschafft", sagte Dominik, „in einem kalten, dunklen See in der Nähe von Berlin, die Sicht betrug nur ungefähr einen Meter, und wenn du so tief unten warst, war es fast so dunkel wie die Nacht. Musstest dich mit einem Lenyard an der Leine festmachen, damit du da unten nicht verloren gingst."

„Mutig", sagte Katerina. „Ich gehe ungern mehr als 20 Meter runter. Das Gefühl, in einen dunklen Abgrund abzutauchen, mag ich überhaupt nicht. Ich sehe gerne immer noch den Boden unter mir. Das ist in Griechenland kaum ein Problem. Ich habe viele Freediver sehr tief tauchen gesehen und finde, es wirkt beängstigend. Außerdem ist es sowieso langweilig, nichts wirklich Interessantes zu sehen oder Fische zu jagen. Und der Druckausgleich wird schwer."

„Stimmt schon, man muss Frenzel meistern", meinte Dominik.

„Ich achte nicht so sehr auf Frenzel hin oder Valsalva her. Ich machs nur zum Spaß und um ein bisschen beim Einkaufen zu sparen. Es ist aber schön, mit Jorgos zu trainieren. Hält mich fit, bis ich wieder auf Serifos bin, aber da muss ich dann einen neuen Buddy zum Speerfischen finden."

Die beiden liefen weiter durch den Park und kamen schließlich an einer verkehrsreichen Straße neben dem Parlamentsgebäude raus. An einer Ampel mussten sie warten, bevor sie die Fahrbahn überqueren und weitergehen konnten, vorbei an Periptera, vor denen Zeitungen aushingen und große Kühlschränke für kalte Getränke sowie Kühltruhen mit Eiscreme standen. In der Hitze arbeiteten alle Geräte mit voller Kraft. Dominik und Katerina erreichten den Syntagma-Platz und gingen Richtung U-Bahn. Sie begegneten einer Gruppe asiatischer Touristen, einige der Frauen hatten weiße Sonnenschirme aufgespannt.

„Übrigens, wie hast Du Jorgos eigentlich kennengelernt?", fragte Dominik.

„Das ist eine interessante Geschichte. Er kommt manchmal nach Serifos und gibt Kurse. Einmal habe ich so einen Kurs gesehen, als ich in einer tiefen Bucht zum Speerfischen war. Das war im Mai. Ich habe Jorgos erzählt, dass ich im Sommer nach Athen komme, und er hat mich zum Training eingeladen. Er ist ein toller Typ, voller Leidenschaft, seine Fähigkeiten weiterzugeben. Er ist überhaupt nicht elitär, wie so viele andere in der Freediving-Gemeinde. Er unterrichtet auch benachteiligte Kinder."

Die beiden nahmen die Metro und fuhren zwei Stationen bis zum Omonia-Platz. Als sie wieder ans Tageslicht kamen, standen sie direkt vor dem Hondos Center, einem großen Kaufhaus. Sie gingen rein und fuhren mit den Rolltreppen an den verschiedenen Bekleidungs- und sonstigen Abteilungen vorbei nach ganz oben, wo sich nicht nur die Bücher, sondern auch ein Selbstbedienungsrestaurant befanden. Durch die Fenster bot sich ein herrlicher Blick über die Stadt mit der Akropolis und dem Likavitos. Sie suchten sich einen Platz auf der Terrasse.

„Nehmen wir doch diesen Tisch", sagte Katerina und legte ihre Korbtasche auf einen Stuhl, um ins Restaurant zu gehen. „Ich glaube, es ist keine so gute Idee, Deine Tasche einfach dort zu lassen", meinte Dominik.

„Es sind keine Wertsachen drin. Wenn die meine schmutzigen Krankenhausklamotten klauen wollen, gerne." Sie lachte und holte Portemonnaie und Smartphone aus der Tasche. Die beiden gingen hinein, nahmen sich Teller und schauten, was das Büfett zu bieten hatte. Dominik entschied sich für Lammkoteletts, grünes Gemüse, das wie Spinat aussah, und Kartoffeln, Katerina nahm Moussaka und auch etwas von dem Gemüse. Sie zahlten und gingen zu ihrem Tisch zurück. Die Korbtasche war noch da.

„Sieht so aus, als wäre niemand an Deinen dreckigen Krankenhausklamotten interessiert gewesen", sagte Dominik.

„Und auch nicht an der billigen Tasche. Muss alles in die Waschmaschine geben, wenn ich wieder zu Hause bin. Ich lege die Tasche mal auf den Boden, so weit weg vom Essen wie möglich."

„Gute Idee", stimmte Dominik zu, und die beiden fingen an zu essen.

„Das ist ja ein wirklich typisches Kaufhausbüfett", fuhr Dominik fort, „aber ich muss schon sagen, es schmeckt gut. In so einem Laden zu essen, erinnert mich aber auch irgendwie an ‚1984'. Erinnerst Du Dich noch an die Kantine, in der Winston und die anderen Mittag gemacht haben, mit dem Eintopf, der aussah wie Erbrochenes, und dem Gin in den Teetassen, der nach Salpetersäure schmeckte? Aber das Essen hier ist ja schon wesentlich besser, und außerdem ist heute ein toller Sommertag."

„Du weißt noch viel mehr Details aus dem Buch als ich. An den Teil mit der Kantine erinnere ich mich nicht, aber an die Ratten im Liebesministerium. Aber jetzt genug von Ratten, Erbrochenem und Salpetersäure. Ich weiß, dass ich im Medizinbereich arbeite, aber jetzt habe ich genug davon. Ich will mein Moussaka genießen. Ich habe Hunger. Lass uns mit den Fantasien über die Apokalypse aufhören. Bis jetzt ist es noch nicht so schlimm wie in ‚1984'."

„Wie meinst du ‚noch'?", fragte Dominik.

„Es kann alles schlimmer werden. Ich für meinen Teil habe in den letzten Jahren genug schlechte Zeiten gehabt. Genießen wir einfach den Moment."

„In Ordnung", stimmte Dominik zu, und die beiden aßen weiter. Selbst hier oben nahmen sie den typischen Stadtgeruch nach Diesel und Motorradabgasen wahr. Und auch das Lakritzaroma von Ouzo lag in der Luft, da ein paar Gäste an den Nebentischen diesen zu ihrem Mittagsessen tranken.

Als sie mit dem Essen fertig waren, sagte Katerina: „Schön, ich hatte seit gestern Abend nichts mehr gegessen."

„Und dann der Scheißtag heute", erwiderte Dominik. Katerina nahm ihre gebrauchte Papierserviette und schmiss sie zu Dominik hinüber. „Bitte aufhören, ich dachte, wir reden nicht mehr über solche Sachen!"

„Entschuldigung", sagte Dominik. „Aber Du bist ja mit dem Essen fertig. Und außerdem hast Du mir die WhatsApp mit dem Scheißhaufen geschickt. Aber gut, ich glaube, ich habe die Abmachung gebrochen. Kann ich Dich zum Nachtisch einladen, Eis oder Kaffee, um es wieder gutzumachen?"

„Du kannst stattdessen mit zu meiner Mutter kommen, sie wohnt nicht weit von hier. Sie macht mir immer einen super griechischen Kaffee, wenn ich komme, Dir macht sie garantiert auch einen. Ich muss sowieso nach ihr schauen. Sie ist zuckerkrank, und ich muss nachsehen, ob sie ihren Blutzucker richtig kontrolliert."

„Bin dabei", sagte Dominik. Sie standen auf, brachten ihre Tabletts zurück und fuhren wieder nach unten. Die Gegend war arm, mit Bettlern und Obdachlosen, einem Mann warfen sie jeweils ein Fünfzigcentstück in seinen leeren Becher. Der bedankte sich mit einem Nicken und einem „efcharisto" aus seinem zahnlosen Mund.

„Man muss immer dankbar sein für das, was man hat", sagte Katerina im Weitergehen.

„Gut gesagt", erwiderte Dominik. „Das habe ich in der letzten Zeit wirklich gelernt."

Von der Agiou Konstantinou wandten sie sich nach links in eine Fußgängerzone mit vielen Läden, die billige Klamotten und andere Waren anboten. Alles hier war heruntergekommen. Sie bogen noch mal in eine Straße rechts ab und betraten ein schäbig wirkendes Wohnhaus. Es war sechs Stockwerke hoch und hatte sehr schmutzige Fenster, aus einem von ihnen schaute eine philippinisch aussehende Frau auf den Bürgersteig hinab. Die Eingangslobby, neben der ein Bekleidungs- und Pelzgeschäft lag, war offen, es gab keine Türen, die sie zur Straße hin abgetrennt hätten. Innen stand auf der rechten Seite bei den Fahrstühlen ein klappriger, schmutziger Tisch mit Post darauf, weiter hinten war das Treppenhaus. Auf einem fleckigen und durchlöcherten Sofa, das eher auf den Sperrmüll zu gehören schien, saß links ein verwirrt wirkender Mann um die 30, in mit Palmen bedruckten Boardshorts und einem hellblauen Trägerhemd. Der Boden war mit dreckigem und zum Teil gebrochenen Linoleum belegt.

„Hast Du auch hier gewohnt?", fragte Dominik.

„Nein, nicht hier, sondern in einer der Seitenstraßen."

„Im Erdgeschoss mit den Junkies."

„Ja genau", sagte Katerina. „Lass uns bitte die Treppe nehmen, ich mag diesen Fahrstuhl nicht. Er stinkt manchmal, und ich habe immer Angst, da drin stecken zu bleiben. Selbst meine Mutter meidet ihn. Sie versucht, viel zu laufen, selbst in ihrem Zustand. Es ist im vierten Stock."

„Genau wie in ‚1984', wo der Fahrstuhl in Winstons Gebäude nie funktionierte, und er immer zu Fuß hochgelaufen ist", erwiderte Dominik.

„Wie hieß noch gleich das Haus, in dem er wohnte?", fragte Katerina.

„Victory Mansions."

„Meine Güte, ich bewundere wirklich, an wie viel aus dem Buch Du Dich erinnern kannst", sagte sie.

Die beiden stiegen die Treppe hinauf. Durch die offenen Fenster knallte die Sonne rein. Auf jeder Etage gab es außer den Fahrstuhltüren noch eine weitere Tür aus Metall, die irgendwie wohl auch ganz gut in ein Gefängnis gepasst hätte. Im vierten Stock blieben sie vor dieser Tür stehen, und Katerina drückte auf einen Klingelknopf mit dem Namen Pisoka. Als ein Brummen zu hören war, stieß sie sie auf, und die zwei betraten einen Flur, an dessen Ende neben einer offenen Wohnungstür eine alte Dame mit brennender Zigarette stand. Mutter und Tochter begrüßten sich mit einer Umarmung, wobei die Mutter aufpasste, dass sie mit der Zigarette nicht die Haare ihrer Tochter verbrannte. Sie hatte eine angenehme Ausstrahlung, und Dominik realisierte die Ähnlichkeit zwischen den zwei Frauen. Beide hatten langes, dunkles und lockiges Haar, die Mutter war allerdings eher blass, so als ob sie viel Zeit drinnen verbringen würde. Sie trug ein ärmelloses Hemd und einen Rock, der ihre Knie knapp verdeckte. Sie versuchte, sich noch gut zu kleiden, baute offensichtlich aber mit dem Alter und aufgrund einer Erkrankung ab. Ihre nackten Füße hatten eine seltsame Farbe, der Diabetes schien seine Spuren zu hinterlassen.

Katerina sagte noch etwas auf Griechisch, von dem Dominik aber nur das Wort „filos" verstand, das „Freund" bedeutete, dabei zeigte sie mit der Hand auf ihn. Die Mutter schaute ihn an, steckte die Zigarette in den Mund und hielt ihm beide Hände entgegen. „Jassou", sagte sie, „pos se lene?"

„Sie will wissen, wie Du heißt", erklärte Katerina.

„Dominik", antwortete er, ergriff die Hände der Frau und sah ihr in die Augen, Augen wie die der Tochter, sie blickten ihn hoffnungsvoll an, ganz so, als ob die Mutter sich darüber freuen würde, dass ihre Tochter einen Mann kennengelernt hatte. Das altersbedingt weiche Gewebe ihrer Arme wackelte beim Händeschütteln. Katerina und Dominik folgten ihr in die Wohnung und erlebten wegen der Klimaanlage dabei einen Kälteschock. Aber wie Katerina schon gesagt hatte, war das Wort „Wohnung" eigentlich falsch. Im Grunde handelte es sich um nicht mehr als ein größeres Hotelzimmer. An einem kleinen Tisch mit einer dünnen, weißen Decke standen zwei einfache Stühle, dahinter führte eine Tür ins Bad. Ein Schrank war in eine der Wände eingelassen. Vor dem geschlossenen Fenster, über dem die Klimaanlage kalte Luft ins Zimmer blies, hingen dünne, orangene Vorhänge und ließen alles leicht in dieser Farbe leuchten. In Verbindung mit den hellblauen Wänden ergab das eine eigentümliche Mischung. Neben einem kleinen Kühlschrank stand ein Tisch mit einer elektrischen Herdplatte darauf. Hier und da lagen Kartons herum, vermutlich noch mit Sachen aus der größeren Wohnung, die vor ein paar Jahren aufgelöst werden musste. Die beiden Frauen unterhielten sich auf Griechisch, bis Katerina Dominik fragte: „Möchtest Du einen griechischen Kaffee?"

„Ja bitte", antwortete er, auf Englisch: „Yes please." Genau so hatte er sich zum letzten Mal vor mehr als einem Vierteljahrhundert ausgedrückt, als er mit seiner Mutter und seinem Stiefvater in New York eingeladen war. Seitdem er jetzt in Athen wohnte, kam ihm die Stadt auch tatsächlich wie New York vor.

Die Mutter holte mit dem Kaffeetöpfchen Wasser aus dem Bad und fragte ihn: „Gliko?"

„Sie will wissen, ob Du ihn süß willst", erklärte Katerina.

„Ja bitte", sagte Dominik noch mal.

„Jia sena ochi gliko!", wies Katerina ihre Mutter in strengem Ton an. „Ich sagte ihr, sie solle ihren wegen ihres Diabetes nicht süß machen."

Während die Mutter den Kaffee zubereitete, rauchte sie mit kräftigen Zügen weiter. Derweil öffnete Katerina die obere Schublade des Nachttischs, um eine blaue Tasche mit Reißverschluss herauszuholen. Dabei fand sie auch zwei Dove Schokoriegel, hielt sie hoch und redete erbost auf ihre Mutter ein, die scheinbar genervt eine gezwungene Entschuldigung murmelte. Katerina setzte sich auf einen Stuhl und versuchte, sich zu beruhigen. „Alles okay?", fragte Dominik, der ihr gegenüber Platz nahm. „Ja", antwortete sie. Er legte seine Hand auf ihren Arm, und sie lächelte ihn an. In der Zwischenzeit war der Kaffee fertig, und die Mutter stellte zwei kleine Tassen vor die beiden auf den Tisch. Mit ihrer eigenen setzte sie sich auf das Bett daneben. Katerina sprach mit ihr und nahm ein Gerät aus der blauen Tasche, um den Blutzucker ihrer Mutter zu messen. Als sie dann den Wert auf der Anzeige ablas, wurde sie wütend und hielt der älteren Dame einen der Schokoriegel vors Gesicht. Dominik verstand nicht, was sie sagte, sah aber, dass sie auch auf die Füße ihrer Mutter zeigte. Dann gab sie ihr eine Insulinspritze in den Bauch. Anschließend setzte sie sich wieder an den Tisch und trank den Rest ihres Kaffees. Die Mutter schaute Dominik an und lächelte, legte ihre Hand auf sein Knie und sagte in gebrochenem Englisch: „You Katrinas friend. Take good care of her in the sea!" – „Du bist Katerinas Freund. Pass im Meer gut auf sie auf!"

„Das werde ich tun", versicherte Dominik. „Gleich morgen, wenn wir tauchen gehen."

Katerinas Mutter lächelte wieder, dann unterhielt sie sich weiter mit ihrer Tochter, sie schien sich schon auch Sorgen um sie zu machen. Diesmal war der Ton zwischen den beiden Frauen entspannt, und einmal hörte Dominik seinen Namen. Nach etwa einer halben Stunde wandte Katarina sich ihm zu: „Wir sollten jetzt gehen, ich muss zu mir zurück und noch ein paar Sachen erledigen."

Alle drei hatten ihren Kaffee ausgetrunken, lediglich der Satz war in den Tassen zurückgeblieben. Dominik hatte ein wenig davon in den Mund bekommen und kaute darauf herum. Katerina stand auf, sagte etwas zu ihrer Mutter, legte ihr die Hand auf die Schulter und forderte Dominik auf: „Komm, wir gehen jetzt." Als er aufstand, um Katerina zur Tür zu folgen, schaute die ältere Dame ihn an. „Goodbye", sagte er und setzte mit einem Lächeln hinzu: „Oder ‚Auf Wiedersehen', wie wir in Deutschland sagen."

„Auf Wiedersehen", antwortete Katerinas Mutter mit einem starkem griechischen Akzent.

Dominik und Katerina traten auf den Flur hinaus und gingen zur Metalltür und der Treppe dahinter. Der Wechsel zwischen dem klimatisierten Zimmer und dem heißen Gang verursachte nun einen Hitzeschock. Die Mutter winkte den beiden nach. Dominik fragte: „Hat sie denn für die nächsten Tage genug zu essen zu Hause?"

„Ja, hat sie", antwortete Katerina. „Sie geht selbst einkaufen, leider, würde ich fast sagen, sie kauft nämlich oft auch Sachen, die sie nicht kaufen sollte, wie Schokolade zum Beispiel oder auch andere Süßigkeiten. Ich versuche schon immer zu kontrollieren, was sie besorgt."

Als sie unten ankamen, saß noch immer derselbe Mann wie vorhin auf dem schmutzigen Sofa, dazu lief im Eingangsbereich noch ein pakistanisch aussehender und auch entsprechend gekleideter Mann rum. Auf der Straße hielten sie sich erst nach rechts und dann wieder nach links durch die Fußgängerzone Richtung Agiou Konstantinou und Omonia. Dominik fragte: „Was wird Deine Mutter machen, wenn Du wieder auf Serifos bist?"

„Ich bezahle jemanden, der ab und zu nach ihr schaut. Sie kontrolliert auch selbst ihren Blutzucker, wenn auch nicht so oft wie sie sollte."

„Hast Du Geschwister oder andere Familienmitglieder, die nach ihr sehen können?"

„Nein", antwortete Katerina. „Ich bin Einzelkind."

Plötzlich blieb sie stehen und stützte sich mit dem Arm gegen einen Baum auf dem Bürgersteig. Sie fing an zu weinen und legte ihren Kopf auf den Arm, sodass die Tränen an ihm herabliefen. Dominik umarmte sie, ihr dunkles Haar war jetzt ganz nahe an seinem Gesicht, und er bemerkte, dass sie bereits ein paar graue Haare hatte.

„Hey, ist doch alles okay, sorry, wenn ich die falsche Frage gestellt habe."

„Nein, ist schon in Ordnung", antwortete Katerina. Da ihr Gesicht auf ihrem Arm lag, war ihre Stimme nicht so klar zu hören. Dann blickte sie Dominik an, der die Umarmung löste. „Es ist nur ... ich habe so viel durchgemacht in den letzten Monaten und Jahren. Der Tod meines Vaters, der Verlust der Familienwohnungen, alles ist auseinandergefallen wie in einem Albtraum. Ich hätte nie gedacht, dass so was passieren könnte. Ich habe hart gearbeitet, um einen Beruf zu lernen, wollte eine Familie haben, das ist alles zu Staub geworden. Meine Mutter ist alles, was ich von meiner Familie noch habe, und ich sehe, wie sie aufgibt, Süßigkeiten frisst und ihren Diabetes dabei nur schlimmer macht."

Katerina fing wieder an zu weinen, und Dominik umarmte sie erneut, einige Minuten lang standen sie still unter dem Baum. Es war ein kleiner, dünner Baum, der vor der Sonne am späten Nachmittag keinerlei Schatten spendete. Die Passanten, die vorübergingen, interessierten sich nicht für die beiden, sie schienen andere Sorgen zu haben. Langsam beruhigte sich Katerina, als plötzlich ein schmutziger Mann in dreckigen Klamotten neben ihnen hielt. Sie sahen ihn an und erkannten ihn als den Obdachlosen, dem sie vorhin Geld in den Becher geworfen hatte.

„Ist alles okay", fragte der Fremde in fast akzentfreiem Englisch.

„Ja", sagte Dominik, dann verschwand der Mann spurlos in der Menge.

„Wow", staunte Katerina. „Das war doch der Typ, dem wir die Fünfzigcentstücke gegeben haben. Wohin ist er verschwunden?"

„Ich weiß nicht", antwortete Dominik. „Das war jetzt das dritte Gespenst, dem ich begegnet bin, seit ich in Athen bin."

Die beiden liefen wieder zum Omonia-Platz und stiegen vor dem Hondos Center die Treppen zur U-Bahn hinab. Sie fuhren die zwei Stationen bis Syntagma, um dort in den gleichen Zug umzusteigen, den sie schon am Vortag genommen hatten. Während sie am Gleis auf ihn warteten, schaute Dominik Katerina an, ihr Gesicht schien sich vom Weinen wieder völlig erholt zu haben.

„Ich kann kaum erwarten, endlich nach Hause zu kommen", meinte sie. „Ich packe meine Klamotten in die Waschmaschine und halte danach erst mal ein Schläfchen. Morgen habe ich Frühschicht, außerdem muss ich fürs Meer gut ausgeschlafen sein." Mit ihren braunen Olivenaugen schaute sie Dominik an. „Danke, dass Du heute für mich da warst", sagte sie. „Es ist gut, wenn jemand da ist, wenn es einem nicht gut geht."

„Ich habe mal gehört, weiß aber nicht mehr wo, dass man Kraft schöpft, wenn man anderen hilft. Genauso habe ich mich heute gefühlt. Also könnte man eigentlich sagen, dass ich ein bisschen egoistisch war", antwortete Dominik.

„Ach was", gab Katerina mit einem etwas überraschten Lächeln zurück. „Du bist ein intelligenter Kerl, aber manchmal ein bisschen zu schlau. Das kann zynisch und negativ machen. Ich muss Dir mehr Smileys schicken."

„Tu das bitte Julija an", entgegnete Dominik, und beide lachten.

Als der Zug kam, stiegen sie ein, mussten sich aber schon an der nächsten Station voneinander verabschieden. „Dann sehen wir uns morgen", sagte Dominik und schaute Katerina in die Augen. „Ja, wie gesagt, sei um drei da, damit wir genug Zeit haben wegen des Verkehrs", erwiderte sie. Sie küssten sich auf die Wangen, bevor Dominik ausstieg. Auf dem Bahnsteig drehte er sich noch einmal um, und sie winkten einander zu.

Am nächsten Tag war Dominik zehn Minuten früher am Treffpunkt als geplant. Er hatte im Internet nach der Adresse geschaut und sein Navi programmiert, es hatte ihn die Kifissias hochgeführt, vorbei am President Hotel und danach, weil er hier nicht links abbiegen durfte, noch etwa einen Kilometer weiter, wo er an einer Shell-Tankstelle endlich wenden und zurückfahren konnte. Am Apollon-Turm hatte er dann Glück und fand eine Parklücke direkt gegenüber dem Eingang. Er stieg aus, ging über die Straße und wartete vor der Tür. Ein paar Büromitarbeiter gingen durch die offen stehenden Glastüren rein und raus. Männer und Frauen in Dominiks Alter und auch älter. Zum Wetter passend waren sie ziemlich leger gekleidet, die Frauen trugen ärmellose Blusen und Röcke, die Männer lange Hosen, die nach Anzughosen aussahen, dazu aber Hemden mit kurzen Ärmeln und offenem Kragen. Eine streunende Katze, die sich draußen neben die Türen gelegt hatte, schien die Menschen zu beobachten. In der Lobby saß ein Pförtner mit einigen Bildschirmen vor sich, der Dominik an den Mann im Wohnungsamt in Berlin vor fast einem Monat erinnerte.

Nachdem er sich gestern von Katerina verabschiedet hatte, war Dominik durch die Nachmittagshitze nach Hause gelaufen und hatte Siesta gemacht. Dann war er noch mal zu Sklavenitis gegangen, um sich ein paar Tiefkühlsachen zu besorgen, unter anderem eine Pizza, die er zu Abend aß. Vergeblich hatte er versucht, seine Mutter in den USA zu erreichen, und sich danach noch die Nachrichten auf Al Jazeera angesehen, anschließend war er schlafen gegangen. Erst spät am Morgen war er wieder aufgewacht, hatte einen Spaziergang durch die Nachbarschaft gemacht und vor der Haustür wieder Angelika getroffen. Dann hatte er seine Tasche gepackt und sich auf den Weg gemacht. Jetzt stand er vor dem Apollon-Turm, schaute von außen in die Lobby und wartete auf sein Date. Um sieben Minuten nach drei öffnete sich eine der Fahrstuhltüren, und Katerina trat heraus. Diesmal hatte sie einen größeren Trolley dabei, und in einer Tasche, die ihr von der Schulter hing, steckten ihre Flossen. Sie war genauso angezogen wie vor zwei Tagen, mit dem gleichen Trägerhemd und denselben dunkelgrünen Bermudas. Die beiden begrüßten sich wieder mit Küsschen und Umarmung.

„Du bist sieben Minuten zu spät", sagte Dominik mit einem Lächeln.

„Komm jetzt", erwiderte Katerina, „Ihr Deutschen seid so zwanghaft pünktlich!"

„Du hast gesagt, dass wir wegen des Verkehrs pünktlich wegsollen. Ich bin extra früher gekommen deswegen. Ich warte hier seit 17 Minuten."

„Merk Dir, dass Du jetzt in Griechenland bist. Da kommt man immer mindestens fünf Minuten später."

Die beiden lachten, und Dominik brachte Katerina zu seinem Auto. Als sie eingestiegen waren, sagte er: „Mir fällt gerade ein, ich habe vergessen, nach der Adresse und den Koordinaten zu schauen."

„Macht nichts", meinte Katerina, „ich kenne den Weg."

„Ich weiß, aber bei mir musst Du Dich an eine Sache gewöhnen: Wenn ich der Pilot bin, muss ich wissen, was ich tue und alles unter Kontrolle haben. Außerdem funktioniert mein Tacho nicht, und das Navi zeigt mir die Geschwindigkeit an."

„Du bist so typisch deutsch", entgegnete sie mit einem Lächeln.

Dominik nahm sein Handy aus der Tasche und fand die WhatsApp mit den GPS-Koordinaten, die Jorgos ihm gestern

Abend geschickt hatte. Er programmierte die Daten ins Navi ein, das daraufhin verkündete: „Die Route wird berechnet".

Katerina lachte: „Dein Navi hört sich auf Deutsch richtig lustig an."

Dominik fuhr los, und das Navi leitete ihn an: „Fahren Sie geradeaus, nach hundert Metern biegen Sie links ab." Und dann: „Nach hundert Metern biegen Sie rechts ab auf die Kifissias Avenue."

Katerina amüsierte sich: „Schon lustig, wie es ‚Kifissias' ausspricht."

Das Navi dirigierte die beiden durch den dichten Verkehr zum Syntagma-Platz und dann über die Amalias und eine lange Strecke auf der Sygrou hin zur Poseidon Avenue. Der Verkehr war dicht, aber fließend und schnell, eine Gewöhnungssache für Dominik.

„Für einen Nicht-Griechen fährst Du ziemlich gut hier", lobte Katerina.

„Man muss sich aber dran gewöhnen", erwiderte Dominik. „In Deutschland fährt man eigentlich schneller, besonders auf der Autobahn. Hier kommt einem die Geschwindigkeit nur höher vor, weil alles so chaotisch ist."

„Stimmt, ich bin in Deutschland mal mit jemandem bei 200 km/h über die Autobahn gefahren."

„Du warst in Deutschland?", fragte Dominik. „Wann war das denn, und was hast Du dort gemacht?"

„Das war vor ungefähr 15 Jahren", antwortete Katerina. „Ich bin damals für zwei Wochen aus Großbritannien rübergekommen."

„Du hast in Großbritannien gelebt?"

„Ja, zwei Jahre lang während meiner Pflegeausbildung. Ich war da mit einem Deutschen befreundet und bin nach Deutschland gereist, um seine Familie in der Nähe von Frankfurt kennenzulernen. Er und sein Vater haben mich am Frankfurter Flughafen abgeholt."

„Was ist mit ihm passiert?", fragte Dominik.

„Es hat nicht funktioniert. Er war Tänzer, aber kein guter Schwimmer. Konnte nicht einmal Auto fahren, deswegen musste sein Vater mich auch abholen." Sie lachten.

„Sorry, für mich ist es auch lustig, wie Du ‚Autobahn' und ‚Frankfurt' aussprichst", erklärte Dominik.

„Hast Du kein Radio hier drin?", wollte Katerina wissen.

„Nein", sagte Dominik, „leider nicht."

„Würdest Du denn gerne ein bisschen Musik hören? Ich habe Spotify auf dem Handy."

„Dann lass mal hören ..."

Katerina nahm ihr Handy aus der Hosentasche und fing an, auf dem Display herumzutippen, bis Musik kam. Dominik erkannte das Lied „The Boys of Summer" von Don Henley: „Nobody on the road, nobody on the beach. I feel it in the air, the summer's out of reach. Empty lake, empty streets, the sun goes down alone. I'm driving by your house, though I know you're not home. But I can see you, your brown skin shining in the sun. You got your hair combed back and your sunglasses on."

„Du hast einen tollen Musikgeschmack", sagte Dominik. „Das Lied weckt viele Erinnerungen in mir, an meinem ersten Sommer in den USA, eine Woche Urlaub auf Long Island, mit meiner Mutter und meinem Stiefvater. Da gabs lauter junge Leute, die mit Freund oder Freundin unterwegs waren. Ich schien irgendwie der Einzige zu sein, der allein dort war."

„Ich glaube, ich habe das Lied zum ersten Mal auf der Chalkidiki gehört, allein am Strand mit meinem Walkman."

Sie kamen am alten, jetzt verlassenen Flughafen vorbei, in der Ferne war das ehemalige Terminal für die internationalen Flüge zu sehen, die Reste des mittlerweile abgerissenen Inlandsterminals lagen gleich links der Straße. Der Parkplatz davor war verlassen, Büsche wuchsen dort schon durch den Beton. Hinter einem Stacheldrahtzaun erstreckte sich die endlose Weite der alten Start- und Landebahnen, der Roll- und Vorfelder. Zwei ausrangierte Flugzeuge standen dort herum, eine Boeing 747 und eine 737, an beiden waren unter einer Graffiti-Schicht noch die alten Beschriftungen der Olympic Airways zu erkennen.

„Auf diesem Flughafen bin ich vor 20 Jahren angekommen, bei der Rückkehr aus Tel Aviv, nach einem gescheiterten Versuch, zusammen mit meinem Vater und meiner Stiefmutter in Israel zu leben", erzählte Dominik.

„Ich bin von hier aus zum ersten Mal geflogen, zu einem Sommeraustausch nach Italien. Habe hier auch meinen ersten Job gehabt, an einem Periptero."

„Wow, wann war das denn?", fragte Dominik. „Vielleicht sind wir uns ja begegnet."

Katerina lachte: „Nein, das war vor 18 Jahren. Zwei Jahre, nachdem Du hier warst."

Das Lied spielte noch immer: „Out on the road today I saw a Deadhead sticker on a Cadillac. A little voice inside my head said ‚Don't look back, you can never look back'."

„Scheint so, als ob wir gerade das Gegenteil von dem machen, was der Song sagt", meinte Dominik, und sie lachten wieder.

Das Navi führte sie weiter durch Glyfada und parallel zu den Straßenbahngleisen am „Star Sport Club" sowie einer großen Strandbar mit Restaurant vorbei. Von der Straße aus konnte man deren Eingang aus Beton mit der Aufschrift „Athines by the Sea" sehen.

„Da können wir nachher hingehen, wenn Du möchtest", sagte Katerina. „Gutes Essen, Duschen und eine super Tanzfläche mit toller Musik. Ich habe morgen frei."

„Schauen wir mal, wie wir uns nach dem Tauchen fühlen", antwortete Dominik.

„Typisch deutsch", kommentierte Katerina lächelnd.

Das Lied ging zu Ende, und das Navi leitete sie aus Glyfada raus Richtung Sounion. Nach einer Weile gab es immer weniger Bebauung, und die Straße wurde zweispurig. Sie hatte nun viele Kurven und fiel nach rechts steil zum Meer hin ab. Dominik schaute aufs Navi, als geschätzte Ankunftszeit wurde 16 Uhr 20 angegeben. Es war bereits 16 Uhr, so schnell also war fast eine ganze Stunde vergangen.

„Scheint so, als ob wir recht früh da sein werden", sagte Dominik, „zumindest laut Navi."

„Ja, der Verkehr war nicht so schlimm. Wenn Du willst, können wir ja schon mal mit Warm-ups anfangen, bis die anderen da sind."

„Okay", stimmte Dominik zu.

Kurze Zeit später führte die Straße etwas weiter ins Land hinein, dann verkündete das Navi: „Nach 100 Metern biegen Sie rechts ab, dann haben Sie Ihr Ziel erreicht."

Dominik fuhr langsamer, schaltete einen Gang runter und bremste, bevor er auf einen unbefestigten Weg einbog, der sehr uneben war und das Auto hin und her schaukeln ließ. Er endete an einem breiten Platz oberhalb des Wassers. Der Wagen hatte eine Staubwolke aufgewirbelt, die sich nur langsam wieder zu Boden senkte. Die beiden stiegen aus, holten ihre Tauchsachen aus dem Kofferraum und legten Anzüge, Flossen und Gewichtgürtel aufs Autodach.

„Pass mit den Gewichten auf dem Autodach auf", sagte Katerina. „Ich habe viel Erfahrung mit Kratzern und Beulen."

„Ach, das Auto ist ziemlich alt", erwiderte Dominik lachend. „Mach nur kein Fenster kaputt damit, sonst habe ich wirklich ein Problem."

„Der Boden hier ist zu staubig, um etwas hinzulegen", meinte Katerina. „Und auch zu staubig, um sich hinzusetzen und Stretching-Übungen zu machen."

„Dann machen wir die einfach im Stehen", sagte Dominik.

Diesmal leitete Katerina die Dehnübungen. Sie standen sich an der linken Seite des Autos gegenüber und beugten ihre Oberkörper mit ausgestreckten Armen spiegelbildlich zunächst nach links, dann nach rechts. „Genau wie Synchronschwimmen", merkte Dominik an.

„Wusste gar nicht, dass Du Bill May heißt", sagte Katerina lachend.

„Wer ist Bill May", fragte Dominik.

„Einer der wenigen männlichen Synchronschwimmer auf diesem Planeten", antwortete Katerina. „Er durfte im Jahr 2000 leider nicht an den Olympischen Spielen teilnehmen, und das, nachdem er mit seiner Partnerin Kristina Lum so hart trainiert hatte."

„Schade", meinte Dominik. „Du weißt aber auch Sachen ..." Nach einer weiteren Übung sagte Katerina: „Ich fühle mich jetzt eigentlich ganz entspannt, und in der Sonne hier ist mir auch ziemlich warm. Lass uns doch die Anzüge anziehen und ins Wasser gehen."

„Wo ist denn das Wasser?", fragte Dominik.

„Gleich hier die Treppe runter", sagte Katerina und zeigte mit ihrem Finger auf ein Geländer. Sie zogen ihre Klamotten aus und warfen sie ins Auto. Dann nahmen sie ihre Ausrüstungen und gingen zur Treppe hinüber, Katerina in ihrem orangefarbenen Bikini, Dominik in seiner Badehose von Aldi. Es war wieder dieselbe, die er auch vor mehr als einem Monat getragen hatte, als es am Schlachtensee den Stress mit den Jugendlichen gab.

„Ich habe vergessen, das Auto abzuschließen", sagte Dominik. „Der Schlüssel steckt noch im Zündschloss. Wo können wir ihn aufbewahren, wenn wir im Wasser sind?"

„Wir können ihn ja erst mal unten am Steg lassen. Wenn Jorgos und die anderen dann hier sind, tun wir ihn in eine der Bojen, oder wir lassen ihn einfach in Jorgos' Auto. Zumachen müssen wir jetzt aber schon, ich habe mein Portemonnaie und das Telefon im Auto gelassen."

Dominik lief kurz zum Wagen zurück und schloss ab. Dann stiegen sie – bepackt mit ihren Anzügen sowie den Flossen, Gewichtgürteln, Masken und Schnorcheln – die 20 Holzstufen in eine schattige, etwa 80 Meter breite Bucht hinunter. Dominik hatte auch seine billige Action Cam dabei, die er vor zwei Tagen gekauft hatte. Sie steckte in einem wasserfesten Gehäuse, das einen karottenfarbigen Griff hatte und nicht untergehen konnte. Sie gingen zu einem hölzernen Steg, und nachdem Katerina ihre Ausrüstung dort abgelegt hatte, ließ sie sich ins Wasser hinab. Es reichte ihr bis fast unter die Brüste. Sie tauchte mit dem Kopf unter und glättete anschließend mit beiden Händen ihr Haar. An dieser Stelle war das Wasser nur etwa eineinhalb Meter tief, etwas weiter entfernt fiel es schon steil auf 20 Meter ab. Katerina griff nach ihrer blauen Camouflagehose und drückte sie unter Wasser, damit sie richtig durchnässt wurde. Dann zog sie sie an, wobei sie leicht stolperte. Sie hob sich wieder auf den Steg hinauf und presste das Wasser aus der Hose, damit diese sich eng um ihre Beine schmiegte.

„Es ist ja nicht so schön, den Anzug im Salzwasser anzuziehen, besonders als Frau kriegt man da leicht Hautirritationen."

„Meine Güte, schon wieder", sagte Dominik und lachte. „Du bist die zweite Frau innerhalb von anderthalb Wochen, die, ohne dass ich sie länger kennen würde, gleich über intime Dinge mit mir redet."

„Entschuldige, ist es Dir peinlich?", fragte Katerina und lächelte Dominik an.

„Keine Sorge", gab der zurück. „Ich habe halt nur dieses Karma, dass Frauen zwar über ihre intimen Angelegenheiten mit mir reden, ich aber trotzdem keine abkriege."

„Vielleicht wird sich Dein Schicksal ja bald ändern", sagte sie und schaute ihn an.

„Ziehen wir die Anzüge an", entgegnete Dominik mit einem Lächeln und glitt ins Wasser hinab. Katerina war etwas schneller fertig als er, und während er, wieder auf dem Steg, noch damit beschäftigt war, seine Socken und Flossen überzustreifen, schwamm sie bereits hinaus. Dabei hatte sie den

Kopf im Wasser und atmete durch den Schnorchel. In ungefähr fünf Meter Entfernung drehte sie sich zu ihm um und rief: „Beeil Dich, Du Faulpelz, sonst wirst Du vielleicht die Chance verpassen, eine schöne Frau zu retten, falls mir was passiert. Das willst Du doch nicht, oder?" Dominik lachte: „Erinnert mich an das alte Lied ‚When you're in love with a beautiful woman'."

„Das Lied habe ich auch auf meinem Phone", sage Katarina. „Jetzt zieh Dich endlich mal an!"

„Hey", entgegnete Dominik. „Hör auf zu meckern, sonst musst Du vielleicht nach Hause laufen!"

Katerina lag auf dem Rücken und lachte. „Dann wirst Du die tolle Musik verpassen."

Dominik legte seinen Gewichtgurt an und setzte Maske und Schnorchel auf. Dann ließ er sich wieder ins flache Wasser hinab, tauchte sein Gesicht unter, atmete durch den Schnorchel und schwamm zu Katerina hinaus. Unter Wasser hatte er eine sehr klare Sicht und konnte gut beobachten, wie es im Anschluss an den flachen Bereich nahezu unmittelbar etwa 20 Meter steil zum flachen, sandigen Boden hinabging. In der Mitte der Bucht lag ganz unten eine Steinformation, die ungefähr fünf Meter hoch und zwanzig Meter breit war. Als Dominik Katerina erreicht hatte, hob er das Gesicht aus dem Wasser, und die beiden sahen sich an.

„Auch nach 20 Jahren hat sich hier nichts verändert", sagte Katerina. „Obwohl der Steg und die Treppe mehrmals ersetzt worden sind. Holz verfault, wenn es nass wird."

„Wer kümmert sich denn um die Teile?", fragte Dominik.

„Weiss ich nicht", antwortete Katerina. „Vielleicht ein Gespenst. Aber eigentlich benutzt die kaum jemand. Ab und zu kommt ein alter Mann zum Angeln in die Bucht und macht sein Holzboot am Steg fest. Nach dem Winter sieht man dann manchmal, dass alles erneuert ist. Okay, willst Du anfangen oder soll ich?"

„Ich fange an", antwortete Dominik. „Wollte mich hier nur kurz entspannen, Breathe-up, und zum Boden tauchen."
„In Ordnung", sagte Katerina. „Dann sichere ich Dich ab. Aber gehen wir zum Ausruhen rüber zur Klippe, wir haben ja noch keine Boje."

Sie schwammen zu einer Klippe hinüber und fanden einen Platz, an dem sie sich festhalten und erholen konnten. Dominik legte sein Gesicht ins Wasser und führte seine Vorbereitungsatmung durch den Schnorchel aus. Er sah den sandigen Grund tief unter ihm und betrachtete die Klippe, an der er entlangtauchen würde. Nach der langen Autofahrt beruhigte er sich jetzt durch schnelles Ein- und langsames Ausatmen. Etwa eine Minute später nahm er dann seinen letzten tiefen Atemzug, zog den Schnorchel aus dem Mund und tauchte unter. Die Steinformationen zogen an ihm vorüber. Er stellte fest, dass selbst nach einem Jahr noch einiges bei ihm hängen geblieben war, so gelang ihm auch der Druckausgleich noch sehr gut. Mit kräftigen Flossenschlägen tauchte er bis auf knapp über zehn Meter hinab, dann spürte er, dass der Freefall begann. Er ließ sich fallen, hielt die Arme entspannt an die Seiten gelegt und machte bei 15 Metern noch einmal einen Druckausgleich, bevor sein Kopf schließlich den Boden berührte. Mit den Knien im Sand richtete er sich auf und schaute sich um. Rechts sah er ein paar interessante Steine, links den unter Wasser liegenden Rand der Klippe, an der entlang er gerade getaucht war. Nach kurzer Zeit stieß er sich wieder ab und bewegte sich nach oben. Er schaute dorthin, wo die Bucht sich zum offenen Meer öffnete und blickte in eine endlose, tiefblau leuchtende Weite. In etwa zehn Meter Tiefe kam Katerina ihm entgegen, mit ihrem blauen Camouflage-Anzug war sie vor dem Meereshintergrund nur schwer auszumachen. Die beiden tauchten parallel zueinander auf und lächelten sich an, Dominik winkte ihr zu. Als sie die Oberfläche erreichten, hielten sie sich an der Klippenwand fest und begannen ihr Erholungsatmen. Dominik sagte: „Ich bin okay!" und gab das entsprechende Zeichen. Dann fragte er: „Was willst Du jetzt machen?" – „Das Gleiche", antwortete Katerina, bereitete sich vor und tauchte wie Dominik bis zum Boden hinab. Beim Aufsteigen kam er ihr dann entgegen und begleitete sie nach oben. Während ihres Erholungsatmens hörten sie eine Stimme aus der Ferne: „Sieh an, die ‚early birds' sind schon da." Sie schauten zum Steg am Ende der Bucht hinüber und sahen Jorgos, Jenny und einen weiteren Mann. Die drei hatten zwei gelbe Bojen und ihre Tauchausrüstungen bei sich. Jorgos trug dunkelblaue Boardshorts, aber kein Hemd, zeigte also seinen braun gebrannten, muskulösen Oberkörper. Jenny hatte wieder ihren blauen Badeanzug an, außerdem die sehr kurze, grüne Hose von vor ein paar Tagen, offensichtlich hatte sie auf ihre Studienreise nicht sehr viele Klamotten mitgebracht. Der andere Mann trug ein rotes T-Shirt und eine blaue Badehose. Wie Jorgos war auch er braun gebrannt, hatte aber gepflegtes, schwarzes Haar und erinnerte tatsächlich, wie Katerina gemeint hatte, an Jack Lord in „Hawaii Fünf-Null". Er war fast einen Kopf kleiner als Jorgos, aber muskulös und athletisch wie sein „Mann", nur nicht unbedingt so „aquatisch", wie man das im Englischen nennen würde, sondern eher so wie ein Kampfsportler.

„Hast Du gut hierher gefunden?", rief Jorgos von weitem herüber.

„Ja", antwortete Dominik, „das waren gute Koordinaten, die Du mir gegeben hast."

Katerina und er schwammen zurück zum Steg. „Übrigens, dies hier ist mein Freund Dimitris", sagte Jorgos zu Dominik, als sie wieder in den flachen Bereich kamen, und dabei zeigte er auf den Mann im roten T-Shirt. Dann fuhr er fort: „Hier, Du kannst die beiden Bojen aufs Wasser setzen." Mit beiden Händen nahm er eine der zwei Bojen und reichte sie zu Dominik und Katerina hinunter, die sie aufs flache Wasser legten. An ihrer Unterseite war mit einem Karabinerhaken ein zehn Kilo schweres Gewicht befestigt, das durch ein Seil, das in einer Tasche an der Oberseite der Boje eingerollt war, mit ihr verbunden war.

„Ich bin nicht so gut mit der Boje, habs vor einem Jahr nur einmal gemacht", sagte Dominik.

„Kein Problem", antwortete Katerina. „Wir machen es zusammen, ich zeigs dir, ich brauche auch ein bisschen Hilfe."

An ihren schwarzen Griffen hielten sie die Boje zwischen sich, legten die Gesichter ins Wasser, atmeten durch die Schnorchel und bewegten sich mit kräftigen Flossenschlägen aus dem flachen Bereich raus bis in die Mitte der Bucht. Plötzlich hielt Katerina inne, suchte unter Wasser Augenkontakt zu Dominik und hob ihre Hand wie ein Stoppzeichen in die Höhe. Sie nahmen die Gesichter aus dem Wasser, und Katerina sagte: „Lassen wir das Gewicht hier runter. Halt es ungefähr zwei Meter von der Steinformation dort unten entfernt."

Sie löste es vom Haken, und um den Abgang zu kontrollieren, ergriff Dominik das Seil. Beim Aufprall auf den Grund wirbelte das Gewicht etwas Sand auf. Sie strafften das Seil oben an der Boje, sodass das Gewicht ein paar Zentimeter über dem Boden schwebte. Dann sagte Katerina: „Holen wir die andere Boje." Sie schwammen zurück zum Steg, wo die anderen schon ihre Anzüge anzogen. Jenny und Jorgos waren bereits im Wasser, während Dimitris noch oben stand. „Sind die Suzuki-Schlüssel und die GoPro von Dir?", fragte er Dominik und hielt den Schlüsselbund und die Action Cam hoch. Dominik nahm die Sachen an sich, öffnete die beiden Reißverschlüsse der Tasche oben auf der zweiten Boje und legte sie zu dem aufgerollten Seil. Dann schwammen er und Katerina mit der Boje wieder zur Mitte der Bucht hinaus, um sie auf die gleiche Art und Weise wie die erste zu fixieren. Dominik freute sich, hier mit einer Frau zusammen zu sein, mit der er wortlos kommunizieren konnte. Wer weiß, dachte er, vielleicht freut sie sich ja auch. Als sie zum Steg zurückschauten, sahen sie, dass Jorgos und Jenny bereits zur ersten Boje hinschwammen. Während Jenny dort blieb und sich an einem der Griffe festhielt, kam Jorgos zu ihnen herüber.

„Ihr nehmt diese Boje", sagte er. „Dimitris kommt zu Jenny und mir an die andere. Vielleicht kommt er bei Gelegenheit auch mal zu Euch und prüft, ob alles in Ordnung ist. Keine Angst, Dominik, Du kannst ihm vertrauen, ich habe ihn selbst zertifiziert. Er hat auch mal jemanden gerettet, der am Boden ohnmächtig geworden ist. Katerina erinnert sich noch dran."

Katerina lachte, und Dominik fragte sie: „Wovon redet er?"

„Nur ein übermütiger Anfänger", antwortete sie.

„Willst Du beginnen?", fragte Dominik. „Was würdest Du gerne machen?"

„Wo wir jetzt das Seil haben, würde ich gerne ein bisschen Free Immersion machen und auch etwas unten bleiben."

„Okay", sagte Dominik, „ich bin bereit, sobald Du es bist."

Beide legten das Gesicht aufs Wasser, und Katerina begann ihr Vorbereitungsatmen. Vor dem grauen Hintergrund der Felsformation konnte Dominik sie dabei auch unter der Oberfläche gut beobachten. Als sie ihren letzten Atemzug nahm, wurde ihr Bauch plötzlich dick, so als wäre sie schwanger. Sie entfernte den Schnorchel aus dem Mund und tauchte ab. Mit zwei Flossenschläge erreichte sie eine Tiefe von fast drei Metern, dann fing sie an, sich langsam am Seil runterzuziehen. Bei zehn Metern stoppte sie kurz, griff sich mit der rechten Hand an die Nase und vollzog einen Druckausgleich. Danach zog sie sich sehr langsam und entspannt weiter hinab, bremste sogar ihren Abstieg, bevor sie nach ungefähr 40 Sekunden den Grund erreichte. Sie berührte ihn kurz mit der Hand, was eine kleine Sandwolke auslöste. Das Gewicht aber blieb ruhig, die leichte Strömung, durch die es eben noch etwas in Bewegung war, hatte sich gelegt. Katerina hielt sich am Seil fest und kniete sich hin, wobei sie weiteren Sand aufwirbelte. Etwa 30 Sekunden lang blieb sie in dieser Position, dann streckte sie die Beine und stieß sich wieder vom Boden ab. Mit beiden Händen zog sie sich langsam am Seil nach oben, wobei sie, genauso wie beim Abstieg, die Beine still hielt. Dominik tauchte ihr entgegen und traf sie bei zehn Metern. Katerina bremste kurz ihren Aufstieg, dann begann sie jedoch, sich kräftig weiterzuziehen, und so erreichte sie schnell die Oberfläche. Dominik achtete darauf, dass er – wie er es gelernt hatte – zur selben Zeit und direkt neben ihr oben ankam. Beide führten ihr Erholungsatmen durch, bis Katerina das Okay-Zeichen gab. „Wie das Atmen bei einer Geburt", meinte sie.

„Hast Du Erfahrung damit?", fragte Dominik.

„Persönlich leider nicht. Ich war aber mehrmals bei einer Geburt dabei, einmal sogar während eines Notfall-Kaiserschnitts. Du atmest aber auch sehr gut, Du könntest Wehencoach sein."

Dominik lachte: „Nein, in diesem Leben, glaube ich, nicht mehr. 40 plus ist kein gutes Alter, um noch Vater zu werden."

„Sag niemals nie ... Aber zurück zum Tauchen, was würdest Du gerne machen?"

„Hm, vielleicht ein bisschen FRC. So was habe ich schon lange nicht mehr gemacht."

„Äh, was ist denn FRC?", fragte Katerina.

„Du solltest auch ein bisschen Terminologie lernen", erwiderte Dominik mit einem Lächeln. „Hat Jorgos Dir das nicht erklärt? FRC bedeutet ‚Functional Reserve Capacity'. Du tauchst nach dem passiven Ausatmen. Vor dem Tauchgang atmest Du also nicht komplett aus, sondern nur passiv."

„Ach so, ja klar, das kenne ich", sagte Katerina und lachte dabei. „Wie gesagt, ich mache das alles nur zum Spass und fürs Essen. Ich bin eher praktisch orientiert, mit der Theorie kenne ich mich nicht so gut aus, ich versuche auch nie, irgendwas aus einer intellektuellen Perspektive zu verstehen. Ich machs halt einfach, deshalb könnte ich auch niemals Arzt sein, dafür bin einfach nicht intellektuell genug."

„Du bist aber doch ziemlich intelligent", sagte Dominik.

„Du darfst intelligent nicht mit intellektuell verwechseln. Jetzt mach aber Dein FRC, Du hälst alles auf. Du bist so typisch deutsch!"

Beide lachten, und Dominik legte sein Gesicht ins Wasser. Er atmete durch den Schnorchel, schaute dabei auf den Boden hinab, der 20 Meter unter ihm lag. Nachdem er noch ein letztes Mal tief eingeatmet hatte, entließ er die Luft aus der Lunge kurz und entspannt durch den Schnorchel. Den nahm er anschließend aus dem Mund, tauchte ab und zog sich an dem Seil in die Tiefe. Bei zehn Metern spürte er schon den Druck auf der Lunge und musste feststellen, dass der Druckausgleich schwieriger wurde. Er ließ sich im Freefall hinabsinken und machte bei 15 Metern den letzten Ausgleich. Als er den Grund erreichte, merkte er, dass er eigentlich einen weiteren Druckausgleich durchführen sollte, dazu war er jedoch nicht mehr in der Lage. Den Druck auf den Ohren empfand er als unangenehm, aber er nahm ihn hin. Er kniete vielleicht zehn Sekunden auf dem Boden, griff mit der Rechten an seine Nase, und diesmal funktionierte der Ausgleich. Mit beiden Händen zog er sich dann langsam wieder am Seil hoch, es war wie Klettern in einer schwerelosen Umgebung. Bei zehn Metern begann er, von selbst aufzusteigen. Plötzlich sah er Katerina, die ihn mit ihren braunen Augen durch die Maske anstarrte. Er bremste leicht, schaute sie an und verdrehte die Augen. Sie schrie leicht auf, fing dann aber an zu lachen und ließ dabei Luftblasen entweichen. Die beiden erreichten die Oberfläche, griffen zur Boje und machten ihr Erholungsatmen. Als Dominik sein Okay-Zeichen gab, sagte Katerina lachend: „Du bist ein richtiges Arschloch! Mich mit dem Zombiegesicht unter Wasser zum Lachen zu bringen! Ich hätte fast Wasser eingeatmet. Einen Moment lang hatte ich auch gedacht, Du wärst ohnmächtig geworden."

„Aber Du sagst mir doch die ganze Zeit, dass ich zu ernst und zu deutsch sei", gab Dominik zurück.

„Na ja, alles zu seiner Zeit. Das da eben war nicht gerade der richtige Augenblick, um lustig zu sein. Für solche Sachen musst Du irgendwie ein besseres Gefühl entwickeln."

„Sorry", sagte Dominik.

„Kein Problem", erwiderte Katerina.

An der zweiten Boje befanden sich mittlerweile auch die anderen schon im Wasser. Dimitris war bereits zum Grund abgestiegen, und Jenny tauchte ihn entgegen, um ihn zu sichern. Derweil bereitete Katerina sich auf ihren nächsten Tauchgang vor. Sie tauchte zum Boden hinab und schwamm dann lange am unteren Rand der Steinformation entlang. Als Dominik ihr folgte, um halbwegs über ihr zu bleiben, wendete sie wieder und kehrte zum Seil zurück. Dabei bewegte sie sich sehr langsam und löste mit ihren Flossenschlägen am Grund immer wieder Sandwolken aus. In ihrem blauen Anzug war sie vor dem grauen Boden gut zu erkennen. Am Seil angekommen zog sie sich nach oben. Dominik tauchte ihr entgegen, um die letzten zehn Meter gemeinsam mit ihr aufzusteigen.

„Schöner Tauchgang", sagte er, „und eine gute Zeit unter Wasser."

„Ich muss ja fürs Speerfischen in Form bleiben. Als ich das noch fast jeden Tag gemacht habe, hatte ich bessere Unterwasserzeiten."

„Mal sehen, ob ich das auch schaffe ..."

„Das wirst Du schon", meinte Katerina mit einem Lächeln. „Einfach nur entspannen und nicht so deutsch sein."

„Hey, hör mit diesen antideutschen Kommentaren auf, sonst kriegst Du wieder ein Unterwasser-Zombiegesicht zu sehen."

„Schon okay, ich halte die Klappe."

Dominik tauchte ab, und als er den Grund erreichte, schwamm auch er an der Steinformation entlang, allerdings nicht so weit wie Katerina. An einer kleinen Höhle machte er halt und schaute hinein. Sie war ungefähr 30 Zentimeter hoch und ragte etwa zwei Meter in den Felsen hinein. Im Inneren des „Unterwassertunnels" konnte er Schwämme sowie rostfarbige Eisenablagerungen erkennen und ganz hinten an seinem Ende kleine Fische beobachten. Nach einer Weile schwamm er wieder zum Seil zurück. Knapp über dem Grund legte er sich auf den Rücken und schaute nach oben. Ganz weit über ihm nahm er die Boje und Katerina wahr, beide waren fast nur als schwarze Schatten zu erkennen, ihre menschliche Gestalt neben der runden Form der Boje. Mit Erfolg blies er zwei kleine Ringe hinauf und winkte Katerina zu, die diesen Gruß aus der Ferne erwiderte. Sie kam ihm auf zehn Meter entgegen, als er sich wieder auf den Weg nach oben machte.

An der Oberfläche meinte sie: „Sehr schön. Wie wärs, wenn Du nach Serifos kämst und mein Buddy beim Speerfischen würdest?"

„Könnte man drüber nachdenken", antwortete Dominik.

„Immer so viel denken", sagte Katerina, und beide lachten.

Abwechselnd setzten die beiden ihre Tauchgänge fort, immer am unteren Rand der Steinformationen entlang. Mit seiner Action Cam machte Dominik dabei Videoaufnahmen unter Wasser. Nach einiger Zeit gesellte sich Dimitris zu ihnen, später kam auch Jenny herüber. Für eine Rettungsübung, bei der Jenny ihn vom Grund an die Oberfläche holen musste, stellte Dominik sich freiwillig als Opfer zur Verfügung. So vergingen fast zwei Stunden, und obwohl man es in der Bucht nicht sehen konnte, war die Sonne schon fast hinter dem Horizont verschwunden. Schließlich rief Jorgos: „Es wird langsam spät, so allmählich sollten wir gehen. Außerdem kommt gleich die Highspeed Fähre vorbei, da wirds richtig rau. Lasst uns vorher die Bojen rausholen." Nach ein paar vergeblichen Versuchen gelang es Dominik, sich bäuchlings auf ihre Boje zu legen. Mit dem Gesicht im Wasser zog er das Seil nach oben, das Katerina dann in die Tasche der Boje stopfte. Das Gewicht befestigte sie mit dem Karabinerhaken an deren Unterseite. Die anderen machten mit der zweiten Boje das Gleiche. Am Ausgang der Bucht war in der Ferne schon die „Highspeed Vodafone 1" auf ihrem Weg zu einer oder mehreren der griechischen Inseln zu sehen. „Gleich wirds hier ein paar große Wellen geben. Wir müssen so schnell wie möglich raus und alles vom Steg wegräumen. Sie hievten die Bojen aus dem Wasser, zogen sich selbst auf den Steg hinauf und sammelten ihre Sachen zusammen. Dann liefen Jorgos und Dimitris mit der einen Boje, Katerina und Dominik mit der anderen zwischen sich die Holztreppe hoch. Jenny folgte als letzte. Auf den obersten Stufen blieb Jorgos stehen und sagte: „Okay, hier sind wir sicher. Wenn Ihr ein tolles Spektakel erleben wollt, wartet kurz."

Alle fünf schauten aufs Meer hinab, und nach ungefähr drei Minuten stürzten die ersten Wellen in die Bucht. Deren enge Öffnung wirkte sich aus wie ein Flaschenhals, sodass die Kraft des Wassers deutlich verstärkt wurde. Wie bei einem gewaltigen Tsunami überrollten extrem hohe Wellen nun die Bucht und wurden von deren Rändern auch noch hin- und hergeworfen. Alles schien von einem mächtigen Sturm erfasst, der Steg war bereits überspült und ein paar Wellen kamen sogar bis auf wenige Stufen unterhalb von Dominik und den anderen heran. Nach etwa einer Minute begann das Wasser sich dann zu beruhigen und ging zurück, auch der Steg war nun wieder zu sehen. Die fünf liefen die letzten Stufen zum Parkplatz hinauf. Von dort sahen sie, wie die Highspeed sich ruhig vor dem Horizont bewegte, scheinbar nichts ahnend von den Wellen, die sie auslöste.

Oben auf dem Parkplatz stand außer den beiden Autos von Dominik und Jorgos auch ein weißer Toyota Pick-up. Im Unterschied zu dem Wagen des Obstverkäufers, den Dominik vor ein paar Tagen vor seinem Haus gesehen hatte, war dieser hier aber mit einer viersitzigen „cab" ausgestattet, wie man das im Englischen nannte. Sie hatte vier Türen, und die Ladefläche war mit einer Abdeckung versehen, die sie zu einem riesigen Kofferraum werden ließ. Zwei Männer und zwei Frauen zwischen 40 und 60 Jahren standen daneben und hatten bereits Taucheranzüge an. Das eine Paar wirkte sportlich und schlank, während die andere Frau ein wenig kräftiger war. Der zweite Mann schien mit seinen weißen Haaren und dem weißen Bart der Älteste in der Gruppe zu sein, sein Gesicht sah beinahe wie das einer antiken Statue aus. Die vier versahen Sauerstoffflaschen mit Ventilen und Atemreglern und bereiteten sich ganz offensichtlich auf einen Gerätetauchgang in der Bucht vor. Sie grüßten Jorgos und unterhielten sich kurz auf Griechisch mit ihm. Katerina lachte und beteiligte sich an dem Gespräch, von dem Dominik und Jenny nichts verstanden. Als der weißhaarige Mann Jorgos etwas fragte, hob der die Hand wie zum Stoppzeichen, zog die Augenbrauen hoch und sagte: „Ochi". Das verstand Dominik immerhin als „Nein". Als der Fremde sich dann auf Griechisch an ihn wandte, sagte er: „Ochi Ellinika."

„Woher kommen Sie denn?", fragte der Mann ihn daraufhin auf Englisch.

„Aus Deutschland", antwortete Dominik.

„Sie haben einen sehr berühmten Lehrer", erklärte der Mann. „Er war vor zwei Wochen im Fernsehen, aber er will mir kein Autogramm geben und sich auch nicht mit mir fotografieren lassen."

„Tja, wenn er nicht möchte ... Mich hat er auch engagiert, um die Paparazzi fernzuhalten", gab Dominik lachend zurück und lief mit den anderen zu Jorgos' Auto, um die Bojen hineinzulegen. Dabei stieß er sich sein Bein an der Anhängerkupplung an. Dann gingen er und Katerina zu seinem Suzuki, um sich umzuziehen. Als sie fertig waren, schauten sie zu Jorgos und den beiden anderen hinüber und sahen, dass auch die mittlerweile wieder ihre normalen Klamotten anhatten. Dominik breitete sein großes Handtuch hinten in seinem Wagen aus, damit er und Katerina ihre nassen Anzüge und Flossen darauflegen konnten, anschließend schloss er die Heckklappe. Auch die anderen hatten alles eingepackt und waren bereit zum Wegfahren. Jorgos kam noch mal zu ihnen herüber und sagte: „Dimitris und ich fahren jetzt wieder nach Athen, Jenny muss auch nach Hause. Was machst Du in den kommenden Tagen so, Dominik, hättest Du Lust, wieder mit uns zu trainieren?"

„Ich versuche ihn zu überreden, mit mir nach Serifos zu kommen, um beim Speerfischen mein Buddy zu sein", warf Katerina ein.

„Keine Ahnung", meinte Dominik. „Nach Serifos zu gehen, könnte man sich ja schon überlegen."

Katerina spendete Beifall, wobei sie die Ellbogen aufs Autodach gestützt und einen Fuß in den Türrahmen gestellt hatte.

„Ich muss nur wissen, ob Du weiterhin trainieren willst", erklärte Jorgos. „Wenn ja, dann müssen wir noch über die Kosten sprechen. Die ersten beiden Male waren in Ordnung so, Du hast ja sogar ein bisschen mitgeholfen, aber langfristig muss ich das Kostenthema doch anschneiden."

„Keine Sorge, ich verstehe schon", sagte Dominik. „Was würde es denn kosten, und was für ein Training bietest Du an?"

„Wenn Du willst, kannst Du ja mit dem Instructor-Training anfangen. Du brauchst noch ein bisschen mehr Übung, aber Du scheinst wirklich gute Tauchqualitäten zu haben. Dann könntest Du hinterher nach Serifos und dort alles übernehmen, wenn ich nicht da sein kann." Lächelnd schaute er kurz Katerina an, bevor er fortfuhr: „Jetzt kommen Herbst und Winter, da ist nicht so viel los, aber im nächsten Mai fängt die Saison wieder an. Wirst Du denn so lange hier in Griechenland bleiben?"

Dominik sah zu Katerina hin, dann wandte er sich wieder Jorgos zu. „Ich denke schon", antwortete er, und Katerina applaudierte erneut.

„Okay", sagte Jorgos daraufhin. „Dann melde mich mit den Details per WhatsApp bei Dir. Und Katerina, ich weiß noch nicht, wann das nächste Schwimmbadtraining ist, aber ich halte Dich auf dem Laufenden. Machts gut, Ihr beiden."

Jorgos ging wieder zu seinem Auto hinüber, Jenny und Dimitris saßen bereits drin. Er startete den Motor und fuhr los. Dominik und Katerina folgten ihm. Auf der nichtasphaltierten und unebenen Straße wirbelte Jorgos vor ihnen eine dichte Staubwolke auf, und ihr eigener Wagen schaukelte so stark hin und her, als ob sie eine Offroad Rallye fahren würden. Als sie wieder zur Hauptstraße kamen, war Jorgos bereits abgebogen, und sie sahen ihn in der Ferne davonfahren. Dominik blieb kurz stehen und sagte: „Ich habe vergessen wohin."

„Möchtest Du zu dem Platz, den ich Dir vorhin gezeigt habe?", fragte Katerina.

„Gerne", antwortete Dominik. „Du musst mir nur den Weg zeigen, ich vertraue Dir."

„Schön zu wissen, dass ich Dein Vertrauen gewonnen habe. Hier biegst Du links ab, aber ich glaube, das brauche ich Dir nicht extra zu sagen."

Dominik wartete einen vorbeifahrenden Lkw ab, bevor er auf die Hauptstraße einbog und Richtung Athen fuhr. Katerina hatte ihr Fenster geöffnet, und der Wind blies ihr durchs Haar. Das Navi steckte weiterhin in der Halterung an der Windschutzscheibe und war an den Zigarettenanzünder angeschlossen. Dominik hatte es nicht ausgeschaltet, und da es noch immer auf ihr Ziel von eben programmiert war, hörten sie plötzlich eine Stimme aus dem Gerät: „Wenn möglich, bitte wenden." Katerina erschrak und zog den Stecker aus dem Anschluss.

„Hey", sagte Dominik. „Du hast gerade meinen Tacho abgeschaltet."

„Schon wieder so typisch deutsch", erwiderte Katerina. „Das Ding hat mich total erschreckt. Außerdem solltest Du ein besseres Gefühl fürs Fahren entwickeln, damit Du Dich nicht ständig auf die Instrumente verlassen musst."

„So was brauchst Du mir nicht zu sagen, ich bin der Pilot hier", gab Dominik gereizt zurück, und hätte beinahe angehalten.

„Vertrau mir", sagte Katerina sanft, und legte ihre Hand auf sein rechtes Bein. Er schaute kurz zu ihr hinüber und sah ein beruhigendes Lächeln auf ihrem Gesicht. „Du musst wirklich lernen, Deinen Instinkten zu folgen und anderen Menschen zu vertrauen, vor allem aber dem Leben selbst", fuhr sie fort. „Du bist intelligent und auch enorm begabt, was Deine Fähigkeiten im Wasser angeht. Und wie Du mir gestern nach dem Besuch bei meiner Mutter geholfen hast, das war echt toll. Du bist ein so guter Mensch. Jetzt lass endlich mal los. Ich habe in meinem Handy auch einen Tacho, da kann ich Dir die Geschwindigkeit sagen, wenns wirklich nötig ist."

Dominik beruhigte sich, begann zu lächeln und schaute wieder zu Katerina hin. „Lass uns doch das Lied hören, über das wir vorhin gesprochen haben", sagte er und begann zu singen: „When you're in love with a beautiful woman."

„Okay", stimmte Katerina zu und nahm ihr Handy aus dem Handschuhfach. Sie tippte auf dem Display herum, bis eine elektronische Orgel zu hören war und dann die Stimme von Dennis Locorriere: „When you're in love ..."
Dominik steuerte den Suzuki weiter über die kurvige Straße am Felsen entlang, mit dem steilen Hang jenseits des Gegenverkehrs auf der linken Seite. Das Lied spielte weiter: „You know that it's crazy, you want to trust her, then somebody hangs up when you answer the phone ..."

„Das Lied habe ich mit fünf Jahren schon gehört", sagte Dominik.

„Ich glaube, ich war noch gar nicht geboren, als es rauskam", erwiderte Katerina. „Aber ich habe es definitiv als Kleinkind gehört. Mein Vater hatte das Album von Dr. Hook und hat mir das Lied immer vorgespielt und mich dabei rumgeschwungen. Die Melodie hat mir immer gut gefallen. Meine Eltern waren sehr musikalisch, selbst zu Hause im Wohnzimmer haben sie immer miteinander getanzt. Auch zu diesem Lied."

„Was haben Deine Eltern eigentlich beruflich gemacht?", fragte Dominik.

„Mein Vater hat bei KTEL, dem griechischen Fernbussystem, als Fahrer gearbeitet. Er ist in ganz Griechenland unterwegs gewesen, hat meine Mutter und mich manchmal auch mitgenommen. Nach einem ersten kleinen Herzinfarkt mit 50 wurde ihm empfohlen, nicht mehr zu fahren, deshalb ist er dann Mechaniker geworden und hat die Busse repariert. Er war ein kluger Mann, der sich sehr gut neu erfinden konnte. 15 Jahre gings so weiter, bis er vor zehn Jahren mit 65 auf der Arbeit umgekippt ist. Das war das Ende, kurz vor der Rente. Es ist passiert, als ich in England war, ich hatte immer Schuldgefühle, weil ich damals nicht da war."

„Und Deine Mutter?"

„Sie hat an staatlichen Schulen Musik unterrichtet. Mein Vater wollte eigentlich auch lieber einem künstlerischen Beruf nachgehen, aber er hatte einfach nicht das Glück und die Möglichkeiten dazu. Meine Mutter hat er kennengelernt, als er eine Tanzpartnerin suchte. Er wohnte damals noch zu Hause und machte irgendwelche Minijobs. Meine Mutter war in ihrem Beruf schon gut etabliert und tanzte nebenbei fast auf Profiniveau. Als sie dann mit mir schwanger wurde, musste er sich eine anständige Arbeit suchen. So wurde er nicht nur zum Busfahrer, sondern auch zum Mann. Er war sehr intelligent und wenn nötig auch erfinderisch, zumindest wenn er Lust hatte. Das letzte war dabei immer der entscheidende Faktor. Ich vermisse ihn sehr."

Das Lied ging zu Ende, und Dominik fuhr weiter auf der kurvigen Straße, die sich nach einiger Zeit aber begradigte und vierspurig wurde. Weit vor ihnen sahen sie wieder Jorgos' Auto. Die Bebauung wurde jetzt immer dichter, und auch der Verkehr nahm zu. Bald erreichten sie die Strandbar, die Katerina ihm auf dem Hinweg gezeigt hatte, es gab jedoch keine Möglichkeit zum Abbiegen. „Etwas weiter vorne müssen wir drehen", sagte Katerina, als sie an ihrem Ziel vorbeifuhren. Dominik ordnete sich links ein und blieb vor einer Ampel stehen. Als sie auf Grün umschlug, wendete er und fuhr wieder zurück, um bei der Endhaltestelle der Straßenbahn auf den Parkplatz der Strandbar einzubiegen. Gleich hinter der Einfahrt stand neben einem Periptero ein verlassenes Gebäude, an dem oben in Großbuchstaben der Schriftzug „FLIX" zu lesen war. Es hatte einmal einen Beachclub namens „Casablanca" beherbergt, jetzt aber waren die Fenster zugenagelt und die Wände mit Graffiti beschmiert. Überall lag Müll herum. Sie fuhren weiter zum eigentlichen Parkbereich, in dem einige schicke Gelände- und Sportwagen standen, unter anderem mehrere Golf GTIs, die bevorzugten Autos bei den jungen Männern. Dominik parkte nicht weit vom Eingang zwischen einem zweitürigen, getunten Opel Astra und einem BMW Geländewagen.

„Ich habe aber weder ein sauberes Handtuch noch Duschgel bei mir", sagte er, als er den Motor abstellte.
„Keine Sorge", entgegnete Katerina. „Das kriegst du drinnen."

Katerina ging zum Kofferraum und holte die Korbtasche, die sie gestern zum Mittagessen bei sich hatte, aus ihrem Trolley. Beim Weggehen drehte sie sich noch mal zu Dominiks Auto um und sagte: „Komisch, das alte schäbige, japanische Auto hat deutsche Kennzeichen und der große deutsche Geländewagen daneben griechische."

„Hey", beschwerte sich Dominik, „nenn mein Auto nicht schäbig. Immerhin hat es uns gerade dorthin gebracht, wo wir hinwollten."

„Entschuldige", sagte Katerina, „aber auf Serifos habe ich auch ein schäbiges Auto."

„Sind die Typen da deswegen hinter Dir her?", fragte Dominik.

Katerina lachte herzlich und warf ihre langen, lockigen Haare zurück. „Auf Serifos gibt es leider keine passenden Männer für mich. Entweder sinds Rentner dort, oder die Typen kommen mit ihren Sportautos und Motorrädern zu Besuch aus Athen herüber. Beides ist nicht so mein Fall. Und wie gesagt, mein Buddy beim Speerfischen war schwul."

„Ich hatte nur an die Szene aus ‚Into the Blue' gedacht, in der Jared und Sam, gespielt von Paul Walker und Jessica Alba, in Jareds schäbigem Dodge Pick-up seinen besten Kumpel vom Flughafen abholen, und der zu ihm sagt: ‚Ich wette, mit dem Ding hier sind alle Mädels scharf auf Dich.'"

„Ich kenne weder den Film noch die Szene", sagte Katerina.

„Na ja, ich muss zugeben, ich habe den Film auch nicht ganz gesehen", räumte Dominik ein, „nur diese eine Szene und die, in der Paul Walker auf- und abspringt und ruft: ‚Wir haben das Boot.' Habe beide bei Youtube gesehen."

Der Club lag am Ende des Parkplatzes, und über dem Eingang stand sein Name: „Athines by the Sea", wobei das Wort „Athines" in lateinischen Buchstaben geschrieben war, denen man einen altgriechischen Touch gegeben hatte. An einem Schalter rechts unterhielten sich hinter einer Glasscheibe zwei Männer in schwarzen T-Shirts und Hosen. Katerina sprach kurz mit ihnen, dann wandte sie sich wieder an Dominik: „Heute kostet es 25 Euro, dafür gibts aber ein Büfett, und Du kannst so viel essen, wie Du möchtest."

„Hört sich gut an", erwiderte Dominik, holte sein Portemonnaie heraus und schob dem einen der beiden Angestellten durch einen Schlitz in der Scheibe einen Fünfzigeuroschein hin. Dieser reichte ihn an seinen Kollegen weiter, der ihn in eine Metallkassette legte und Dominik 25 Euro zurückgab. Nachdem auch Katerina bezahlt hatte, bekam sie die beiden Quittungen und steckte sie ins Portemonnaie. Begleitet von den Geräuschen der Grillen liefen sie über einen betonierten Pfad mit Bäumen rechts und links sowie einem Rasen, der so grün und saftig war, dass er in den Sommermonaten sicherlich bewässert wurde. Hinter Zäunen mit grünen Abdeckungen sahen sie einstöckige Betonbauten aus der Nachkriegszeit, an denen offensichtlich Renovierungsarbeiten durchgeführt wurden. Vor dem Strand mit seinen gepolsterten Liegestühlen und Sonnenschirmen stießen sie auf einen Platz, dessen Betonbelag noch warm von der Sonne war, aus Lautsprechern kam eine Art Chill-out Housemusic. Auf der rechten Seite stand ein DJ-Mischpult, an dem gerade ein Mann mit kabellosen Kopfhörern herumstellte, dahinter folgten unter einer eckigen, offenen Betonkonstruktion mit Sonnenschutz Tische und Stühle. Rechts hinter dem Mischpult stand eines der einstöckigen Nachkriegsgebäude, seine Glastüren waren geöffnet und gaben den Blick auf ein Büfett sowie ein paar Tische und Stühle frei. Nach links Richtung Meer hinüber gab es eine Bar, die mit zahlreichen Schnaps- und Likörflaschen ausgestattet war, daneben ein kleines Häuschen, das hervorragend auf einen Weinachtsmarkt gepasst hätte. In ihm saß eine Frau um die 60 und zog an einer Zigarette, vor sich hatte sie einen Aschenbecher und eine hellblaue Leader-Packung, die billigste leichte Zigarettenmarke Griechenlands. Hinter ihr stapelten sich in mehreren Regalen weiße Handtücher. Katerina ging mit Dominik zu dem Häuschen hin und sprach auf Griechisch mit der Frau. Die legte ihre brennende Zigarette auf den Aschenbecher und nahm zwei Handtücher aus einem der Regale sowie zwei kleine Flaschen Duschgel aus einer Schublade darunter, legte alles zusammen und überreichte Katerina den Stapel mit ihren vom Nikotin fleckigen Händen. Die braungelbe Farbe stand in krassem Gegensatz zum strahlenden Weiß der Handtücher, die sicher mit Bleichmittel gewaschen worden waren. Katerina und Dominik liefen zurück Richtung Clubeingang, wo sich das Gebäude mit den Toiletten und Duschen befand. Es erinnerte Dominik an entsprechende Einrichtungen auf so manchen Campingplätzen in den USA, die ihm immer den

Eindruck von Sanitäranlagen in Kasernen oder Gefängnissen vermittelt hatten. Die Zugänge für die Frauen links und die Männer rechts hatten keine Türen, waren aber jeweils mit einer gitterartig durchbrochenen Betonwand versehen. Die beiden trennten sich und betraten die saubere, aber sehr spartanisch eingerichtete Anlage. Dominik nahm den Vorhang einer der Duschkabinen zur Seite, zog sich aus und drehte das Wasser auf. Im Gegensatz zu dem starken Chlorgeruch, der den Raum erfüllte, erinnerte ihn das Aroma des Duschgels an das Luxusduschgel, das er vor Jahren einmal zum Geburtstag geschenkt bekommen hatte. Er trocknete sich mit seinem frischen Handtuch ab, das stark nach einer Mischung aus Chlor, Waschmittel und Zigarettenrauch roch, Letzteres vermutlich von der Frau an der Ausgabe. Da er keine saubere Unterwäsche dabeihatte, zog er nur sein T-Shirt und die Boardshorts ohne Unterhose an und ging mit dem Handtuch und seiner Badehose in der Hand nach draußen. Dort musste er einige Minuten auf Katerina warten, bis sie mit ihrer Korbtasche über der rechten Schulter aus dem Damenbereich kam.

„Ich weiß nicht, wohin mit meiner nassen Badehose", sagte Dominik fragend.

„Gib mal her", antwortete Katerina. „Ich wickle sie mit meinem Bikini zusammen in ein Handtuch ein."

„Hm", meinte Dominik, „das sind aber schon sehr persönliche Dinge."

„Komm jetzt, willst Du wirklich zum Auto zurücklaufen, um Deine Badehose wegzubringen? Ich tu sie einfach auf die andere Seite des Handtuchs. Ich bin sehr hygienisch, vergiss nicht, dass ich Krankenpflegerin bin."

„Okay", stimmte Dominik zu, und Katerina holte ein kleines blaues Handtuch aus ihrer Tasche und wickelte die Badesachen so darin ein, dass Stoff zwischen ihnen lag und sie sich nicht berührten.

„Jetzt wirf aber Dein Handtuch mal in den Korb unter dem

Waschbecken. Und beeil Dich!", sagte sie mit einem Grinsen und schubste ihn zurück in Richtung Herrendusche. Jetzt erst bemerkte Dominik, dass er sein Handtuch noch bei sich hatte. Er ging noch mal rein und warf es in einen Metallkorb unter den Waschbecken.

„Jetzt lass uns essen gehen", meinte Katerina, als er wieder da war, und nahm seine Hand, um ihn über den Betonplatz zum Gebäude mit dem Büfett zu ziehen.

„Für jemanden, der als Letzter aus der Dusche gekommen ist, bist Du aber sehr ungeduldig."

„Entschuldigung, aber wenn ich Hunger habe, bin ich immer ungeduldig", gab sie zurück, und beide lachten. Hand in Hand gingen sie hinein. Außer einer Familie mit zwei Kindern und einem älteren Ehepaar, das bereits mit dem Essen fertig war und nur noch Retsina trank und rauchte, war sonst niemand dort. Und bis auf einen Mann um die 60, der herumlief und ab und an einen schmutzigen Teller von einem der Tische räumte, gab es auch keine Bedienung. Dominik erschien das alles hier wie eine Mischung aus dem Restaurant auf der Fähre und jenem bei Jennys Studentenwohnheim. Er und Katerina nahmen sich Tabletts, Teller, Bestecke sowie Servietten und gingen an den zehn Schalen mit Essen entlang. Dominik entschied sich für eine Hähnchenkeule und ein Lammkotelett, dazu füllte er sich noch ein paar Kartoffeln und grüne Bohnen mit geschmorten Tomaten auf. Katerina nahm eine Portion Moussaka sowie eine Hähnchenkeule und auch Bohnen. Am Ende des Büffets gabs die Getränke, in zwei Eiskübeln lagen jeweils zwei Flaschen Weiß- und Roséwein, in einem weiteren mehrere kleine Flaschen Fanta und Cola. Dominik stellte eine Fanta und ein kleines Glas mit auf sein Tablett, Katerina schenkte sich ein halbes Glas Roséwein ein und füllte es mit Eiswasser aus einem Krug neben den Kübeln auf. Sie setzten sich an einen Tisch neben den offenen Glastüren. Der Himmel leuchtete in einem allerletzten Orange, und aus den Lautsprechern waren die Klänge einer Bassgitarre und dann die rauchige Stimme von Chris Rea zu hören: „Between the eyes of love I call your name..."

„Schönes Lied", sagte Dominik.

„Das habe ich auch auf meinem Handy. Spotify ist wunderbar, Du kannst Deine Musik sogar offline hören."

„Der Titel des Lieds war auch der Titel eines sehr traurigen Films über einen Atomkrieg: ‚Das letzte Ufer'."

Katerina hob die Hand. „Fang bitte nicht wieder mit solchen apokalyptischen Sachen an", ermahnte sie ihn, und diesmal war ihr Ton ernst. „Ich dachte schon, Du würdest damit loslegen, dass das Büfett so ausgesehen hätte wie das Mittagessen in ‚1984'. Bitte, wir haben noch immer vieles, auf das wir uns freuen können. Ich weiß, ich bin zusammengebrochen, nachdem ich meine Mutter gesehen habe. Manchmal ist die Realität nur schwer zu akzeptieren. Wir sollten aber lernen, das zu tun, ohne zynisch zu werden, und die Apokalypse nicht als Unterhaltung ansehen, um die Realität zu ertragen. Lass uns leiden, worunter wir leiden müssen, aber auch auf das freuen, worüber wir uns freuen können, so wie das tolle Essen und der Beachclub hier!"

„Du hast ja recht", stimmte Dominik zu, nahm Katerinas Hand, zog sie auf den Tisch runter und hielt sie ein paar Sekunden. Dabei schaute er ihr in den Augen. „Sorry, dass ich so zynisch bin."

„Keine Sorge", sagte sie und lächelte. „Du brauchst Dich nicht zu entschuldigen."

Schweigend sahen sie sich an, dann meinte Dominik: „Du bist ein toller Mensch. Ich freue mich so sehr, dass ich Dich kennengelernt habe."

„Mir gehts genauso", antwortete Katerina. „Außerdem bist Du auch ein toller Tauchpartner. Es fühlt sich gut an, wenn du dein Leben jemandem so anvertrauen kannst."

Still schauten sie einander in die Augen, und Dominik, der ihr gegenübersaß, nahm seinen Stuhl und rückte um die

Ecke des Tischs näher an sie heran. Ihre sanften, braunen Augen wirkten überrascht, als sie fragte: „Ist das jetzt ein Heiratsantrag? Ich weiß ja nicht, ob ich schon so weit bin."

Dominik lachte und fuhr ihr mit der Hand durch die schwarz gelockten Haare, in denen er wieder ein bisschen Grau entdeckte.

„Keine Angst", sagte er. „So weit bin ich auch noch nicht. Genießen wir einfach den Moment, das, was wir gerade genießen können."

Er kam nah an ihr Gesicht, und sie küssten sich auf den Mund. Als sie sich wieder voneinander lösten, meinte Katerina: „So, das Eis wäre gebrochen." Mit der Hand streifte sie über Dominiks kurzes Haar. „Jetzt können wir essen. Hier, mein Kleiner, ich schneide Dir auch Dein Fleisch und füttere Dich, so wie Deine Mama das früher getan hat."

Beide lachten. Sie schnitt ein Stück von seinem Lammkotelett ab und legte es ihm mit der Gabel in den Mund, dabei sah sie ihm in die Augen und öffnete die Lippen ein wenig, so als ob sie ein kleines Baby füttern würde. Dominik machte das Gleiche mit ihr. „Das dauert zu lange", sagte sie amüsiert. „Geh mal wieder auf Deine Seite zurück, und lass uns normal essen." Dominik stand auf und setzte sich ihr wieder gegenüber. Er nippte an seinem Glas. „Du trinkst Fanta, wie ein kleiner Junge, der mit Mama und Papa ausgegangen ist", merkte Katerina fast auf die gleiche Art und Weise an wie die angetrunkene Dänin vor ein paar Tagen auf der Fähre.

„Komisch, auf der Fähre von Italien nach Griechenland hat mir eine besoffene Frau aus Dänemark genau das Gleiche gesagt."

„Trinkst Du gar keinen Alkohol?", fragte Katerina.

„Früher schon. Da habe ich auch geraucht. Irgendwann kam dann einfach der Punkt, an dem es mir nicht mehr geschmeckt hat, wie wir in Deutschland sagen."

„Ich trinke auch nicht so oft, nur mal ein bisschen verdünnten Wein zum Essen. Und ab und zu auch, wenn die auf Serifos Wein machen. Na dann, prost", sagte Katerina und hielt ihm ihr Glas entgegen. Sie stießen an und aßen weiter. Nachdem sie sich noch ein zweites Mal am Büfett bedient hatten, waren sie satt, und Katerina forderte Dominik auf: „Gehen wir doch zur Tanzfläche rüber. Nach so viel Essen muss ich mich bewegen." Sie nahm seine Hand, und die beiden liefen über den Betonplatz, auf dem sich mittlerweile ein paar junge Leute mit ihren Cocktails in der Hand zur Musik bewegten. Katerina führte Dominik weiter unter den Sonnenschutz der offenen Betonkonstruktion, wo sie einen Tisch mit zwei kleinen, einander gegenüberstehenden Zweiersofas fanden, und sich gemeinsam in einen dieser „Loveseats" setzten, wie man sie in den USA nannte. Sie hielten Händchen und beobachteten, was sich um sie herum tat. Die anderen Gäste, alle so im Alter zwischen 24 und 45, tranken Cocktails von der Bar oder hatten sich vom Büfett etwas zu essen geholt. Katerina schlüpfte mit den Füßen aus ihren Ledersandalen und legte sie auf den Tisch. Dominik tat es ihr gleich, und sie verschränkten die nackten Füße und Unterschenkel ineinander. Sie unterhielten sich und küssten sich zwischendurch immer wieder, im Hintergrund spielte derweil eine Art griechischer Housemusic. Plötzlich begann eine Melodie, in der Dominik das Lied „Sunlight" von den Brand New Heavies erkannte. Katerina bekam große Augen, stand auf und zog ihn zum Betonplatz, der als Tanzfläche diente. Zwischen den an ihren Cocktails nippenden Menschen hatten sie dort viel Platz und konnten sich frei bewegen, während das Lied weiterlief: „Ain't gonna give it up, I never get enough of, oh baby, I can't stop ... I'm so preoccupied ..." Dominik übernahm die Führung, schwang sie herum, und die beiden fanden auf Anhieb in einen gemeinsamen Rhythmus. Schon seit langem hatte Dominik ein solches Gefühl nicht mehr gehabt. Mit dem Geräusch von Meeresrauschen ging das Lied zu Ende, und nun erst bemerkten sie, dass sie von einer Frau und drei Männern beobachtet wurden. Die kleine Gruppe applaudierte und warf ihnen Blumen zu. Ein etwas kräftigerer Mann mit einem Tattoo auf dem linken Unterarm rief: „Orea!" Während Dominik lächelte und winkte, nahm Katerina ihre Hände vor Mund und Nase, als ob sie ihr Gesicht verstecken wollte. Sie zog ihn von der Tanzfläche fort zurück an ihren Tisch. Dort erklärte sie ihm: „Sorry, aber ich fühle mich komisch, wenn mich so viele Leute beobachten." - „Kein Problem", erwiderte er verständnisvoll. Zwischendurch gingen sie aber doch immer mal wieder tanzen, die Musik, die gespielt wurde, war eine Mischung aus Liedern von den 1980er Jahren bis heute. Viele von ihnen kannte Dominik noch aus jüngeren Jahren, einige schien er aber noch nie gehört zu haben, so lange war er schon nicht mehr in einem Club oder einer Disco gewesen. Um sich ein bisschen aufzuputschen, bestellte er sich ein Red Bull, Katerina dagegen nahm nichts, weil Getränke von der Bar nicht im Eintrittspreis inbegriffen waren. Bei der lauten Musik fiel es schwer sich zu unterhalten, sodass die beiden nach einiger Zeit zum Strand runtergingen, ihre Tasche ließ Katerina am Tisch stehen. Sie setzten sich in zwei der Liegestühle, schauten auf das nächtliche Meer hinaus und hörten auf die Geräusche, die das Hin- und Herschwappen des Wassers verursachte. Nach links hinüber reihten sich entlang der Küste die Lichter der letzten Vororte auf, in denen Athen in diese Richtung auslief, rechts dagegen erhellte die riesige, sich auf dieser Seite bis in die Ferne hin ausdehnende Millionenmetropole den ganzen Himmel. Von weit draußen leuchteten Schiffe und Fähren auf ihrem Weg in die Ägäis zu ihnen herüber, und über sich hörten sie einen späten Linienflieger, der rot und weiß blinkend gerade im Landeanflug war. Dominik fragte: „Meinst Du, mit Deiner Tasche ist alles in Ordnung? Hast Du Dein Portemonnaie drin gelassen?"

„Schon wieder Deine germanischen Sorgen", sagte Katerina. „Mein Portemonnaie ist drin, aber aber zwischen meinem schmutzigen Handtuch und dem gebrauchten Bikini. Wenn irgendein Perversling da dran will, dann kann er ruhig, meine Tage haben heute angefangen. Sorry, ich hoffe, ich bin Dir nicht zu krass."

„Nein", erwiderte Dominik lachend. „Ich finde Dich total lustig. Ich habe Dir ja schon erzählt, dass ich oft mit Männern und Frauen gemeinsam trainiere, da habe ich schon alles gehört. Aber vergiss nicht, meine Badehose ist auch mit drin."

„Dann lass die doch einfach von einem schwulen oder weiblichen Perversling klauen, ich kaufe Dir auch eine neue." Beide lachten, und sie küssten sich.

„Sag mal", fragte Katerina, „hast Du Dir wirklich Sorgen um die Hygiene gemacht, als ich Deine Badehose in das gleiche Tuch gewickelt habe wie meinen Bikini, oder gings Dir nur darum, mir das Gefühl zu geben, dass Du mich nicht anmachen wolltest?"

„Die Antwort überlasse ich Deiner Fantasie", antwortete Dominik. „Aber ich glaube, die richtige Frage wäre jetzt eher: zu Dir oder zu mir?"

Katerina schwieg einige Sekunden, dann lächelte sie. „Die Entscheidung überlasse ich Dir", sagte sie und schaute ihm in die Augen.

„Dann zu Dir. Du hast den besseren Ausblick."

„Wie spät ist es?", fragte Katerina. Dominik nahm sein Telefon aus der Tasche, drückte die Stand-by-Taste, und hielt Katerina das Display mit der Uhrzeit hin. „Schon drei!", meinte sie. „Dann lass uns gehen. Hoffentlich hast Du genug Red Bull intus, um noch zu mir nach Hause zu kommen."

Die beiden standen auf, und liefen Hand in Hand zum Tisch zurück, wo Katerinas Tasche noch immer neben ihrem Sofa stand. Gegenüber hatte sich mittlerweile ein junges Paar hingesetzt, der Mann in Jeans und T-Shirt, die Frau in einer sehr kurzen Jeanshose sowie einem ärmellosen Hemd und einer Goldkette um den Hals. Katerina nahm ihre Tasche, und sie gingen zum Parkplatz. Die beiden Typen an der Kasse tippten auf ihren Handys herum und verabschiedeten sich mit „Kali nichta." Als sie zu Dominiks Wagen kamen, waren der Opel Astra und der BMW bereits weggefahren, dafür stand links vom Suzuki jetzt ein fast 20 Jahre alter, frisch rotlackierter Golf GTI, in dem ein Pärchen saß. Während sie ihm übers Haar streichelte, schaute er auf sein Handy und tippte. Dominik und Katerina stiegen ins Auto und fuhren los. An der Ausfahrt auf die Hauptstraße hielt Dominik kurz an und sagte: „Okay, jetzt musst Du mir den Weg zeigen."

„Einfach hier rechts abbiegen und an der nächsten Ampel wenden." erklärte sie, und Dominik bog auf die Straße ein.

„Du tanzt sehr gut", meinte er.

„Na ja, das ist das, was von damals noch hängen geblieben ist, als ich meinen Eltern beim Tanzen immer zugeschaut und zum Teil auch selbst mitgemacht habe. Du kannst aber auch sehr gut tanzen."

„Ich bin Autodidakt, ‚learning by doing' halt. Hats Dir denn Spaß gemacht, wenn Du mit Deinem Ex getanzt hast?"

„Überhaupt nicht", antwortete Katerina. „Ich war nicht gut genug für ihn. Ich wollte immer mit ihm tanzen, er aber nicht mit mir. Einmal sind wir abends mit seiner Tänzerclique draußen gewesen, da hat er mich die ganze Zeit in der Ecke stehen lassen und nur mit den anderen Frauen getanzt, das waren Profis."

An der nächsten Ampel machte Dominik einen schnellen U-Turn, so spät in der Nacht gab es kaum Gegenverkehr. Sie fuhren an weiteren Beachclubs und Diskotheken vorbei, alle mit vollen Parkplätzen, schließlich war heute ja Freitag. Immer wieder wurden sie von auffrisierten, rasenden Kleinwagen überholt, deren Fahrer vermutlich angetrunken waren, es waren aber auch kleine Lkw und Transporter unterwegs, um in diesen frühen Morgenstunden schon Kunden zu beliefern.

Einige Periptera strahlten hell erleuchtet, um die Nachtschwärmer, die noch auf den Beinen waren, zu bedienen. Katerina lenkte Dominik zur Syngrou und dann über den Syntagma-Platz, an dem er nach rechts abbiegen musste. Hinter dem President Hotel weiter oben an der Kifissias wies sie ihn schließlich an, verbotenerweise nach links abzubiegen. Dominik befolgte die Aufforderung nur sehr ungerne, weshalb sie ihn wieder als „typisch deutsch" kritisierte. Nahe beim Apollon-Turm fand er in einer Nebenstraße dann einen Parkplatz und stellte den Wagen ab. Er öffnete die Heckklappe, damit sie ihre nassen Tauchanzüge und die anderen Ausrüstungsgegenstände herausnehmen konnten. Dominik packte seine Sachen in eine große Duffel Bag mit Rollen, Katerina ihre in den Trolley. Danach machten sie sich auf den Weg zu ihrer Wohnung. Die Taschen zogen sie auf der um diese Zeit zum Glück leeren Fahrbahn hinter sich her, der Bürgersteig wäre dafür zu uneben gewesen. Als sie an dem großen Platz mit der Metrostation „Panormou" rauskamen, sahen sie einige Pick-ups und kleinere Nutzfahrzeuge voller Obst, Gemüse und Styroporboxen mit Kühlgut. Männer liefen herum und bauten Stände auf.

„Morgen ist hier Gemüse- und Fischmarkt. Da können wir einkaufen gehen", erklärte Katerina das Treiben.

„Aber erst nach dem Ausschlafen", sagte Dominik.

„Baut das Red Bull etwa schon ab?", fragte Katerina.

„Ja, ist schon dabei", antwortete Dominik.

Sie liefen an einem dunklen Sklavenitis vorbei, an dem Plakate die Verkaufsaktionen der kommenden Woche bewarben, dann standen sie vor dem Apollon-Turm. Bis auf einen beleuchteten Fahrstuhl mit geöffneter Tür und den Platz, an dem der Pförtner saß und auf seinem Smartphone Videos anschaute, war es völlig dunkel in der Lobby. Die Eingangstüren waren um diese Zeit geschlossen, sodass Katerina an die Scheibe klopfte, um den Wachmann auf sich aufmerksam zu machen. Der schaute kurz auf, drückte einen Knopf, und die Türen öffneten sich. Mit dem Fahrstuhl fuhren sie in den zehnten Stock hinauf. Der Aufzug war wesentlich moderner als der in Dominiks Haus, die Kabine war viel größer, und es gab eine digitale Anzeige für die Stockwerke. Es schien, als ob er in den letzten Jahren mal erneuert worden wäre. Während der Fahrt küssten Katerina und Dominik sich und fassten einander an den Hintern. Oben angekommen stiegen sie aus, und ein Bewegungsmelder ließ den dunklen Korridor in hellem Licht erstrahlen. Ihre Taschen verursachten ein leichtes Geräusch auf dem Parkettboden, als sie zu Katerinas Wohnung am Ende des Gangs gingen. Sie schloss die Tür auf, machte das Licht an und warf ihre Schlüssel auf eine Kommode in der langen Diele. Links lag ein Gäste-WC, geradeaus ging es ins Wohnzimmer, das ziemlich groß war. Hinten links lag hinter einem Durchbruch mit Theke die Küche, davor standen wie in Dominiks Wohnung drei Barhocker. In der Küche gab es einen großen Kühlschrank, der wie die entsprechenden Geräte in den USA zwei nebeneinanderliegende Türen hatte, und über einem Herd mit Induktionsplatten zeigte die LED-Uhr einer Mikrowelle die Zeit an: 03:45. Im Wohnzimmer selbst standen ein großes Ledersofa mit einem gläsernen Kaffeetisch davor und, auf einem kleinen Tisch an der Wand gegenüber, ein Flachbildfernseher. Rechts daneben führte ein Flur zu zwei Schlafzimmern und dem Bad hin, links sah man durch die Schiebetür zum Balkon die Lichter Athens und in der Ferne einen Berg mit Antennen, Mobilfunkmasten und anderen Sendestationen. Sie holten ihre nassen Anzüge aus den Taschen und brachten sie nach draußen, um sie auf zwei Wäscheständern aufzuhängen. Ein Tisch mit zwei Stühlen sowie zwei Außeneinheiten von Klimaanlagen standen ebenfalls auf dem Balkon, der sowohl vom Wohnzimmer als auch von einem der Schlafzimmer her zugänglich war. Von unten waren die nächtlichen Verkehrsgeräusche von der Kifissias und aus den umliegenden Seitenstraßen zu hören. Dominik ging noch mal ins Wohnzimmer zurück und holte das Tuch aus Katerinas Korbtasche, in das seine Badehose und ihr Bikini eingewickelt waren, dabei fielen die Badeklamotten auf den Boden. Er hob sie auf, ging wieder auf den Balkon, und hängte die Sachen neben seinen Tauchanzug. Mit einem Lächeln sagte Katerina: „Hey, Du Perversling, Du hast meinen Bikini geklaut."

„Ich wollte nur bei der Hausarbeit helfen. Wenn Du das pervers nennst ..."

Katerina reichte ihm ein paar Wäscheklammern. „Hier, mach den Bikini und Deine Badehose mit Klammern fest, damit sie nicht wegwehen."

Danach brachten sie auch die feuchten Taschen und die übrigen Ausrüstungsgegenstände zum Trocknen auf den Balkon. Dann traten sie ans Geländer und schauten auf die Stadt hinunter und hinüber zur dunklen Silhouette des Berges, der wie ein Phantom wirkte. Der Himmel wurde vom Lichtermeer der Stadt erleuchtet, und auch der Vollmond schien hell herab. Wieder küssten sie sich, bevor sie ins Wohnzimmer zurückkehrten. Dort zog Katerina ihr schwarzes Trägerhemd aus, sodass sie jetzt mit nackten Brüsten dastand. Die waren nicht groß und passten sehr gut zu ihrer schlanken, muskulös weiblichen Figur. Auch Dominik streifte sein T-Shirt über den Kopf, die beiden gingen aufeinander zu, umarmten sich mit ihren nackten Oberkörpern und küssten sich. An ihrem Dekolleté bemerkte Dominik die ersten kleineren, sonnenbedingten Hautalterungen. Er zog seine Boardshorts aus und war nun völlig nackt. Auch Katerina öffnete Knopf und Reißverschluss ihrer Bermudas, und Dominik half ihr, sie über die Hüften und den behaarten Genitalbereich herunterzuziehen. Er küsste sie und streichelte dabei ihren Hintern. Schließlich fragte er: „Kennst Du Partner-Yoga?"

„Nein", antwortete Katerina und schaute Dominik neugierig an.

„Ich zeigs Dir", sagte Dominik und legte sich auf den

Parkettboden. Er streckte die Beine nach oben, hielt sie mit durchgedrückten Knien zusammen und formte mit seinen zur Zimmerdecke weisenden Fußsohlen eine Art Plattform. Dann hielt er seine Arme in die Höhe und sagte: „Okay, jetzt legst Du Dich auf meine Fußsohlen."

Katerina lachte und versuchte, der Aufforderung nachzukommen. Mit seinen Füßen knapp unter ihren nackten Brüsten ergriff sie Dominiks Hände und versuchte, in dieser Position auszuharren, doch schon nach zwei Sekunden begann er so sehr zu wackeln, dass sie mit ihren Beinen wieder auf den Boden sprang. Lachend meinte sie: „Wenn wir so was öfter machen wollen, müssen wir ein bisschen mehr üben."
Auch Dominik stand auf und sagte: „Ich betätige mich gerne körperlich, wenn ich nackt bin. Es gibt dir nicht nur für deinen eigenen Körper ein tolles Gefühl, sondern auch für den des anderen. Ich schwimme auch gerne nackt."

„Ich auch. Es ist ein wunderbares Gefühl, wenn man das Wasser überall am Körper spürt, da wirst du wirklich eins mit ihm. Ihr in Deutschland macht das ja häufiger, mit meinem Ex bin ich damals in einer Therme gewesen, mit Sauna-Wellness, Männer und Frauen zusammen und alle nackt."

„Früher, als ich es mir noch leisten konnte, bin ich im Winter auch immer ganz gerne in solche Bäder gegangen."

„Auf Serifos können wir auf jeden Fall nackt schwimmen", sagte Katerina. „Ich kenne da tolle und abgelegen Plätze, aber auch gleich da am Strand, wo ich wohne, können wir baden."

„Wo ist dein Handy?", fragte Dominik.

„Auf dem Tisch neben der Eingangstür. Warum?"

Dominik lief durch den Flur zurück zur Tür und holte Katerinas Telefon. „Hast Du ,In My Heart' von Moby?", wollte er wissen, und reichte ihr das Handy.

„Ich denke schon, Moment."

Sie tippte etwas ein, kurz darauf begann die Melodie. Dominik nahm ihre Arme, und die beiden fingen an zu tanzen, lachend und nackt. Sie mussten aufpassen, nicht über den Kaffeetisch zu stolpern. Derweil ging die Musik weiter: „Lord, I want to be up in my heart ... just in my heart, oh Lord." Mit einem Mal standen sie sich still gegenüber, schauten einander an und Katerina sagte: „Du hast aber doch noch reichlich Red Bull in Dir."

„Probieren wir mal einen ‚lift' ", forderte Dominik sie auf. „Du springst im selben Moment, in dem ich Dich hebe."

„Okay", stimmte sie zu.

Sie sprang leicht hoch, während Dominik sie dabei gleichzeitig anhob. Als ihre Hüften auf Höhe seiner Brust waren, berührten ihre Schamhaare seinen Körper. Er schaute hinauf in ihr Gesicht, und sie legte ihm die Hände auf die Schultern. Einige Sekunden blieben sie in dieser Position, bis er sie wieder langsam auf den Boden runterließ. „Das hat besser geklappt als das Partner-Yoga", kommentierte Katerina. Sie tanzten ein bisschen weiter, und als die Musik zu Ende war, schmiss Dominik sich auf das Sofa. Katerina legte sich zu ihm, zärtlich küssten und streichelten sie sich. Plötzlich stand Katerina auf, nahm seine Hand und zog ihn zur Balkontür, um sie zu schließen. Dann führte sie ihn in eines der Schlafzimmer. An der linken Wand stand ein großes Bett, ihm gegenüber eine große Kommode mit einem kleinen Flachbildfernseher, daneben ein hoher Spiegel. Vor der rechten Wand hatte ein weißer Schrank mit zwei Schiebetüren seinen Platz, etwa anderthalb Meter vom Bett entfernt ging eine Glastür auf den Balkon hinaus. Dominik lenkte Katerina vor den Spiegel und sagte: „Schau uns mal an. Mann und Frau, zwei perfekte Muster unserer Spezies." Beide lachten. „Ich muss ja sagen, Deine sexuelle Kreativität gefällt mir", meinte Katerina. „Jetzt ist aber Zeit zu schlafen."

Sie lief noch mal ins Wohnzimmer zurück und schaltete das Licht aus, anschließend prüfte sie, ob die Wohnungstür richtig abgeschlossen war. Dann ging sie ins Bad, bevor sie mit drei Kondomen wieder ins Schlafzimmer kam. „Beim ersten Mal sollten wir die besser benutzen", sagte Katerina und legte sie auf den Nachttisch links neben dem Bett. Sie machte eine kleine LED-Lampe dort an, löschte das große Deckenlicht und ließ die Rollläden zum Balkon herunter. Mit einer Fernbedienung schaltete sie die Klimaanlage ein. Das Zimmer wurde nur noch von dem leichten Blau der Lampe erleuchtet, als sie zu Dominik ins Bett stieg, und die beiden sich unter der Decke aneinander kuschelten. Schließlich reichte Dominik ihr eines der Kondome, und sie zog es ihm über. Der Sex dauerte etwa fünf Minuten, danach tauschten sie noch eine Weile Zärtlichkeiten aus, schliefen aber doch rasch ein, nachdem sie das Licht ausgemacht hatten. So ging ein bewegter Tag zu Ende, an dem Dominik viel erlebt und letztlich auch eine Partnerin gefunden hatte. Wohin würde das alles noch führen?

Am nächsten Morgen wachte Dominik vor Katerina auf. Durch die offene Tür zum Flur strömte vom Wohnzimmer her Licht ins Zimmer, da sie die Rollläden dort nicht runtergelassen hatten. Dominik schloss die Schlafzimmertür und versuchte wieder einzuschlafen, doch das gelang ihm nicht. Also stand er auf, ging in die Küche und fand in einem der Schränke eine offene Packung Bravo Kaffee sowie ein kleines Töpfchen, um ihn zuzubereiten. Als der Kaffee zu kochen begann, füllte er ihn in zwei Tassen, zog dann seine Boardshorts an, die noch auf dem Boden lagen, und setzte sich auf einen der Barhocker. Nach etwa 20 Minuten hörte er erst Geräusche aus dem Schlafzimmer, dann Katerinas sanftes Tapsen, als sie ins Wohnzimmer kam. Sie war nackt und hatte ein verschlafenes Gesicht. Ihre kleinen sonnen- und stressbedingten Hautveränderungen ließen sie älter aussehen.

„Kalimera, Guten Morgen", begrüßte Dominik sie.

„Guten Morgen", antwortete sie auf Deutsch mit einem Akzent, der sich amerikanisch und griechisch zugleich anhörte. Sie gab ihm einen Kuss, nahm ihre Bermudas vom Boden auf und zog sie über Hüfte und Schambereich. Dann setzte sie sich zu Dominik und legte ihm eine Hand auf die Schulter.

„Trink Deinen Kaffee", sagte er. Katerina drehte den Kopf zur Seite und bemerkte die zweite Tasse. Sie küsste ihn auf die Stirn und meinte: „Du bist ein richtiger Sweetie." Obwohl sie in diesem Moment älter wirkte, waren ihre Bewegungen doch die einer wesentlich jüngeren Frau.

„Ich hoffe, ich war nicht zu ‚sweetie', hoffentlich magst Du so viel Zucker, wie ich reingetan habe."

„Für mich kanns gar nicht süß genug sein", entgegnete sie. „Da bin ich wie meine Mutter. Vielleicht kriege ich deswegen später ja auch mal gesundheitliche Probleme."

Sie nahm die Tasse und nippte daran. Die Klimaanlage im Schlafzimmer lief noch, und die Kühle war bis ins Wohnzimmer zu spüren. Durchs Fenster war der sonnige Tag zu sehen, der sich über die Stadt breitete. „Was willst Du heute machen?", fragte Dominik, die LED-Zahlen der Mikrowelle zeigten bereits 11:00.

„Lass uns doch runter auf den Fisch- und Gemüsemarkt gehen. Wir könnten uns einen Brunch oder ein schönes Mittag- oder Abendessen machen, ganz wie Du willst."

Langsam tranken sie ihren Kaffee aus, dann verschwand Katerina wieder im Schlafzimmer. Dominik ging kurz auf den Balkon, um nach den nassen Anzügen und Badeklamotten zu sehen. Außen waren die Anzüge von der Vormittagssonne schon trocken, innen aber noch immer feucht. Er zog sie auf Links und ließ sie auf den Wäscheständern, während er das Handtuch, seine Badehose und Katerinas Bikini abnahm und im Wohnzimmer auf den Boden warf. Sein T-Shirt, das noch dort lag, hob er auf und zog es an. Auch Katerina kam wieder zurück. Sie trug jetzt ein luftiges, schwarzes Hemd mit rotem Blumenmuster und eine kurze Jeans, die fast die gleiche war wie vor zwei Tagen, nur waren diesmal die Beine nicht ausgefranst und immerhin so lang, dass die Taschen nicht darunter hervorschauten. Sie nahm ihren Bikini, Dominiks Badehose und das Handtuch, ging ins Bad und tat alles zusammen mit anderen schmutzigen Sachen, die in einem Korb lagen, in die Waschmaschine. Als sie sie in Gang setzte, sah sie Dominik, der ihr gefolgt war, mit einem Grinsen an und sagte:

„Ich nehme mal an, ich darf Deine Badehose mit meinen Sachen zusammen waschen."

„Du darfst. Bei mir habe ich auch eine Waschmaschine, dort können wir auch gemeinsam waschen."

„Tja, auf Serifos ist das Luxusleben dann vorbei. Da müssen wir entweder mit der Hand waschen oder die öffentliche Maschine auf dem Campingplatz benutzen."

„So habe ich in Berlin auch gelebt", erwiderte Dominik.

Sie gingen ins Wohnzimmer, wo Katerina ihre leere Korbtasche vom Boden aufnahm und beide ihre Schuhe anzogen, Dominik seine Flip-Flops von Lidl, Katerina ihre Ledersandalen. Dann verließen sie die Wohnung und fuhren mit dem Fahrstuhl ins Erdgeschoss hinunter. In der leeren Lobby saß jetzt ein anderer Pförtner, und die Glastüren standen wieder auf. Sie traten in den Spätsommertag hinaus. Auf dem ganzen Platz vor dem Turm und auch in einigen der Nebenstraßen, die zu diesem Anlass für den Autoverkehr gesperrt waren, hatten Fischer, Bauern und andere Verkäufer ihre Marktstände aufgebaut. Sie boten Lebensmittel und andere Dinge des täglichen Bedarfs an, hauptsächlich Fisch, Obst und Gemüse. Viele Leute liefen umher und erledigten ihre Einkäufe. Obwohl die Temperatur etwa 30 Grad betrug und die Sonne am Himmel strahlte, lag bereits etwas von Herbst in der Luft, und man hatte das Gefühl, dass der Sommer sich langsam seinem Ende näherte. Dominik und Katerina schauten sich an den Ständen um, kauften Pfirsiche, Tomaten und Gurken, ein großes Stück Schafskäse sowie einen Fünf-Kilo-Sack Kartoffeln. Einen größeren Fisch ließen sie vom Händler ausnehmen. Auf dem Rückweg zum

Apollon-Turm musste Dominik die Kartoffeln und den Käse in den Händen tragen, Katerinas Korbtasche war von den übrigen Einkäufen voll. In der Lobby kam ihnen diesmal ein braun gebrannter, älterer Herr mit Glatze entgegen, der eine Sonnenbrille trug. In der Wohnung begannen sie dann, das Essen zuzubereiten. Sie hatten sich für einen Auflauf aus Kartoffeln, Schafskäse, Auberginen und Fisch entschieden, gewürzt mit Oregano, Salbei und anderen mediterranen Gewürzen. Dazu richteten sie einen Salat aus Tomaten, Gurken, dem restlichen Schafskäse und viel Olivenöl an. Sie aßen auf dem Balkon, räumten Besteck und Geschirr anschließend in die Spülmaschine und gingen ins Schlafzimmer. Dort zogen sie sich gegenseitig aus und gönnten sich einen kuscheligen Quickie. Hinterher blieben sie entspannt im Bett liegen. Katerina meinte: „Du solltest Dich sobald wie möglich wegen der Instructor-Ausbildung mit Jorgos in Verbindung setzen. Es wird sicher toll, auf Serifos mit ihm zusammenzuarbeiten."

„Du willst wirklich, dass ich mit Dir nach Serifos komme?", fragte Dominik

„Natürlich", sagte Katerina in einem fast enttäuschten, verärgerten Ton. „Du nicht?"

„Doch, klar. Es scheint nur irgendwie alles viel zu gut, um wahr zu sein."

„Es ist aber wahr", erwiderte Katerina mit einem Lächeln, und die beiden umarmten sich unter der Decke.

Die Entdeckung

Die Wochen waren schnell vergangen. Jetzt wartete Dominik in einer Autoschlange vor der „Dionysios Solomos", derselben Fähre im Hafen von Piräus, zu der er vor einer Woche Katerina gebracht hatte. Um ihn herum war alles voll von Taxis, die Leute brachten und abholten, Lkw für den Lieferverkehr standen ebenso dort wie Privatwagen der Inselbewohner. Dazwischen liefen Fußpassagiere herum, unter ihnen der eine oder andere ausländische Student oder Backpacker, der noch spät im September in Südeuropa unterwegs war, und auch Mofas und Motorräder waren zu sehen. Alles schien wie vor fast vier Wochen, als Dominik in Ancona darauf wartete, auf die Fähre nach Patras zu fahren. Vor ihm stand ein kleiner Kühlwagen mit Werbung für EVGA Erdbeereis, rechts daneben saß ein älterer Herr in einer langen, grauen Arbeitshose und einem langärmeligen, weißen Hemd auf einer Vespa. Er trug keinen Helm und hatte eine brennende Zigarette im Mund. Hinten auf seinem Gepäckträger lag ein kleiner, schmutziger Koffer.

In den vergangenen drei Wochen war einiges passiert, zum Schluss hatten Dominik und Katerina beinahe wie ein Ehepaar zusammengelebt. Mehrere Nächte hatte sie in seiner Wohnung verbracht, da die näher an ihrem Arbeitsplatz lag, von Dominik aus konnte sie sogar zu Fuß dorthin gehen. Seine Vermieterin störte Katerinas Anwesenheit nicht, die beiden fanden sich sympathisch, und Dominik war mit ihr auch in einer von Angelikas Vorstellungen gewesen. Katerina hatte sowohl Früh- als auch Spätschichten, und ein paar Mal hatte Dominik sie abends vom Krankenhaus abgeholt, damit sie nicht allein nach Hause laufen musste. Sie gingen immer zusammen einkaufen und kochten auch gemeinsam. Dreimal waren die beiden noch beim Training mit Jorgos, einmal im Olympiazentrum und zweimal an dem Platz am Meer, an dem sie sich schon beim ersten Mal getroffen hatten. Von dort sind sie auch mit einem Boot weiter rausgefahren, da hatte Jorgos dann noch einige Studenten mitgebracht, die mehrere Prüfungselemente bei ihm absolvieren sollten. Auch Jenny war jedes Mal mit von der Partie gewesen. Sie hatte die beiden auch mal zu einem buddhistischen Treffen in Athen eingeladen, wo sie gemeinsam das „Nam Myoho Renge Kyo" rezitierten. Danach wiederholten sie das Miteinander noch mehrfach zu Hause. Draußen am Meer hatte Dominik nach drei vergeblichen Versuchen und unermüdlichen Ermunterungen durch Katerina schließlich auch zum zweiten Mal in seinem Leben die 40 Meter Tiefe geschafft und diesen sowie auch andere Teile seiner Instructor-Prüfung abschließen können, darunter die Rettungsübung, für die Katerina sich als Opfer zur Verfügung gestellt hatte. Diese Übung hatte er danach auch noch mal freiwillig mit dem wesentlich schwereren Jorgos als Opfer durchgeführt. Für den Instructor-Kurs war er fast jeden Tag zum Unterricht mit ihm gegangen und hatte auch alle schriftlichen und praktischen Trockenprüfungen hinter sich gebracht. Nun fehlten nur noch der Abschluss in der Vier-Minuten-Statik sowie die Staminaprüfung, bei der er mehrmals bis auf 20 Meter hinabtauchen müsste. Dominik war auch noch mal mit Katerina bei ihrer Mutter gewesen und hatte die beiden mit dem Auto zum Abendessen ins „Athines by the Sea" gebracht, damit die Mutter mal etwas anderes erlebte.

Heute war Samstag. Am Freitag der vergangenen Woche hatte er Katerina nach ihrer letzten Frühschicht dabei geholfen, ihre Sachen zusammenzupacken. Anschließend hatte sie ihre Wohnung im Apollon-Turm ein letztes Mal abgeschlossen und die Schlüssel beim Pförtner abgegeben. Sie hatte noch mal ihre Mutter besucht und dann bei Dominik übernachtet, bevor der sie am nächsten Tag zur Fähre fuhr. Danach war er noch eine Woche allein in Athen geblieben, um einige Formalitäten zu erledigen, die für den Abschluss bei Jorgos noch anstanden, dazu zählte auch eine ärztliche Untersuchung. Jorgos selbst würde mit einem Anhänger nach Serifos kommen, da er sein Boot, das auf der Insel lag, für den Winter wieder aufs Festland bringen wollte. Bei der Gelegenheit könnte er Dominik in den Betrieb des Tauchzentrums dort einarbeiten und ihm auch die restlichen Prüfungen abnehmen.

Jetzt hatte Dominik eine Reihe von Sachen im Auto, um die Katerina ihn gebeten hatte, weil sie auf der Insel teurer waren als in Athen. Neben einem Handwaschpulver sowie verschiedenen Dosensuppen und weiteren Lebensmitteln waren auch Tampons darunter: „Wenn es Dir nicht zu peinlich ist", hatte sie in der WhatsApp geschrieben. Als Überraschungsgeschenk hatte er bei Public auch noch ein großes Solarzellen-Kit für 200 Euro bestellt, auf dessen Lieferung er dann vier Tage warten musste. Katerina hatte ihm nämlich gesagt, dass sie einen neuen Fernseher und eine Starthilfe-Powerstation bekommen hätte. Das alles lag nun zusammen mit seinen eigenen Sachen einschließlich der Tauchausrüstung im Suzuki, der so vollgeladen war, dass Dominik wieder den hinteren Sitz hatte herunterklappen müssen. Als der FAGE-Lkw vor ihm anfing, sich zu bewegen, gab der ältere Herr auf der Vespa Gas und stieß sich mit den Füßen am Boden ab, um sich schnell vor die übrigen Fahrzeuge zu setzen. Dominik legte den Gang ein und fuhr hinter dem Lkw her. Über eine Rampe, auf der alles um ihn herum anfing zu vibrieren, gelangte er ins Schiff, wo ein Mann in weißer Uniform den Verkehr lenkte, der Kühlwagen vor ihm wurde nach links dirigiert, Dominik musste sich rechts halten. Der Uniformierte forderte ihn auf zu wenden und rückwärts einzuparken, sodass die Motorhaube seines Autos zur geöffneten Klappe wies. Der Kühlwagen, der ebenfalls gedreht hatte, stand jetzt neben ihm. Sein Fahrer stieg aus und hantierte mit mehreren Kabeln herum, um den Lkw für die fast fünfstündige Fahrt nach Serifos an den Schiffsstrom anzuschließen. Dominik nahm seinen kleinen Rucksack, in dem er ein paar Wertsachen hatte, quetschte sich an einem anderen Auto vorbei und ging zur Treppe, die zu den oberen Decks führte. Die Fähre war nur halb so groß wie jene, die er von Ancona nach Patras genommen hatte. In der Schlange auf dem Weg nach oben stand er hinter zwei jungen Frauen mit großen Rucksäcken, beide in kurzen Hosen und Trägerhemden, die eine trug eine Baseballkappe, die andere ein rotes Tuch auf dem Kopf. Sie waren schlank, hübsch und braun gebrannt und unterhielten sich auf Französisch über den Inhalt eines Reiseführers, in dem sie gerade lasen. Dominik kam das seltsam vor, denn eigentlich informierten sich junge Leute in dem Alter heutzutage doch eher mithilfe ihrer iPhones. Aber vielleicht hatten die beiden ja auch keinen vernünftigen Mobilfunkvertrag mit ausreichend Datenvolumen. Oder wollten sie etwa eine Art Nostalgieurlaub machen, so wie ihre Eltern vor 30 Jahren? Möglicherweise hatten sie Facebook, WhatsApp und Co. allmählich aber auch einfach nur satt. Hinter Dominik stand eine korpulente ältere Dame in einem langen, schwarzen Kleid, die einen kleinen Trolley hinter sich herzog und über der Schulter eine weiße Handtasche hängen hatte. Auf die Dame folgte ein etwas übergewichtiger, nass geschwitzter Mann mit Sonnenbrille, der eine lockere Jeans und ein hellgrünes Polohemd trug. Er hatte kräftige, behaarte und leicht gebräunte Arme und hielt in der einen Hand ein Handy, in das er hektisch hineinsprach, in der anderen dagegen einen Audi Funkschlüssel sowie eine Schachtel Marlboro Medium. Es war sehr warm im Unterdeck, und die Menschenschlange bewegte sich nur langsam vorwärts, wobei die beleibte Dame ihren Trolley zu allem Überfluss nur sehr schleppend Stufe um Stufe nach oben hievte. Die Hilfe, die sowohl Dominik als auch der Mann mit dem Handy ihr anboten, lehnte sie ab, und so hielt sie die Schlange hinter ihr noch weiter auf. Als Dominik endlich den Aufenthaltsbereich erreichte, sah er an der Bar einen uniformierten Mann, der in einer Schublade nach etwas zu suchen schien, im Regal dahinter standen Flaschen mit verschiedenen Whisky- und Ouzosorten wie beispielsweise Johnny Walker und Ouzo 12. Dominik folgte den beiden jungen Französinnen nach draußen und stieg die Treppe zum oberen Außendeck hoch, wo bereits mehrere Fahrgäste unter einem Plastikdach saßen, einige von ihnen rauchten und tranken aus Einwegbechern Frappé, den sie sich an der Bar besorgt hatten. Er ging weiter zum Heck des Schiffs und schaute auf den Hafen von Piräus. Es war ein sonniger, wolkenloser Tag, und Dominik betrachtete all die Nachkriegsgebäude in Plattenbauweise, die dort standen, ein Hochhaus mit etwa 20 Stockwerken war fast so hoch wie der Apollon-Turm, in dem Katerina gewohnt hatte. Seine gesamte Breite nahm eine Mobilfunkwerbung von Cosmote ein. In der Ferne erkannte Dominik die Berge, die Athen umschlossen, und die auch von Katerinas Wohnung aus zu sehen gewesen waren. Wie schon in Ancona beobachtete er auch hier wieder das Treiben unten am Kai mit den betriebsam umherlaufenden Crewmitgliedern und Passagieren, zwischen denen sich Taxis, Lkw und andere Autos ihren Weg bahnten. Während die letzten Fahrzeuge ins Schiff einfuhren, erschienen zwei Mofafahrer in langen schwarzen Hosen und grauen T-Shirts und hielten jeweils neben einem der mächtigen Poller, an denen die dicken Taue der Fähre festgemacht waren. Als nach der Einfahrt eines 7,5-Tonner Mercedes-Lkw dann die Heckklappe langsam hochgefahren wurde und die Motoren anfingen zu dröhnen, lösten die beiden Männer die Halttaue und warfen ihre Enden ins Wasser, Motoren zogen sie an Bord. Das Schiff bewegte sich mit geringer Geschwindigkeit vom Kai weg, und die Mofafahrer machten sich auf den Weg zu ihrem nächsten Einsatz irgendwo anders im Hafen. Dominik schaute zu, wie die Häuser von Piräus sich allmählich entfernten und die übrigen Hafenanlagen, an denen zum Teil andere Schiffe festgemacht hatten, an ihm vorbeizogen. Nachdem die Fähre einen kleinen Leuchtturm passiert hatte, nahm sie Kurs in südöstlicher Richtung. Vom Meer aus sah man in der Ferne die Betonbauten Athens, die grau und leicht gelblich in der warmen, frühherbstlichen Sonne strahlten. Dominik suchte nach dem Platz, an dem er mit den anderen tauchen war, konnte ihn jedoch nicht ausmachen. Nach einer Weile ging er runter zur Bar und bestellte sich einen Frappé. Mit diesem in der Hand setzte er sich auf eine Couch und beobachtete die Menschen um ihn herum, alte und junge, in einer Ecke sah er auch die übergewichtige, schwarz gekleidete Dame von vorhin auf der Treppe wieder. Neben ihr saß eine Frau, ein bisschen jünger als er selbst, die ein kleines Kind von etwa vier Jahren und ein Baby, das sie gerade stillte, bei sich hatte. Dominik schickte Katerina eine WhatsApp mit seiner Ankunftszeit, trank mit dem Strohhalm den Rest seines Frappés und ging noch mal nach draußen. Das Schiff hatte mittlerweile das äußerste Ende Attikas mit Kap Sounion an der Landspitze erreicht. Auf dem Außendeck bemerkte Dominik auch wieder den hektischen Mann aus dem Treppenhaus, er redete weiter in sein Handy, trank dabei Frappé und rauchte. Die beiden Französinnen waren in ihre Reiseführer vertieft. Dominik schaute aufs Meer hinaus und sah Attika in der Ferne verschwinden. Sie kamen an ein paar kleineren Inseln vorbei, bis nach gut drei Stunden um 18 Uhr zuerst auf Griechisch, dann auf Englisch die Durchsage erfolgte, dass sie in Kürze Kythnos erreichen würden. Als sie in den kleinen Hafen einfuhren, ertönte das Schiffshorn, die Fähre drehte sich, ließ langsam die Heckklappe herunter und näherte sich im Schritttempo dem Kai, wobei sie eine Menge Wasser aufwühlte. An Land standen mehrere Personen, und auch ein silbernes Taxi sowie einige andere Fahrzeuge warteten darauf, gleich an Bord zu kommen. Von der halb herabgelassenen Heckklappe warfen zwei Männer von der Crew die Seile hinunter, damit das Schiff wie in Piräus an Pollern vertaut werden konnte. Von oben verfolgte Dominik das anschließende Aus- und Einsteigen der Passagieren sowie das Aus- und Einfahren der Fahrzeuge. Das alles dauerte höchstens 15 Minuten, dann wurden die Taue wieder gelöst, und die Heckklappe hochgefahren. Die Fähre verließ den Hafen und wandte sich nach Süden. Es dauerte nicht mehr sehr lange, dann kam auch schon Serifos in Sicht. Sie fuhren an der Ostseite der Insel entlang, um von Süden zum Hafen von Livadi einzubiegen. Dominik ging wieder rein, wo sich an der Treppe zum Parkdeck hinab bereits eine Schlange gebildet hatte. Durch die Scheiben konnte er sehen, dass das Schiff sich drehte, und jetzt gab das Personal in der Garage auch den Weg frei, sodass die Schlange begann, sich zügig hinabzubewegen. Unten lief Dominik zu seinem Suzuki, öffnete die Fahrertür, warf seinen Rucksack auf den Beifahrersitz und stieg ein. Bald fingen dann auch zwei Männer in weißen Uniformen damit an, die Fahrzeuge hinauszudirigieren. Nachdem der FAGE-Lkw neben ihm losgefahren war, konnte auch Dominik sich daran machen, die Fähre zu verlassen. Draußen auf dem Kai sah er sofort Katerina und hielt neben ihr an. Sie öffnete die Beifahrertür und stieg ein, seinen Rucksack nahm sie auf den Schoß. Die beiden umarmten und küssten sich. „Du bist pünktlich", meinte Katerina. „Aber Zante Ferries sind meistens sehr zuverlässig, was den Fahrplan angeht." Sie schloss die Tür, und Dominik folgte den anderen Fahrzeugen, die sich sich langsam aus dem Hafen hinausbewegten.

„Mein Auto steht in der Stadt", sagte Katerina. „Wir könnten heute Abend bei der Mutter meines Chefs essen. Sie hat ein kleines Restaurant am Ende der Hafenbucht. Heute hat sie frisch geschlachtet, da gibts Lamm."

„Sehr schön", erwiderte Dominik. „Wie wars denn die letzte Woche hier auf der Insel so?"

„Komisch", antwortete Katerina. „Sehr komisch."

„Warum?", fragte Dominik.

„Es gibt Gerüchte, dass vor ungefähr zwei Wochen westlich

der Insel ein Flugzeug abgestürzt sei. Ich selbst habe gesehen, wie Kampfjets die Insel zweimal in niedriger Höhe überflogen haben, und die sahen nicht nach griechischen Jets aus. Außerdem wurde vor der Westküste eine komische Jacht gesichtet. Es wird auch über zwei Männer und eine Frau geredet, die nicht gerade wie Touristen wirken und in einem der Hotels wohnen. Sie fahren immer mit einen Ford Kombi mit Nummernschildern aus Attika rum."

„Seltsam", sagte Dominik. Die Fahrzeugschlange bewegte sich langsam Richtung Ort. Nach etwa fünf Minuten kamen sie zum Carrefour Supermarkt, ihm gegenüber hatte Katerina ihren hellgrünen Suzuki Swift geparkt. „Fahr einfach hinter mir her", sagte sie und stieg aus. Dominik fuhr mit seinem Wagen an den linken Fahrbahnrand, um so die anderen Autos passieren zu lassen, darunter den 7,5-Tonner-Mercedes-Lkw, den er in Piräus beim Einfahren in die Fähre schon gesehen hatte. Katerina stieg in ihren Suzuki, startete den Motor und fuhr los. Dominik folgte ihr entlang der Strandpromenade, vorbei an den Bars und Restaurants auf der linken Seite, rechts lag das Meer, weiter draußen im Wasser hatten ein paar kleine Holzboote festgemacht, aber auch ein größerer Segel-Katamaran sowie das eine oder andere Zodiac Schlauchboot. Am Strand standen Tische und Stühle, die zu den Restaurants und Bars auf der gegenüberliegenden Seite der Straße gehörten. Dominik musste einmal kurz halten, um eine Bedienung über die Fahrbahn zu lassen. Katerina fuhr an einem Hotel und einem kleinen Supermarkt vorbei, und am Strand wurden die Tische und Stühle allmählich weniger, bald standen nur noch einige Sonnenschirme von Hotels herum. Die Touristensaison war zu Ende, die Strände leer, und in den Cafés oder Restaurants saßen nur noch Einheimische, lediglich ab und zu auch mal ein Herbsturlauber vom Festland. Es war bereits sieben Uhr abends, die Sonne war untergegangen, und der Himmel leuchtete orange. Am Ende des Hafens war die Straße nicht mehr asphaltiert. Bald folgte auf ein

Haus auf der linken Seite ein kleiner, staubiger Hof mit etwas Grasbewuchs. An ihn schloss ein zweistöckiges Gebäude an, das auf den Hof hin ausgerichtet war, davor standen Tische und Stühle, links führte ein Eingang wohl in eine Küche. Katerina bog ab und hielt fast direkt neben einem der Tische, Dominik parkte hinter ihr. Beide stiegen aus, und sie ging zu ihm hin. Sie nahm seine Hand, küsste ihn und schaute auf die Dinge, die er hinten im Auto hatte.

„Du hast ja schon so einiges mitgebracht", stellte sie fest. Dominik griff nach unten zum Hebel neben dem Fahrersitz und entriegelte die Heckklappe. Als er sie öffnete, entdeckte Katerina zuallererst das Solarzellen-Kit. Sie strahlte vor Freude und küsste ihn erneut. „Du weißt wirklich, was praktisch ist, jetzt haben wir abends mehr Licht", sagte sie. Dann bemerkte sie die Kartons mit Fleisch, Suppen und Fischkonserven, schließlich auch den mit den Tampons und anderen Hygieneartikeln. „Du bist echt ein Sweetie, es ist Dir also wirklich nicht zu peinlich gewesen", stellte sie fest.

„Ich denke nur praktisch", sagte Dominik, hielt sie nahe an sich und drückte dabei ihren Hintern. „Die Sachen brauchen wir, wenn wir den ganzen Monat Speerfischen und Wassersport machen wollen", setzte er hinzu.

Sie nahm ihn an der Hand und führte ihn Richtung Küche. In dem Moment kam eine alte Dame um das Haus herum. Sie trug einen blutbefleckten weißen Kittel, einen langen Rock mit blauem Blumenmuster, weiße Pantoffeln und weiße Strümpfe, die ihre Unterschenkel halb bedeckten. Sie erinnerte Dominik an die alte Frau mit ihrem übergewichtigen Sohn in der Taverne, in der er vor fast vier Wochen mit Jenny gegessen hatte.

„Jassas", sagte sie, als sie Katerina und Dominik sah, und lächelte. Ihre Zähne waren in genauso schlechtem Zustand wie bei der Frau vor ein paar Wochen.

„Jassas", antwortete Katerina. Plötzlich kam ein Herr

dazu. Er war ungefähr 50 Jahre alt, nicht sehr groß, hatte aber einen muskulösen, breiten Oberkörper und sehr kurze Haare. Er war angezogen wie ein Handwerker, mit einem alten T-Shirt und ebenso alten Jeans, und trug einen orangefarbenen Eimer mit Blut. Katerina begrüßte ihn, und die beiden unterhielten sich kurz, bevor der Mann mit dem Eimer im Haus verschwand.

„Das sind mein Chef und seine Mutter", erklärte Katerina. „Die waren gerade beim, ja, Schlachten."

„Das habe ich gesehen" entgegnete Dominik und nahm Augenkontakt zu der alten Dame auf. Die beiden lächelten einander zu, während Katerina diesen wortlosen Austausch beobachtete, er kam ihr ähnlich vor wie jener zwischen Dominik und ihrer Mutter. Sie hörten, dass der Mann den Eimer irgendwo im Haus auskippte, danach wurde eine Toilettenspülung betätigt und Wasser laufen gelassen. Der Mann kam wieder zurück und sah Dominik an.

„Ich nehme an, Du bist Katerinas Freund, sie hat viel von Dir erzählt. Ich bin Doktor Alexander Angelopoulos, oder Alex, ist einfacher", sagte er ruhig und gelassen in fast perfekt amerikanischem Englisch. Er lächelte und hielt Dominik die Hand entgegen. Der ergriff sie und stellte sich vor: „Dominik."

„Dies ist meine Mutter", fuhr Alexander fort und zeigte mit der Hand auf die alte Dame. „Sie gibt Dir aber nicht die Hand, weil sie sich erst noch sauber machen muss. Wir haben gerade geschlachtet."

Die alte Dame verschwand im Haus, und wieder war laufendes Wasser zu hören. Alexander unterhielt sich kurz auf Griechisch mit Katerina, zeigte ihr und Dominik dann einen Tisch, und die beiden setzten sich. „Ich habe ihn gefragt, ob er Hilfe brauche, aber er hat ‚Nein' gesagt", meinte Katerina.

Alexander ging in der Küche und rührte in ein paar Töpfen herum. Danach kam er wieder raus und ging zu den beiden hin. Auf Englisch sagte er: „Wir wollen jetzt das Lamm grillen, das wir gerade geschlachtet haben. Ihr könnt kommen und mit dem Feuer helfen. Wir haben auch Kartoffeln heute Abend mit Spinat und geschmorten Tomaten."

„Hört sich lecker an", erwiderte Dominik und stand mit Katerina zusammen auf.

Alexander ging noch mal hinters Haus und kam mit einem Metallgrill zurück, in dem größere Stücke Holz lagen. Dann holte er eine Kiste mit Zeitungspapier und kleinen Holzscheiten aus der Küche, und Dominik und Katerina halfen ihm, den Grill anzuzünden. Das Feuer begann langsam zu brennen, und Alexander fachte es weiter an, indem er mit einem Fächer über den Grill wedelte, während Dominik und Katerina mit dem Mund Luft zupusteten. In der Zwischenzeit kam eine Gruppe von vier Erwachsenen und zwei Kindern. Bei den Erwachsenen handelte es sich um zwei Männer und zwei Frauen, offensichtlich Paare, eines um die 65, das andere etwa Mitte 30. Die Kinder, ein Mädchen und ein Junge, waren ungefähr fünf und acht Jahre alt. Vermutlich waren es Eltern, Großeltern und Enkelkinder. Alle sechs waren sehr gut angezogen, insbesondere die jüngere Frau, ihre tiefbraun gebrannte Haut stand im deutlichem Kontrast zu der weißen Designerbluse, die sie trug. Alexander begrüßte die neuen Gäste mit „Jassas", sprach kurz mit ihnen und wies ihnen zwei zusammengerückte Tische auf der staubigen, trockenen Wiese an. Mittlerweile war das Feuer in Gang gekommen, und Alexander verschwand noch mal hinter dem Haus, um eine Plastikwanne mit frisch geschnittenem Fleisch zu holen. Obenauf lagen eine Grillzange und ein Eisengitter. Er stellte die Wanne auf dem Boden ab, dann setzte er das Gitter auf den Grill und fing an, Fleischstücke draufzulegen. Allmählich verbreitete sich mit dem Rauch des Feuers auch ein leckerer Geruch von gegrilltem Lamm. Die Gruppe unterhielt sich, und zwei der Erwachsenen, der ältere Herr und die jüngere Dame, zündeten sich Zigaretten an, Alexander brachte ihnen zwei Aschenbecher. Dominik und Katerina setzten sich wieder an ihren Tisch, während Alexander sich weiter um das Fleisch auf dem Grill kümmerte und sich nebenher sowohl mit der Sechsergruppe als auch mit ihnen unterhielt. Nach einiger Zeit kam seine Mutter mit zwei großen Salattellern heraus, einen in jeder Hand, gefüllt mit Gurken, Tomaten, Oliven, Zwiebeln, grünen Paprika und jeweils einem großen, weißen Stück Fetakäse. Einen Teller stellte sie auf den Tisch von Dominik und Katerina, den anderen brachte sie der Familie. Alexander verließ kurz seinen Posten am Grill, um einen Stapel von acht Tellern und Besteck aus der Küche zu holen. Nachdem er das alles verteilt hatte, fingen Dominik, Katerina und die Familie mit dem Salat an. Obwohl der schon mit Olivenöl angemacht war, stellte Alexander zusätzlich noch eine Flasche dazu. Dann legte seine Mutter drei runde Holzbretter auf einen der Tische neben Katerina und Dominik, und Alexander brachte die Töpfe mit dem Spinat, den gekochten Tomaten und den Kartoffeln aus der Küche. Nun waren auch die ersten zwei Stücke Fleisch fertig, der ältere Herr der Familie holte sie mit seinem Teller am Grill ab und brachte sie den Kindern. Das Mädchen konnte bereits mit Messer und Gabel umgehen, der Junge noch nicht, sodass die jüngere Dame ihre Zigarette kurz auf den Aschenbecher legte und ihm das Fleisch in kleine Stücke schnitt. Da es immer dunkler wurde, schaltete Alexanders Mutter die Außenbeleuchtung an, die weißen Birnen, die in den Bäumen verteilt waren, spendeten ein angenehmes Licht.

„Ich kriege richtig Hunger", sagte Katerina, als sie aufstand und zu dem Tisch mit den Töpfen hinüberging. Dominik folgte ihr, und sie füllte sich und ihm von allen drei Speisen auf. Dann holten sie sich noch jeweils ein Stück Lamm vom Grill und setzten sich wieder hin, um zu essen. Jetzt bediente sich auch die Familie an den Töpfen und holte sich weiteres Lamm. Im Laufe der Zeit kamen noch andere Gäste, sie alle wurden von Alexander und seiner Mutter begrüßt und versorgten sich am Grill und an den Töpfen. Alexander holte eine zweite Wanne mit Fleisch hinter dem Haus hervor und grillte weiter. Nach einer Weile erschien auch seine Frau mit ihrem Sohn zum Essen. Katerina ging kurz in die Küche und kam mit einem Glas Wein und einer kleinen Flasche Fanta für Dominik zurück.

„Das ist hier ja wie ein richtiges kleines Familientreffen", meinte Dominik.

„Ja", stimmte Katerina zu. „Außerhalb der Touristensaison sind auf Serifos alle eine große Familie. Seit zwei Jahren ist das hier meine Ersatzfamilie. Jedes Mal, wenn Alexander und seine Mutter schlachten, kommt der ganze Ort zum Essen. Entweder die Leute zahlen, oder sie helfen auf dem Bauernhof. Ich esse normalerweise umsonst. Aber ich bringe auch Sachen aus meinem Garten. Und meine Ziege produziert ziemlich viel Milch, die verwendet Alexanders Mutter für ihren Käse."

Die Zeit verging, und als Dominik und Katerina auf ihre Handys schauten, war es bereits halb neun. In der Dunkelheit war das Licht der Außenbeleuchtung sehr gemütlich, und die Gäste auf dem Hof unterhielten sich, aßen, tranken und rauchten. Dominik hatte nur ein T-Shirt und eine kurze Hose an, und er spürte, dass ihm ein bisschen kühl wurde, abends merkte man jetzt schon, dass der Herbst im Anzug war, gerade auf der Insel. Katerina ging wieder in die Küche und brachte diesmal einen Teller mit sechs Feigen mit.

„Die wachsen hier auf der Insel überall wild", sagte sie und zeigte Dominik, wie man sie öffnete und aß. Als sie damit fertig waren, gingen sie noch mal zu Alexander, der mit seiner Frau und seinem Sohn nun auch beim Essen an einem der Tische saß. Das letzte Fleisch war gegrillt und lag auf einem Teller neben dem Grill, in dem jetzt nur noch Holzreste glühten. Alexanders Mutter kam kurz dazu, legte ihrem Enkel die Hand auf die Schulter und sagte etwas zu ihm. Er drehte sich zu ihr um und hörte seiner Großmutter aufmerksam zu. Katerina sprach ein paar Worte auf Griechisch mit Alexander und seiner Mutter, die daraufhin in die Küche ging und mit einer Rolle Alufolie zurückkam. Sie wickelte zwei der übriggebliebenen Fleischstücke ein und überreichte sie mit einem Lächeln in ihren Augen Dominik. „Efcharisto poli", bedankte der sich und legte eine Hand aufs Herz. „Parakalo", antwortete die Mutter und führte beide Hände an ihr Herz. Katerina verabschiedete sich mit einem „Kalinichta" von Alexander und dessen Familie, dann liefen sie und Dominik zwischen den Tischen der anderen Gäste hindurch zu ihren Autos.

„Fahr einfach wieder hinter mir her", sagte sie, als die beiden dort ankamen. Dominik stieg ein und fuhr rückwärts vom Hof. Er hielt neben einem Tisch, an dem ein Ehepaar saß, um Katerina vorzulassen und ihr dannzu folgen. Sie fuhr am Hafen entlang, bog aber, kurz bevor sie den Ort erreichten, rechts auf eine Nebenstraße ab. Die endete an einer T-Kreuzung, an der Katerina sich wiederum rechts hielt, um an einem kleinen Abhang von etwa einem Meter Tiefe vorbeizufahren. An den Hang grenzte eine Wiese mit einem Gemüsegarten, dahinter lag ein Haus. Auf einem Hof links der Straße standen verlassene und verrostete Pkw und Lastwagen herum. Im Licht der Scheinwerfer strahlte der Asphalt der Fahrbahn sehr hell, dabei wirbelte Katerinas Wagen viel Sand und Staub auf. Die Straße verlief dann steil bergauf und führte nach mehreren Kurven an einem Platz vorbei, auf dem eine Reihe von Bussen geparkt war, bevor sie ganz oben dann ein Dorf erreichten. Auf dessen zentraler Platia saßen einige ältere Herren und tranken Ouzo, vor einem kleinen Nachtklub standen im Schein einer blauroten Beleuchtung mehrere junge Leute. Der Platz selbst war durch eine große Straßenlaterne, Lichterketten in den Bäumen sowie die Lampen aus ein paar noch immer geöffneten Läden in recht helles Licht getaucht. Am Ende des Dorfes fuhren sie wieder in die Dunkelheit hinein, die Scheinwerfer beleuchteten die staubige, grob asphaltierte Straße und die Felsen, die links der Fahrbahn aufragten, während sie nach rechts steil in ein Tal abfielen, hinter dem das Meer das weiße Licht des hoch am Himmel stehenden Vollmonds reflektierte. Berge, die auf der anderen Seite des Tals lagen, waren dagegen ins Dunkel der Nacht gehüllt. Die beiden kamen an eine weitere T-Einmündung, an der ihre Scheinwerfer alte, verrostete Straßenschilder anstrahlten, die ausschließlich mit griechischen Buchstaben beschriftet waren.

Katerina bog rechts ab, und im Schein des Mondes folgten sie der nächtlichen Straße. Nach mehreren Kurven bremste Katerina und fuhr nach links auf einen nichtasphaltierten Weg, der nur schwer zu erkennen und von ausgetrockneten Büschen und anderen Pflanzen gesäumt war. Durch weitere Kurven ging es eine längere Strecke bergab, dann begradigte sich der Weg für das letzte Stück zum Meer hinab. Sie kamen zu zwei Häusern, die auf der rechten Seite standen, in einem von ihnen brannte ein schwaches, gelbes Licht, das nicht von einer elektrischen Quelle herzustammen schien. Plötzlich stürmte aus einem der Gärten vor den Häusern ein Hund und rannte bellend hinter Dominiks Auto her. Dann erschien links ein grünes Haus, vor dem Katerina anhielt. Im Scheinwerferlicht lief der Hund zwischen ihren Autos hin und her und blieb schwanzwedelnd vor Dominik stehen, als dieser ausstieg. Er war mittelgroß und hatte ein braunweißes Fell. Dominik hockte sich vor ihn hin und streichelte ihm den Kopf, wies den Hund aber mit einem „Pfui" zurecht, als der ihm das Gesicht leckte. Hinter dem Haus hörte er Geräusche von Hühnern und einer Ziege, die vom Bellen des Hundes wohl geweckt worden waren. Zu all dem bildete das sanfte Rauschen des Meeres eine Art Hintergrundmusik. Über dem Berg, den sie gerade heruntergekommen waren, leuchtete der Vollmond, und in seinem Schein waren auch der Strand und das Wasser ziemlich gut zu erkennen, am Himmel funkelten ein paar Sterne. Bis dorthin, wo der Strand begann, wurde der Platz vor dem Haus von den Scheinwerfern der Autos erhellt. Mit einer strahlenden LED-Taschenlampe und dem eingeschalteten Licht ihres Handys ging Katerina zu Dominik hin, begrüßte den Hund auf Griechisch und streichelte ihn. Mit einem Mal kam aus dem Haus, in dem das Licht schien, ein Mann auf sie zu. Auch er hatte eine Taschenlampe bei sich, eine brennende Zigarette in der anderen Hand glimmte im Dunkel. „Kalispera", begrüßte er die beiden. Bei der schwachen Beleuchtung war er nicht richtig zu erkennen, seine Stimme und die langsamen Bewegungen verrieten aber, dass er schon alt sein musste. Als er dann im Scheinwerferlicht zwischen den Autos bei ihnen stand, sah Dominik ihn besser. Er trug ein graues, oben offenes Hemd, eine olivgrüne Hose sowie Pantoffeln, in denen seine nackten Füße steckten. Seine Haut war sehr braun gebrannt und von Falten durchzogen. „Kalispera", gab Katerina zurück. Sie unterhielt sich mit dem Mann und zeigte dabei auf Dominik. Der Alte nahm die Zigarette zwischen die Lippen und hielt Dominik mit einem zahnlosen Lächeln die freie Hand entgegen. Der ergriff sie und sagte auch: „Kalispera." Nachdem Katerina noch etwas mit dem Mann geredet hatte, verabschiedeten sich alle drei mit „Kalinichta." Katerina lief zu ihrer Haustür. Der Hund folgte ihr und wedelte mit dem Schwanz, bis sie sich umdrehte, etwas auf Griechisch sagte und mit dem Finger auf das Haus des alten Mannes zeigte. Der rief ihn auch zu sich, und gemeinsam liefen Herrchen und Hund zu dem schwach beleuchteten Haus zurück, das blaue LED-Licht und die glühende Zigarette begleiteten ihre dunklen Silhouetten.

Als Katerina ohne aufzuschließen ihre Haustür öffnete, fragte Dominik: „Schließt Du Deine Tür nie ab?"

„Nein", antwortete sie, „das macht niemand hier. Es ist schön, weil du so immer nach dem Haus des Nachbarn schauen kannst. Ich lasse auch das Auto auf und den Schlüssel stecken. Du musst nur die Fenster zumachen, damit kein Staub, Regen oder Tiere reinkommen." Jetzt erst bemerkte Dominik, dass auch er unabsichtlich den Schlüssel in der Zündung stecken gelassen hatte.

Die Tür des Hauses war zwar aus dünnem Holz, ansonsten aber handelte es sich doch um einen recht soliden Steinbau. Katerina machte eine kleine LED-Laterne an, in deren schwachem Schein der ganze Eingangs-, Wohn- und Küchenbereich zu sehen war. Das kleine Haus erinnerte Dominik an die Hütten, die er von Campingplätzen in Deutschland und den USA kannte. Die Laterne stand auf einem kleinen Tisch, neben dem ein Sofa mit einem Kaffeetisch davor seinen Platz hatte, und als die Beiden ihre Handys mit eingeschaltetem Licht dazulegten, war alles noch besser zu erkennen. In der linken Wand des Wohnbereichs öffnete sich ein Fenster, daneben fand sich ein sehr modern wirkender, roter Sessel, an den nach rechts ein schwarzer Holzofen anschloss, dessen Abzugsrohr durch die Wand geführt war. Vor der Wand gegenüber der Haustür stand auf einem weiteren Tisch ein kleiner Flachbildfernseher mit einer DVBT-Antenne, er war mit einer Zwölf-Volt-Schnur an eine Starthilfe-Powerstation am Boden angeschlossen. Rechts davon lag der Eingang zum Schlafbereich, ein Vorhang fungierte als Tür. Neben der Haustür folgten auf der rechten Seite ein Kühlschrank und daran anschließend ein Waschbecken über einem Holzkonstrukt mit einem Vorhang sowie ein billiger Esstisch mit Stühlen. Auf einem anderen Tisch stand ein zweiflammiger Campingherd, der durch einen Schlauch mit einer Gasflasche verbunden war. Ein etwas größerer Topf aus dünnem Metall und ein kleinerer für griechischen Kaffee waren auf dem Kocher abgestellt, links daneben eine Pfanne, in ihr lagen zwei Teller, Löffel, Messer und Gabeln, dazu noch ein Pfannenwender. Ganz rechts trennte ein Vorhang aus dem gleichen Stoff wie die beiden anderen und auch mit demselben Muster das Bad ab. Daneben fanden sich in einem hohen Regal Dosen mit Fisch- und Fleischkonserven, außerdem eine 200-Gramm-Dose Nescafé.

Katerina ging ins Schlafzimmer und kam mit einem Gegenstand zurück, der wie ein Buch aussah. Als sie ihn aufmachte und auf den Kaffeetisch vor dem Sofa legte, erstrahlte eine kleine LED-Leuchte. Das Papier vor ihr faltete sich beim Öffnen wie ein Akkordeon auf und verstärkte das Licht, womit der Eindruck eines offenen Buches entstand, dessen Seiten hell leuchteten.

„Interessante Lampe", meinte Dominik. „So was habe ich noch nie gesehen."

„Ja", antwortete Katerina. „Alexanders Frau hat sie in einem Schreibwarenladen in Athen gefunden. Sie ist total einfach über USB zu laden."

Mit den Handys im Taschenlampenmodus, der LED-Laterne, der „Buchlampe" und Katerinas Taschenlampe war es so hell, als hätten sie eine ganz normale elektrische Beleuchtung. Dominik bemerkte, dass die Wände nicht gestrichen waren, und dass ihre graue Farbe von den nackten Steinen herrührte, die einfach mit Zement dazwischen aufeinander gestapelt waren. Auch der Boden bestand aus Zement, es gab weder Parkett noch Kacheln, im Wohnbereich lag lediglich ein roter Teppich, auf dem das Sofa und der Teetisch standen.

„Ich muss für die Nacht nach meinen Tieren schauen, sehen, ob bei ihnen alles in Ordnung ist", sagte Katerina, „Du kannst ja solange ein bisschen fernsehen und Griechisch lernen." Sie betätigte einen Schalter an der Powerstation und machte den Fernseher an. Auf dem Bildschirm erschien zunächst der Schriftzug „ODYS", danach waren Bilder des Premierministers zu sehen. Er hatte mehrere Mikrofone von verschiedenen Fernsehanstalten vor sich, darunter eines der ARD. Alles war nur auf Griechisch, und Dominik verstand kein Wort. Derweil ging Katerina mit ihrer Taschenlampe nach draußen. Dominik entschloss sich, sein Auto auszuräumen und holte zuerst das Solarzellen-Kit und dann nach und nach die anderen Sachen ins Haus. Zum Schluss machte er bei beiden Wagen das

Licht aus und schloss die Fenster und Türen, ließ die Schlüssel aber in den Zündschlössern stecken. Dann begann er, die Konservendosen ins Regal zu packen. Nach einer Weile kam auch Katerina mit ihrer Korbtasche über der Schulter zurück, in der rechten Hand hielt sie die Taschenlampe, in der linken die in Alufolie verpackten Lammkoteletts. „Mir ist kalt", sagte sie und machte die Tür hinter sich zu. Sie legte die Koteletts in den abgeschalteten Kühlschrank, der nur als eine Art Frischelager oder Speisekammer diente, bevor sie Dominik, dem auch etwas kühl geworden war, dabei half, die Sachen ins Regal zu räumen. Die Formil Express Waschmittelkartons, die er bei Lidl gekauft hatte, stellten sie nach unten, ins Fach darüber die Hygieneartikel. Die Konserven brachten sie weiter oben unter.

„Wir sollten bald ins Bett gehen", meinte Katerina, „und nicht so viele Batterien fürs Licht verschwenden. Was zu tun ist, muss bei Tageslicht gemacht werden, so wie früher auf den Bauernhöfen. Die Tiere schlafen jetzt ja auch." Im Hintergrund lief die ganze Zeit der Fernseher, im Moment war der Bildschirm zweigeteilt. In der linken Hälfte war ein Mann in einem dunkelblauen Sakko und oben geöffnetem, weißem Hemd ohne Krawatte zu sehen, der mit einem anderen, bärtigen Mann rechts sprach, auch der in einem weißen Hemd ohne Krawatte, allerdings auch ohne Sakko.

„Diesen Scheiß brauchen wir nicht mehr", sagte Katerina und schaltete den Fernseher mit der Fernbedienung aus. „Bald kommt der Herbst", fuhr sie fort, „da muss ich den Holzofen wieder in Betrieb nehmen und die Gasheizkörper aus dem Lager holen. Und Propan muss ich besorgen. Übrigens, es gibt hier nicht nur keinen Strom, sondern auch kein fließendes Wasser. Im Bad steht ein Eimer neben der Toilette, den nehme ich zum Spülen. Zum Glück haben wir hier eine Faulgrube."
„Wo kommt denn das Wasser her?", fragte Dominik.

„Hinten gibts einen 1000-Liter-Tank, ich zeige ihn Dir morgen. Da wird das Wasser von einem riesigen Reservoir aus reingepumpt, das in der Nähe vom Restaurant von Alexanders Mutter liegt. Wir sind die einzige Kykladeninsel, die ihre eigene Wasserversorgung hat. Es muss nicht extra mit Tankern hergebracht werden. Wenn Du den Berg raufläufst, kannst Du die klapprigen Metallleitungen und die Schläuche sehen, die das Wasser runterbringen und den Tank vollhalten." Sie löschte das Licht an der Powerstation und erklärte: „Ich muss Strom sparen, will mein Handy noch aufladen." Aus ihrer Korbtasche nahm sie ein USB-Kabel und steckte es in einen der Ports vorne an der Powerstation. Daraufhin holte auch Dominik ein Kabel aus seiner Duffel, um sein Handy ebenfalls dort anzuschließen. Den Taschenlampenmodus schalteten beide aus.

„So wie Du das alles hier beschrieben hattest, wäre ich eigentlich gar nicht auf die Idee gekommen, dass Du hier Fernsehen hast", sagte er.

„Die Powerstation und den Fernseher hat mir Alexanders Frau vor zwei Tagen geschenkt", entgegnete Katerina. „Sie war kurz in Athen und hat beides da gekauft. Aber wie Du siehst, ist die Anzeige vorne schon halb runter. Ich muss bald Strom kriegen, da wird mir Dein Solar-Kit auf jeden Fall helfen, das war echt eine super Idee. Übrigens, fürs Handy ist der Empfang hier ganz gut." Sie umarmte ihn, und im schwachen Licht küssten sich die beiden. Katerina nahm die LED-Laterne, verschwand kurz ins Bad. putzte sich die Zähne und ging zur Toilette. Dominik konnte alles hören und fing an zu kichern.

„Warum lachst Du?", fragte Katerina hinter dem Vorhang.

„Hier draußen hört man jedes Geräusch, was machen wir, wenn Gäste vorbeikommen?"

Als sie wieder rauskam, lachte sie ebenfalls. „Wenn Du aufs Klo gehst, bitte spülen. Ich will zwar nur das Nötigste an Wasser verbrauchen, aber Urin stinkt furchtbar, wenns über Nacht steht", sagte sie und fügte hinzu: „Zweimal pinkeln, einmal spülen. Links vom Waschbecken gibt es übrigens einen zweiten Eimer, von dem Wasser kannst Du trinken und Dir die Zähne damit putzen. Nimm einfach einen der Plastikbecher am Waschbecken, um Deine Zahnbürste reinzustellen und Deinen Mund auszuspülen."

Sie ergriff eine der beiden Laternen und nahm sie mit ins Schlafzimmer, im Wohn- und Küchenbereich spendete die Buchlampe weiterhin Licht. Dominik holte Zahnbürste und Zahnpaste aus seiner großen Duffeltasche und ging ins Bad. Den Vorhang ließ er offen, damit Licht aus dem Wohnzimmer reinkam. Rechts war die Toilette, dahinter das Waschbecken mit zwei Plastikbechern, von denen einer leer war. Links hing von einem Haken an der Decke eine Campingdusche herab, ein schwarzer Beutel mit Schlauch und einem primitiven Duschkopf daran. Wenn man den Beutel in die Sonne legte, bekam man warmes Wasser. Für die Dusche gab es keinen abgetrennten Bereich, das Wasser lief in der Mitte des Bads durch ein Metallgitter im Boden ab. Toilette und Waschbecken hatten ihre eigenen Abflüsse, die getrennt voneinander unter der Erde an die Faulgrube angeschlossen waren. Links vom Waschbecken war dem Eingang gegenüber ein Fenster mit mattiertem Glas in die Wand eingelassen. Daneben hingen Katerinas blauer Bademantel und ein gelbes Handtuch an zwei Haken. Dominik putzte sich die Zähne und benutzte die Toilette, dann ging er durch den Wohn- und Küchenbereich zum Schlafzimmer, auf dem Weg dorthin schloss er die Buchlampe auf dem Kaffeetisch, um sie auszuschalten. Das Bett war hinter dem Vorhang an die rechte Wand geschoben, zur linken Wand blieb gerade mal ein Abstand von anderthalb Metern. Vor dem Bett stand ein offener Kleiderschrank, in dem rechts mehrere Sachen wie Blusen, Jeans und sogar der orangefarbige Bikini hingen, den Katerina immer unter dem Tauchanzug trug. Die linke Hälfte nahmen Regalbretter mit kleineren Kleidungsstücken wie Strümpfen, Slips und T-Shirts ein. Gegenüber vom Zugang zum Schlafzimmer hing ein schwarzer Vorhang vor einem kleinen Fenster. Katerina lag bereits zugedeckt und zur Wand gedreht auf der rechten Seite des Betts, Jeans, BH, Höschen und Bluse hatte sie auf den Boden gelegt. Die LED-Laterne stand auf der linken Betthälfte. Dominik zog sich nackt aus und kroch unter die Decke. Katerina drehte sich um und schaute ihn mit halboffenen Augen an, während er das Licht löschte. Sie kuschelten sich aneinander, und da beide ziemlich müde waren, schliefen sie rasch ein.

Am nächsten Morgen wurde Dominik vom Krähen des Hahns geweckt. Der schwarze Vorhang deckte das Fenster nicht vollständig ab, sodass Licht ins Zimmer fiel. Er schaute an die Decke und bemerkte erst jetzt, dass sie aus Holz war. Katerina neben ihm schlief noch, sie schien an die morgendlichen Geräusche gewöhnt zu sein. Dominik blieb noch eine halbe Stunde liegen und versuchte, wieder einzuschlafen, doch ohne Erfolg. Er drehte sich zu Katerina hin, fuhr ihr mit der Hand zärtlich über den Kopf und küsste sie auf die Stirn. Sie bewegte sich etwas, wurde aber nicht wach. Dominik stand auf und ging in die Küche. Es war kühl im Haus, sodass er eine lange Jeans und ein langärmeliges Hemd aus seiner Tasche holte und anzog. Durch die Flipflops, in die er schlüpfte, spürte er, wie körnig und grob der Betonboden war. Dann füllte er zwei Plastikbecher mit Wasser, gab jeweils einen Löffel Nescafé aus der Dose im Küchenregal hinein und rührte so lange, bis der Kaffee sich aufgelöst hatte. In der Zwischenzeit war Katerina aufgewacht und kam nun nackt aus dem Schlafzimmer. Ganz offensichtlich war ihr kalt, denn sie lief schnell ins Bad, um sich ihren Bademantel zu holen, bevor sie Dominik einen Kuss gab und sich, noch immer verschlafen, zu ihm an den Esstisch setzte.

„Kalimera", begrüßte er sie. „Das hier ist eine von meinen Erfindungen, die ich bisher noch nicht für Dich gemacht habe. Frappé gerührt, niemals geschüttelt. Genau das Gegenteil davon, wie James Bond seine Martinis immer trank."

Katerina lächelte ihn an und nahm einen kleinen Schluck.

„Schön", sagte sie, „aber ein bisschen zu bitter für mich, da muss noch Zucker rein."

„Sorry, ich habe keinen reingetan", antwortete Dominik.

Katerina stand auf, holte ein Glas Zucker aus dem Regal und gab zwei Löffel in ihren kalten Kaffee. So langsam wurde sie auch wach. „Ich würde gerne schwimmen gehen", sagte sie.

„Machen wir", stimmte Dominik zu.

„Jetzt ist es acht Uhr. Alexander erwartet mich um zehn. Er braucht mich heute nur bis drei, für die Nacht kommt dann eine andere Schwester aus Kythnos. Wir könnten einen Quickie machen."

„Nackt?", fragte Dominik.

„Klar", entgegnete Katerina, und beide lächelten. „Der alte Mann ist noch nicht wach", setzte sie hinzu, „er sieht uns nicht, und wenn doch, macht es ihm nichts aus."

„Wie heißt er übrigens?"

„Kostas."

„Hat er eine Frau?"

„Sie ist vor ein paar Jahren gestorben. Seitdem ich hier bin, wohnt er alleine. Ab und zu kommt sein Sohn mit den Enkelkindern zu Besuch, die wohnen auch auf Serifos. Kostas hat mir mit den Tieren sehr geholfen, als ich weg war."

„Lebt er auch ohne Strom?", fragte Dominik.

„Ja", antwortete Katerina, „und auch ohne fließendes Wasser, genau wie ich. Wir kriegen beide unser Wasser aus dem großen Tank, von dem ich Dir gestern Abend erzählt habe. Das andere Haus neben ihm gehört ihm auch, aber da wohnt im Moment keiner."

Nachdem sie ihren Kaffee ausgetrunken hatten, stand Katerina auf, ging noch mal ins Schlafzimmer und kam mit Flipflops an den Füßen zurück. „Hast Du Deinen Bademantel mitgebracht?", fragte sie. Dominik ging zu seiner Duffeltasche und holte einen weißen Bademantel heraus, der noch aus Deutschland stammte und den er bis vor einiger Zeit in einer Therme benutzt hatte. Er zog sich nackt aus und schlüpfte hinein. Dann nahm Katerina ihn an der Hand und führte ihn vor die Tür. Es war ein wolkenloser Tag, die Sonne schien hell, und obwohl es im Haus noch kühl war, wurde es draußen schon warm. Hand in Hand gingen sie hinters Haus, wo ein Zaun ein einfaches Gehege umschloss, das zweigeteilt war. Im rechten Bereich liefen einige braune Hühner rum, während ein Hahn in der Ecke saß und um sich herum schaute, im linken Teil fraß eine Ziege gemächlich Gras, das am Rand aufgehäuft war. Links der Umzäunung stand eine Holzhütte, vor der aufgestapeltes Holz lag, rechts wuchsen auf einem kleinen bewässerten Abschnitt Gurken und Tomaten. Hinter dem Gehege erstreckte sich ein Olivenhain, in dem Dominik auf einem Holzgerüst einen großen Plastiktank sah. „Von dort bekommst Du Dein Wasser", erklärte Katerina. „Das Ventil ist auf der linken Seite, da brauchst Du einfach nur dran zu drehen, und das Wasser kommt raus." Sie bückte sich, nahm von einem Teller neben dem Zaun ein bisschen Futter und warf es den Hühnern zu, die umherrannten, um es aufzupicken. Dabei kamen in einer Ecke zwei frisch gelegte Eier zum Vorschein. Die beiden gingen zum Strand, wo sie ihre Bademäntel in den Sand fallen ließen und nackt ins Wasser liefen, das von der Hitze des Sommers noch immer warm war. Als es ihnen bis zum Bauch stand, fingen sie an zu schwimmen. Die Wassertiefe nahm nur allmählich zu, fast 200 Meter weit draußen hatte sie aber doch schon etwa vier Meter erreicht. Dominik und Katerina blieben auf der Stelle und umarmten und küssten sich, während sie nur noch die Beine bewegten. Sie holten Luft, schwammen bis zum Grund runter und küssten sich erneut. Nach etwa 45 Sekunden kamen sie zum Luftholen kurz wieder hoch, tauchten aber gleich wieder ab und hatten am sandigen Boden Geschlechtsverkehr. Arm in Arm schwebten sie dann wieder nach oben. Als sie die Oberfläche erreichten, atmeten sie tief ein, wobei Katerina, noch immer sexuell erregt, laut aufschrie. Sie kehrten zum Strand zurück und zogen sich die Bademäntel über.

„Das ist das zweite Mal innerhalb von zwei Wochen, dass wir ungeschützten Sex hatten", meinte Katerina.

„Hast Du Angst, schwanger zu werden?", fragte Dominik.

„Nein, ganz im Gegenteil! Ich weiß gar nicht, wie lange das überhaupt noch möglich sein wird. Außerdem vertraue ich Dir und denke, dass Du keine Krankheiten hast."

„Ich auch, dass Du keine hast", antwortete Dominik, und sie lachten. Auf dem Weg zum Haus holte Katerina die beiden Eier aus der Umzäunung, Dominik blieb dabei am geöffneten Tor stehen und passte auf, das keines der Hühner entwich. Im Haus gingen sie dann gleich in den Küchenbereich. Katerina legte die Eier in einen Teller, zündete eine der beiden Gasflammen des Campingherds an und erhitzte Öl in der Bratpfanne. Derweil holte Dominik die Lammkoteletts aus dem Kühlschrank und reichte sie ihr, damit sie sie im heißen Öl kurz aufwärmen konnte. Anschließend legte sie sie auf zwei Teller und schlug die Eier in die Pfanne. Als auch die fertig waren, gab sie sie mit auf die Teller und röstete dann noch Toastbrot in der Pfanne. Dominik besorgte das Besteck und endlich konnten sie anfangen zu essen.

„Das ist ja ein richtiges Cowboyfrühstück hier", meinte Dominik, „nur nicht Steak mit Eiern, sondern Lamm mit Eiern."

„Stimmt", gab Katerina zurück. „Ich habe so was auch schon in vielen alten amerikanischen Filmen gesehen."

Nach dem Essen holte sie ihr Handy, das noch an die Powerstation angeschlossen war, aus dem Wohnzimmer. „Ich muss jetzt los", sagte sie, bevor sie duschen ging. „Es ist Viertel nach neun, ich brauche etwas, um zu Alexanders Praxis zu kommen. Ich habe gekocht, also musst Du spülen. Ich werde noch schnell duschen, wenn Du warmes Wasser willst, musst Du den Duschbeutel auffüllen und ihn draußen in die Sonne legen. Drüben in der Hütte gibts noch einen zweiten. Vor Sonnenuntergang sollten wir vielleicht auch noch ein paar Fische fangen. Ich bin voraussichtlich so gegen vier wieder zurück, Du kannst ja schon mal unsere Anzüge, die Pfeilpistole, die Boje und den ganzen Rest in Dein Auto packen. Du findest alles hinten in der Hütte." Nachdem sie im Bad verschwunden war, begann Dominik aufzuräumen. Er stellte die Teller ins Waschbecken und drehte den Wasserhahn auf, realisierte aber sofort, dass es im Haus ja kein fließendes Wasser gab. Also ging er ins Bad, um von dort den Eimer mit dem sauberen Trinkwasser zu holen. Als er eintrat, war Katerina bereits mit dem Duschen fertig und trocknete sich ab. Mit dem gelben Handtuch um die Hüften folgte sie ihm in die Küche. „Wenn Du mehr Wasser brauchst: Es gibt noch einen Eimer hier unter dem Waschbecken", sagte sie und lief ins Schlafzimmer. Kurz darauf erschien sie in ihrer Jeans von gestern und einem weißen T-Shirt mit sehr hohem Kragen, es sah fast nach einem UV-Shirt aus. Dominik begleitete sie zu ihrem Suzuki, der in der Morgensonne hellgrün leuchtete. Sie küssten sich kurz zum Abschied, dann stieg Katerina ein und fuhr los. Dominik kehrte ins Haus zurück und spülte das Geschirr vom Frühstück. Da er nicht genug Wasser hatte, nahm er den Eimer, den er aus dem Bad geholt hatte, sowie den, der unter dem Waschbecken in der Küche stand, und ging mit ihnen hinters Haus, an der Umzäunung für die Tiere vorbei zum großen Tank. Er lief ein paar Mal um ihn herum, bis er den Auslaufhahn gefunden hatte und die Eimer füllen konnte. Zurück im Haus brachte er den Abwasch zu Ende und beschloss dann, die Solaranlage aufzubauen. Zuvor aber füllte er noch die beiden Duschbeutel mit Wasser aus dem Tank und legte sie auf einer Bodenplatte aus Beton, die sich außen hinter dem Schlafzimmer befand, in die Sonne. Danach zog er eine kurze Hose und ein ärmelloses T-Shirt an, nahm den großen sperrigen Karton mit dem Solarzellen-Kit und brachte ihn ebenfalls zu der Betonplatte hinter dem Haus, um das Gerät aufzubauen. Die Bedienungsanleitung war auf Englisch und Deutsch, sodass Dominik keine große Mühe hatte, das Gestell zusammenzusetzen. Er montierte die Solarzelle, neigte sie in einen 30-Grad-Winkel und richtete das Ganze nach Süden aus. Dann holte er die Powerstation aus dem Haus und schloss sie an die Solarzelle an. Ein kleines LED-Lämpchen an der Vorderseite der Powerstation zeigte an, dass sie aufgeladen wurde. Als er zurück im Wohnzimmer auf das Display seines Handys schaute, stellte er fest, dass es bereits elf Uhr war. Er setzte sich in den Sessel neben dem Fenster, legte die Hände zusammen und fixierte mit den Augen zur besseren Konzentration eine gelbe Sardinenbüchse im Vorratsregal. Dann sprach er die Worte „Nam Myoho Renge Kyo" und rezitierte sie wieder und wieder. Dabei dachte er an sein neues Leben, wie würde es wohl weitergehen? Im Moment erschien ihm alles wie ein Traum. Auch seine Mutter kam ihm in den Sinn, wie ging es ihr jetzt? Er sollte sie bald mal wieder anrufen! Und, wie würde sich das Leben zusammen mit Katerina entwickeln, würden sie vielleicht sogar eine Familie gründen? Doch die Zukunft lag im Ungewissen, er beschloss, beim Rezitieren des „Nam Myoho Renge Kyo" weder an die Zukunft noch an die Vergangenheit zu denken, sondern im Hier und Jetzt zu bleiben.

Es war bereits zehn vor vier. Dominik hatte sein Auto gepackt, der Rücksitz war heruntergeklappt und ihre Tauchausrüstungen lagen hinten drin: Flossen, Masken, Schnorchel, Gewichtgürtel, sein schwarzer und Katerinas blauer Camouflageanzug, dazu noch eine Tauchboje und die Pfeilpistole. Katerinas Ausrüstung hatte er wohlgeordnet in der Holzhütte gefunden und auch ihren orangefarbenen Bikini aus dem Kleiderschrank im Schlafzimmer noch mit eingepackt. Dominik selbst trug jetzt seine Badehose unter den Boardshorts. Den Nachmittag über hatte er Verschiedenes gemacht. Erst hatte er sich ein Sandwich aus Toastbrot und Sardinen zubereitet, dann mit seinem Weltempfänger herumgespielt, er empfing hier sowohl BBC als auch das englischsprachige Programm von China Radio International. Nach einer einstündigen Siesta hatte er versucht, in dem bisschen gebrochenen Griechisch, das er konnte, mit dem Nachbarn zu sprechen und mit dessen Hund gespielt. Der alte Mann war dann aber irgendwann fortgegangen, um seinen Esel grasen zu lassen. Vor 20 Minuten hatte Katerina ihm in einer WhatsApp geschrieben, dass sie unterwegs wäre und er sich bereit halten sollte, und so stand er jetzt neben seinem Auto und schaute zu dem trockenen Berg mit dem nichtasphaltierten Weg hin, über den er und Katerina am Vorabend herabgekommen waren. Ganz oben konnte er ab und zu auch einen Wagen auf der Asphaltstraße sehen. Schließlich hielt dort ein Auto am Abzweig zum Weg, bog auf ihn ein und kam herunter, wobei es mächtige Staubwolken hinter sich her zog. Dominik erkannte, dass es sich um Katerinas hellgrünen Suzuki handelte, der kurz hinter einigen Olivenbäumen verschwand, bevor er wieder auftauchte und schließlich neben Dominiks Wagen hielt. Katerina stieg aus, sie trug eine Sonnenbrille, und ihr schwarzes Haar bewegte sich im Wind. Dominik ging zu ihr hin, und sie küssten sich.

„Hast Du was gefunden, um Dir die Zeit zu vertreiben?", fragte sie.

„Ich habe die Solarzelle aufgebaut, die Powerstation sollte bis heute Abend komplett geladen sein."

„Du bist ein Sweetie", sagte sie und gab ihm wieder einen Kuss. „Ich bin überrascht, wie praktisch und bodenständig Du sein kannst."

„Warum?"

„Ich muss zugeben, dass Du mir seit dem Tag, an dem ich Dich kennengelernt habe, immer vorkamst wie ein verträumter Künstler, der irgendwo in den Wolken lebt. Mit Deinem praktischen Denken hast Du mich wirklich angenehm überrascht." Sie lachten, und Katerina fragte: „Ist alles bereit?"

„Liegt alles hinten im Auto."

Katerina schaute kurz durch das Heckfenster und lief dann ins Haus, um ihren Bikini aus dem Schlafzimmer zu holen. Als sie ihn nicht fand, kehrte sie zu Dominik zurück. Mit einem Lächeln sagte sie: „Du hast schon wieder meinen Bikini geklaut, Du Perversling."

„Er ist im Auto, zusammen mit Deinem Anzug", erwiderte Dominik.

„Ich muss mich umziehen, die Klamotten, die ich anhabe, muss ich für die Arbeit sauber halten. Mach doch bitte den Kofferraum auf, damit ich meinen Bikini rausholen kann."

Dominik entriegelte die Heckklappe, sodass Katerina sie öffnen und ihren Bikini herausnehmen konnte. Sie ging noch mal ins Haus und kam kurz darauf in ihren üblichen grünen Bermudas und einem schwarzen Trägerhemd zurück, unter dem das Oberteil des Bikinis hervorlugte. Sie stiegen ein und fuhren los. Dominik schätzte die Temperatur auf mindestens 32 Grad. Tagsüber war es noch ziemlich warm, auch wenn die Nächte mittlerweile schon kühl wurden, außerdem hatte das Auto die ganze Zeit in der Sonne gestanden. Katerina machte die Klimaanlage an. Dominik lenkte den Wagen zwischen den Olivenbäumen hindurch, bevor der Weg mit seinen Kurven bergauf führte. Oben an der Asphaltstraße angekommen bog er auf Katerinas Anweisung nach rechts ab.

„Du fährst jetzt ohne Tacho", meinte Katerina. „Langsam scheinst Du zu merken, dass es auch so geht."

Jetzt erst realisierte Dominik, dass sein Navi noch im Handschuhfach lag, zum letzten Mal hatte er es für den Weg nach Piräus gebraucht. „Stimmt", antwortete er, „bei dem Verkehr hier auf der Insel kommt man ganz gut ohne aus. Auf den schmalen Straßen fährt man sowieso nicht so schnell."

Sie kamen an einer Klippe vorbei, die zu ihrer Rechten lag, bevor die Straße ins Landesinnere führte. Jetzt bei Tageslicht nahm Dominik all das wahr, was er gestern im Dunkeln nicht hatte sehen können. Am Abzweig zum Hafen, an dem sie heraufgekommen waren, fuhren sie geradeaus weiter, und plötzlich erschien auf der rechten Seite das Meer. Unter ihnen war eine steinige Bucht zu sehen, mit einem Strand und einem allein stehenden Haus. Nach einigen Kilometern ließ Katerina Dominik dann rechts auf einen Schotterweg abbiegen, der ein paar Hundert Meter weiter endete. Die beiden stiegen aus dem Auto, zogen sich bis auf die Badeklamotten aus, warfen die Hosen und Hemden auf den Fahrersitz und streiften ihre Tauchsocken über, damit sie leichter zum Strand hinablaufen konnten. Ihre Ausrüstung stapelten sie auf der Boje, die sie zwischen sich nahmen und an den Griffen anhoben. Über einen etwa zwei Meter breiten Fußweg liefen sie zunächst zwischen Kiefern hindurch, um dann an einer Felsklippe entlang vorsichtig zum Wasser runterzugehen. Immer wieder mussten sie sich dabei am Felsen abstützen. Schließlich erreichten sie den kleinen, nur etwa zwei mal zwei Meter messenden Kiesstrand, der in einer zehn Meter breiten Bucht lag. Wie schon an ihrem Trainingsplatz bei Athen war das Wasser auch hier erst recht flach, bevor es an einer Klippe steil auf 20 Meter Tiefe abfiel. Kaum angekommen gingen sie sofort ins Meer, um ihre Anzüge nass zu machen und sie anschließend anzuziehen. Sie legten Gewichte, Masken, Schnorchel und Flossen an, platzierten die Pfeilpistole auf der Boje und schwammen mit dieser in den tieferen Bereich der Bucht hinaus. Als Katerina das Zeichen zum Halten gab, sah Dominik unter sich am Grund viele Steine und auch Höhlen, in denen Fische sich gut verstecken konnten. Hier richteten sie die Boje ein, indem sie deren Gewicht runterließen und es entsprechend justierten. Dann schaute Katerina Dominik an und fragte:

„Wer macht den ersten Warm-up-Tauchgang?"

„Du, weil Du ja auch die Pfeilpistole bedienen musst."

„Ich hatte gehofft, Du würdest auch ein paarmal probieren zu schießen, und vergiss nicht, dass Du mich absichern musst.

Aber in Ordnung, ich gehe zuerst, ich ziehe mich am Seil runter, bleibe ein bisschen unten und komme wieder hoch."

„Okay", antwortete Dominik, „ich bin bereit, sobald Du es bist."

Beide legten das Gesicht ins Wasser und atmeten durch die Schnorchel. Nach ihren Vorbereitungen tauchte Katerina bis zum Grund ab. Dort blieb sie längere Zeit und betrachtete die Klippe auf eine Art und Weise, die fast den Eindruck erweckte, als wollte sie ihre Steinformation studieren. Mit einem Mal begann sie, sich mit kräftigen Armzügen schnell am Seil hochzuziehen. Dominik tauchte ihr entgegen, um sie abzusichern, sie war jedoch so schnell, dass er schon fünf Meter unter der Oberfläche auf sie traf. Nach dem Erholungsatmen berichtete sie aufgeregt: „In einer der Höhlen da unten gibt es einen riesigen Zackenbarsch. Ich gehe mit der Pistole wieder runter."

Sie nahm die Pfeilpistole von der Boje, spannte sie und tauchte rasch ab. Dominik blieb derweil an der Oberfläche und folgte ihr mit seinen Blicken. Bei ungefähr 15 Meter Tiefe beendete Katerina ihren Abstieg, schaute in die Steinformationen hinein, zielte mit der Pistole und schoss. Sie zog an deren Seil, und plötzlich erschien ein großer, blutender Fisch zwischen den Felsen, der zappelnd an dem Pfeil festhing. Er begann, sich zu widersetzen, und zerrte Katerina Richtung Buchtausgang, wobei sich hinter ihm rote Blutwolken ausbreiteten. Als es ihr gelang, die Zugbewegung ihres kräftigen Gegners zu stoppen, sank sie mit ihm zum Grund hinab. Sie hielt das straffe Seil weiterhin fest in den Händen, noch immer leistete der etwa sieben Meter entfernte Fisch Widerstand. Katerina war mittlerweile länger als anderthalb Minuten unter Wasser und hatte hart gekämpft, sodass ihre Kraft allmählich nachließ. Dominik erkannte das und tauchte schnell zu ihr hinab. Nach etwa 20 Sekunden war er bei ihr, und ihr Gesichtsausdruck verriet ihm, dass sie dringend Luft brauchte. Er schwamm zum Fisch hinüber, zog das Tauchermesser aus der Halterung an seinem Bein und stach auf ihn ein. Das Tier hörte auf, sich zu bewegen, und blieb auf dem sandigen Grund still in seinem Blut liegen. Dominik wandte sich zu Katerina um und sah, dass sie mit leichten Flossenschlägen langsam wieder aufstieg. Er schwamm zu ihr hin, um sie auf dem Weg nach oben zu begleiten. Beim Blick in ihre Augen erkannte er, dass es ihr nicht gut ging, sie schien sehr schwach zu sein und unter Sauerstoffmangel zu leiden. Offensichtlich hatte sie einen sehr starken Atemreiz, ihr Bauch hob und senkte sich. Etwa zehn Meter unterhalb der Oberfläche wirkten ihre Augen hinter der Maske mit einem Mal weit aufgerissen, ihre Flossenschläge hörten auf, und aus ihrem Mund traten Luftblasen, sie war ohnmächtig. Dominik hielt sie fest, als sie begann abzusinken, legte ihr eine Hand auf den Mund und brachte sie an die Oberfläche. Mit der rechten Hand unter ihrem Rücken hielt er sie über Wasser, mit der linken gab er ihr einen Klaps auf die Wange. Völlig außer Atem rief er laut: „Hey, aufwachen, ist alles in Ordnung?"

Nach zwei Sekunden kam Katerina wieder zu sich und sah ihn an. „Ich habe zu sehr mit dem Fisch gekämpft. Meine letzte Erinnerung ist, wie Du auf ihn eingestochen hast."

„Du bist sehr weit aufgestiegen, ohne es zu merken", meinte Dominik, „lass uns ans Ufer zurückschwimmen."

Sie kehrten zum Strand zurück und setzten sich auf den steinigen Boden, so allmählich konnte Katerina sich auch wieder orientieren. Die beiden küssten sich, dann sagte sie: „Danke, dass Du mich gerettet hast. Ich habe immer gewusst, dass ich Dir mein Leben anvertrauen kann."

„Ich glaube, wir sollten besser Schluss machen für heute", riet Dominik.

„Kein Problem, für die nächsten paar Tage haben wir genug gefangen."

Dominik ging wieder ins Wasser und schwamm in die Bucht hinaus. Bei der Boje sah er nach unten, am Boden lagen die Pfeilpistole und der tote Fisch. Er nahm das Risiko auf sich, ohne Sicherung zu tauchen, und hob die Pistole und den Pfeil mit dem Fisch daran vom Grund auf. Während er mit kräftigen Flossenschlägen wieder aufstieg, erschien plötzlich Katerina vor ihm im Wasser und lächelte ihm zu. Gemeinsam erreichten sie die Oberfläche und hielten sich an der Boje fest. Anerkennend bemerkte Dominik: „Wow, Du kannst mich noch sichern?" – „Ich glaube, das muss sein", gab sie zurück, „Du willst für Deine Schüler doch kein schlechtes Beispiel abgeben, oder?" Sie lachten und brachten den Fisch und die Pistole an den Strand, anschließend holten sie auch die Boje an Land. Nachdem sie ihre Anzüge ausgezogen hatten, hockte Katerina sich neben den Fisch, löste das Seil vom Pfeil und rollte es in der Pistole auf. Zu Dominik sagte sie: „Den Pfeil lasse ich besser im Fisch, dann kann man ihn besser fassen, er ist sonst so schleimig." Sie stapelten ihre Sachen wieder auf der Boje und trugen sie zwischen sich den Pfad zum Auto rauf. Dabei hielt Dominik in der freien Hand noch den Pfeil mit dem Fisch daran. Der war ziemlich schwer, in den nächsten Tagen hätten sie sicher eine Menge an ihm zu essen. Das Auto hatte Dominik nicht abgeschlossen und auch den Schlüssel im Zündschloss stecken lassen. Sie packten alles in den Wagen, wobei sie den Fisch in eine Kühlbox legten, die sie extra zu diesem Zweck mitgebracht hatten, dann fuhren sie los. Über die Schotterpiste kehrten sie zur Hauptstraße zurück, auf die Dominik links einbog. Linker Hand fiel eine Klippe steil zum Meer ab. Hinter einer Kurve erschien auf einmal ein Mann in einem orangefarbenen, verdreckten Overall vor dem Auto, er wirkte schmutzig, hatte kurze Haare und einen ungepflegten, mehrere Tage alten Bart. Katerina schrie auf, während Dominik bremste und dem Mann mit quietschenden Reifen auswich. Zum Glück gab es auf der schmalen Straße keinen Gegenverkehr, der Wagen geriet bei dem Manöver aber erschreckend nahe an den schroffen Abhang am linken Straßenrand. Auf Katerinas Drängen hin hielt Dominik an einer etwas breiteren Stelle an und drehte um, bis sie den Mann wieder sahen, diesmal stand er mit dem Rücken zur Felswand auf der linken Straßenseite. An einer kleinen, staubigen Ausbuchtung oberhalb des Abgrunds konnte Dominik ihm gegenüber anhalten. Katerina und er stiegen aus und schauten zu dem Fremden hinüber. Er schien etwa in Dominiks Alter zu sein, vielleicht ein bisschen jünger, und sah mit seinen dunklen Haaren und Augen sowie der sonnenverbrannten Haut wie ein Araber aus. Er machte den Eindruck, als ob er eigentlich ein sehr gepflegtes und anständiges Leben führte, ihn jetzt aber irgendeine Katastrophe heimgesucht hätte. Auch der schmutzige Overall passte nicht zu ihm, die orange Farbe, die in der strahlenden Nachmittagssonne eigentlich hell leuchten sollte, wirkte eher braun gedämpft. Mit einem Hilferuf in den Augen sah er Dominik und Katerina an, die auf der anderen Straßenseite standen. „Helfen Sie mir", sprach der Mann sie auf Deutsch an.

„Sie können Deutsch?", fragte Dominik und überquerte mit Katerina zusammen die Fahrbahn. Als sie vor ihm standen, erkundigte Katerina sich auf Englisch: „Sind Sie aus Deutschland?"

„Ja", antwortete der Fremde ebenfalls auf Englisch.

„Woher aus Deutschland sind Sie denn?", setzte Dominik nach.

„Aus Stuttgart", entgegnete der andere.

„Und was machen Sie hier auf Serifos?", fragte Katerina und schaute ihn dabei mit dem Gesichtsausdruck eines Arztes im Gespräch mit einem Patienten an.

In perfektem, akzentfreiem Deutsch erklärte der Mann: „Ich wurde entführt. Man hat mich gepackt, in einen Transporter gesteckt und betäubt, auf dem Vorfeld eines Flugplatzes wurde ich dann wieder wach und mit anderen zusammen in ein Flugzeug gezwungen. Ich konnte nichts sehen, weil ich etwas über dem Kopf hatte. Drinnen haben sie uns Handschellen angelegt, dann sind wir gestartet und ein paar Stunden geflogen,

bis ich plötzlich gespürt habe, dass die Machine offensichtlich unkontrolliert abstieg. Zwei Minuten später sind wir auf Wasser aufgeprallt, und das Flugzeug fing an zu sinken. Ich weiß nicht wie, aber auf einmal waren meine Fesseln gelöst, und ich konnte mich aus der Maschine befreien. Ich habe mich an ein Stück Plastik geklammert und es so geschafft, an einen kleinen Strand zu schwimmen. Dann habe ich mich mehrere Tage versteckt, weil ich dachte, die würden mich sonst finden."
„Was sagt er", wollte Katerina, die nichts verstanden hatte, von Dominik wissen. Nachdem der ihr das gerade Gehörte auf Englisch zusammengefasst hatte, fragte sie den Fremden: „Vor wem verstecken Sie sich denn?"

„Vor denen, die mich entführt haben", antwortete der Mann wieder auf Englisch mit deutschem Akzent.

Besorgt wandte Katerina sich an Dominik: „Dann sind die Gerüchte also wahr. Irgendwas ist hier abgestürzt. Deswegen sind vor ein paar Tagen auch die Kampfjets hier rübergeflogen. Ob da irgendeine fremde Regierung ihre Finger im Spiel hat?"
„Die ganze Situation ist ja so richtig nach ,1984' ", meinte Dominik.

„Ich kann kaum glauben, dass das alles wahr sein soll", sagte Katerina und sah den Mann an. „Wir nehmen Sie jetzt auf jeden Fall mit. Ich bin Krankenpflegerin, ich bringe Sie zu meinem Chef, der ist Arzt. Außerdem müssen wir Ihre Familie kontaktieren."

Zu dritt gingen sie zum Auto, wo Dominik und Katerina den Kofferraum so umpackten, dass zumindest eine Seite des Rücksitzes wieder hochgeklappt werden konnte. Katerina stieg hinten ein, während der Fremde vorne neben Dominik Platz nahm. Sie fuhren an ausgetrockneten Wiesen vorbei und kamen durch eine Siedlung mit mehreren Häusern, darunter auch einige Luxusvillen. Ein altes, verrostetes Schild wies in griechischer Schrift den Weg nach Livadi. Die Straße führte steil bergab, bis sie endlich das Meer mit der Straße vor sich sahen, auf der sie gestern Abend am Strand entlang vom Hafen zum Restaurant von Alexanders Mutter gefahren waren. An einer Ecke wies Katerina Dominik an, links in eine Gasse abzubiegen, die parallel zur Uferpromenade verlief. Zu beiden Seiten sahen sie Souvenirläden, Bäckereien und sogar eine Boutique. Weil aber die Sommersaison zu Ende war, hatten einige der Geschäfte bereits geschlossen. Als sie zu einem einstöckigen Bungalow mit Veranda kamen, sagte Katerina: „Hier ist die Klinik." Sie hielten an, stiegen aus und gingen zum Haus. Nur 15 Sekunden nach ihrem Klingeln öffnete Alexander die Tür. Er trug ein weißes Polohemd und eine Jeans, in einer Halterung am Gürtel steckte ein großes Smartphone. „Kalispera", begrüßte er die drei mit einem überraschten Gesichtsausdruck. Er redete kurz mit Katerina, dann sagte er an Dominik gerichtet: „Deine Frau ist ja wirklich arbeitssüchtig. Ich habe sie gerade erst nach Hause geschickt, und schon ist sie wieder da."

Obwohl es so schien, als wollte er witzig sein, war, vor allem als er den fremden Mann ansah, in seiner Stimme doch Besorgnis zu vernehmen. „Kommt bitte rein", forderte er seine Besucher auf und führte sie durch einen Wartebereich mit Stühlen und Tischen in den Untersuchungsraum. Die Klimaanlage dort lief auf höchster Stufe, und Dominik in seinem einfachen T-Shirt, den Boardshorts und der noch feuchten Badehose darunter fing an, ein wenig zu frieren. Alexander setzte sich an seinen Schreibtisch und bot den anderen Platz an, Katerina blieb aber stehen. An den Fremden gewandt fragte er: „Sprechen Sie Englisch?"

„Ja", antwortete der Mann.

„Wie heißen Sie?"

„Johannes Al-Zawari."

„Hört sich nach einem deutschen Vor- und einem arabischen Nachnamen an", sagte Alexander und sah den anderen mit einem Lächeln an, das fast an das Lächeln einer Mutter erinnerte, die ihr Kind beruhigen oder ihm Mut machen wollte.

„Ich bin in Deutschland geboren, deshalb haben meine Eltern mir einen deutschen Vornamen gegeben."

„Was machen Sie hier auf Serifos?"

Wieder erzählte der Mann seine Geschichte, diesmal auf Englisch. Er erklärte, dass er aus Stuttgart käme, seine pakistanischen Eltern würden auch dort leben. Er arbeitete als Ingenieur bei Mercedes, hätte Frau und Tochter und wäre von dem Parkplatz eines Stuttgarter Einkaufszentrums entführt worden.

„Wann ist das alles denn passiert?", fragte Alexander weiter.

„Ich weiß nicht", antwortete Johannes. „Ich kann nur schätzen, dass ich jetzt etwa sieben Tage hier bin, ungefähr so viele Sonnenauf- und Sonnenuntergänge hat es gegeben, nachdem ich es an den Strand geschafft hatte. Ich hatte Angst, dass meine Entführer mich wiederfinden, deshalb habe ich den ersten Abend am Strand verbracht, dann bin ich den Pfad an einer Klippe hochgelaufen und habe mich in einem kleinen Waldstück versteckt und von Feigen ernährt."

„Haben die Leute Ihnen gesagt, wer sie waren?" wollte Alexander wissen.

„Die meinten, dass sie für die USA und Israel arbeiten. Sie sagten, dass sie Informationen über potenzielle Terroranschläge bräuchten. Ich war auch nicht allein, es gab da noch andere Gefangene, aber ich konnte nicht sehen, wie viele. Wir hatten alle Kapuzen über dem Kopf, außerdem haben die uns Betäubungsspritzen gegeben und uns auch gezwungen, Tabletten zu nehmen und Whisky zu trinken. Ich fühle mich noch immer komisch von dem ganzen Zeug, das man mir gegeben hat."

„Sie waren an dem Strand, an den ich immer zum Speerfischen gehe. Ich bin seit meiner Rückkehr bisher einfach nur noch nicht wieder dort gewesen."

„Ich muss meine Familie anrufen", fuhr Johannes fort, „darf ich?"

Alexander reichte ihm ein Telefon, und Johannes wählte eine Nummer. Als am anderen Ende jemand dranging, begann er, Pakistanisch zu reden. Durch den Hörer, den er ans Ohr hielt, konnten die anderen eine weit entfernte, leise Stimme vernehmen, die aufgeregt aber zugleich erleichtert klang. Nach kurzer Zeit schaltete Johannes auf Deutsch um: „Hallo mein Engel, wie gehts Dir? ... Ja, es geht mir gut, ich bin okay ... Ja, Papa vermisst Dich auch." Er redete noch ein wenig mit seiner Tochter, bis er auf Pakistanisch mit seiner Frau weitersprach. Das gesamte Telefonat dauerte etwa 20 Minuten. Danach bedankte Johannes sich bei Alexander und gab ihm den Apparat zurück. Einige Sekunden lang sagte keiner ein Wort, bis der Arzt mit ernster Miene das Schweigen brach. „Ich muss Euch was sagen. Das Ganze hier ist wirklich seltsam, ungefähr eine Stunde nachdem Katerina heute gegangen war, kam ein Mann hierher und fragte mich, wen ich in letzter Zeit hier in der Klinik behandelt hätte. Ich habe geantwortet, dass ihn das nichts angehe, und ihn weggeschickt." Diese Nachricht schien Johannes zu verängstigen, und Alexander versuchte, ihn zu beruhigen: „Niemand wird erfahren, dass Sie hier sind. Heute Nacht sollten Sie bei mir und meiner Familie bleiben, wir fahren jetzt mit meinem Auto dorthin. Und dann müssen wir sehen, dass Sie nach Hause kommen."

„Vielen Dank. Übrigens, wo bin ich eigentlich?", fragte Johannes.

„Sie sind auf der griechischen Insel Serifos", erklärte Alexander.

„Wo liegt die denn?", setzte Johannes nach.

„In der Ägäis, sie gehört zu den Kykladen." Alexander stand auf und ging zu einer Griechenlandkarte, die an der Wand hing. Mit dem Finger zeigte er erst auf Athen, dann auf Serifos.

Die vier saßen noch eine Zeit lang beisammen und unterhielten sich. Johannes erzählte von sich und seiner Familie und sprach über die Arbeit bei Mercedes. Schließlich kam die Schwester aus Kythnos, eine hübsche, dunkelhaarige Frau um die 30, die die Praxis für die Nacht übernehmen sollte. Alexander besprach sich kurz mit ihr, bevor er mit Johannes durch die hintere Tür zu seinem Auto im Hof verschwand, Katerina und Dominik verließen das Haus durch den Vordereingang. Im Auto warteten sie, bis Alexanders noch relativ neuer Skoda Octavia in der Hofzufahrt erschien und auf die Gasse einbog. Sie folgten ihm zur Strandpromenade und dann weiter auf der Straße, die sie gestern Abend zum Restaurant genommen hatten. Als sie dort ankamen, hielt Alexander in der unbetonierten Einfahrt des Hauses neben dem Hof, auf dem jetzt am frühen Abend bereits die ersten Gäste beim Essen saßen. Die vier stiegen aus und gingen hinein. Im Haus wurden sie von Alexanders Frau begrüßt, der Sohn spielte im Wohnzimmer mit seinem Tablet. Nachdem Alexander seiner Frau den neuen Gast vorgestellt und ihr die Situation geschildert hatte, verabschiedeten sich Dominik und Katerina und liefen zum Auto zurück. Vom Hafen her hörten sie das Signalhorn einer einfahrenden Fähre, es war dieselbe, mit der Dominik am Vorabend gekommen war. Die beiden machten sich auf den Weg zu Katerinas Haus, wo sie diesmal aber nicht von Kostas' Hund begrüßt wurden. Noch im Auto sagte Katerina: „Wenn wir unsere nassen Sachen aufgehängt haben, holen wir als Erstes den Fisch aus der Kühlbox. Ich nehme ihn aus und schuppe ihn ab. Du kannst Dich derweil schon mal ums Feuer kümmern, nimm das Holz neben der Hütte, da findest Du auch Zeitungspapier. Du weißt doch, wie man Feuer macht, oder?"

„Natürlich weiß ich das und überhaupt, Du hast mir wegen meines praktischen Denkens vorhin doch selbst ein Kompliment gemacht", antwortete Dominik, und beide lachten, obwohl nach der Geschichte mit Johannes irgendwie etwas Ungeheures in der Luft zu liegen schien. Darüber wollten sie aber lieber nicht nachdenken. Sie gingen hinter das Haus, um ihre Tauchausrüstungen auf einer Wäscheleine zwischen den Olivenbäumen aufzuhängen. In der Abenddämmerung waren die Tiere in ihrem Gehege schon ganz ruhig geworden und bereiteten sich auf die Nacht vor. Fast aber hatte es den Anschein, als wären sie noch stiller als üblich, ganz so, als ob auch sie spüren würden, dass etwas Seltsames vorging. Katerina warf den Hühnern ein bisschen Futter hin, doch die hatten kaum Interesse daran, nur zwei oder drei von ihnen versuchten, etwas davon mit dem Schnabel aufzufangen. Dann gingen die beiden zum Auto zurück. Dominik nahm die Pfeilpistole heraus und brachte sie in die Holzhütte, Katerina kümmerte sich um die Kühlbox. Da es draußen mittlerweile schon recht dunkel war, aktivierten sie, um besser sehen zu können, die Taschenlampenfunktion ihrer Handys. Auf dem Betonplatz hinter dem Schlafzimmer begann Katerina damit, den Fisch aufzuschneiden, während Dominik in der Hütte die Grillutensilien zusammensuchte. Er brachte alles zu ihr hin, holte noch ein paar Stücke Holz und bereitete den Grill vor. Als er das Feuer anzünden wollte, bemerkte er, dass er kein Feuerzeug bei sich hatte. Er machte sich auf den Weg ins Haus, hörte dann aber Katerina fragen: „Wohin gehen Sie denn, Herr Alzheimer?" Er drehte sich um und sah, wie sie mit den Fingerspitzen ihrer blutverschmierten Hand das Feuerzeug hochhielt, mit dem sie normalerweise den Campingherd in der Küche anmachte. Auf dem Boden vor ihr lag der aufgeschnittene Fisch, einige der Innereien hatte sie bereits rausgeholt. „Ich hatte mir schon gedacht, dass Du das Feuerzeug vergessen würdest", setzte sie nach.

„Du scheinst mich ja schon besser zu kennen als ich mich selbst", entgegnete Dominik.

„Wenn Du willst, kannst Du ja sehr praktisch sein, aber Du hast schon auch noch was von einem verträumten Künstler an Dir, genau wie mein Vater. Übrigens gibts in der Hütte auch Hackschnitzel, mit denen kriegst Du das Feuer leichter an. Du brauchst sie nur zwischen die Holzstücke und das Zeitungspapier zu streuen."

Dominik holte den Karton mit den Schnitzeln, gab einige davon zwischen Holz und Papier und zündete den Grill an. Er pustete in die leicht züngelnden Flammen, um das Feuer zusätzlich anzufachen, und so kam es auch schnell in Gang. In der Zwischenzeit hatte Katerina den Fisch in zwei Hälften geteilt, die sie jetzt auf den Grill legte. Sie waren so groß, dass sie den gesamten Gitterrost einnahmen. Mit Blick auf das Blut an ihren Händen kommentierte Katerina lapidar: „Hat irgendwie was von einer Operation." Sie besorgte sich ein Stück Seife aus dem Haus und wusch sich am großen Wassertank die Hände. Dann verschwand sich noch mal im Haus und kehrte mit Tellern, Besteck und einer Flasche Olivenöl zurück. Während Dominik weiterhin aufpasste, dass der Fisch nicht verbrannte, besorgte Katerina zwei Tomaten und eine Gurke aus dem kleinen Garten, und aus dem Auto holte sie noch ein Stück weißen Käse. Dann begann sie, einen Salat zuzubereiten. „Zum Glück ist der Käse im Auto nicht zu warm geworden", stellte sie fest. „Alexander hat ihn mir gegeben, er ist von seiner Mutter. Wir haben ihn aus der Milch von Fragboula gemacht, die dahinten im Stall steht."

„Zum ersten Mal sagst Du ihren Namen. Und übrigens, Du bist Frau Alzheimer, Du hast den Käse im Auto vergessen."

„Ich habe aber eine Ausrede. Ich war gestresst, als ich von der Arbeit nach Hause kam", erwiderte Katerina mit einem Lächeln.

„Und ich, habe ich etwa nicht gearbeitet?", gab Dominik zurück. „Ich habe die Solarzelle aufgebaut, das Auto gepackt, uns gefahren, Dich gerettet ... Komm schon, Baby, lass die Ausreden."

Sie lachten und kümmerten sich weiter um ihr Essen. Es wurde langsam kühl draußen und auch immer dunkler, zum Horizont hin lag nur noch ein schwaches gelbes Licht über dem Meer, und der Vollmond leuchtete schon hell vom Himmel herab. Als Katerina mit dem Salat fertig war, brachte sie zwei große Plastikschalen aus dem Haus. Dominik verteilte den Salat mit dem Käse auf zwei Teller, und beide schnitten sich jeweils ein großes Stück vom Fisch ab, um es dazuzulegen. Dann gab Katerina den übrigen Fisch in die beiden Schalen, verschloss sie mit den zugehörigen Deckeln und meinte zu Dominik: „Lass uns besser drinnen essen, hier draußen wirds langsam zu kalt." Sie nahmen ihre Teller, Katerina griff zudem noch nach den beiden Schalen und Dominik mit der freien Hand nach den zwei Handys, die noch immer Licht spendeten. Im Haus setzten sie sich an den Küchentisch und fingen an zu essen. Sie waren beide hungrig und nahmen sich noch etwas vom Fisch nach. Anschließend spülte Dominik Teller und Besteck, während Katerina rausging, um die Innereien des Fischs neben dem Garten zu vergraben. Sie sah noch mal nach den Tieren, füllte einen Eimer mit Wasser aus dem Tank und brachte ihn zusammen mit der Flasche Olivenöl, die noch draußen stand, ins Haus. Als sie reinkam, war Dominik am Duschen. Das Wasser in den beiden Beuteln war noch warm, er hatte sie vorhin, als er das Auto gepackt hatte, zum Glück schon ins Bad gelegt. Katerina zog sich aus und stellte sich zu ihm unter die Dusche, bis der erste Beutel leer war und Dominik das Bad verließ, um sich abzutrocknen. Sie hängte den zweiten Beutel auf und duschte weiter, unterdessen zog Dominik seinen Bademantel und die Flipflops an und holte die Powerstation rein, die noch immer draußen unter dem Gestell der Solarzelle lag. Sie war fast voll geladen, und er schloss ihre Handys zum Aufladen an die USB-Ports an. Dabei bemerkte er, dass sie beide eine WhatsApp von Jorgos bekommen hatten. Dominik setzte sich auf den Boden und las die Nachricht: „Hi, ich hoffe es geht Euch gut. Dimitris und ich werden morgen um ca. 15 Uhr mit der Highspeed ankommen, Ihr könnt uns am Hafen treffen, wenn Ihr wollt. Wir haben übrigens mitbekommen, dass auf der Insel etwas Seltsames passiert sein soll. Wenn möglich, wollen wir gleich nach der Ankunft einen Tauchgang machen."

Als Katerina nackt aus der Dusche kam und ihren Bademantel aus dem Schlafzimmer holte, sagte Dominik: „Wir haben eine WhatsApp von Jorgos bekommen. Er und Dimitris kommen morgen um drei mit der Highspeed. Er schreibt auch, dass sie gehört haben, was hier passiert ist und dass sie morgen gleich tauchen wollen."

Katerinas Gesicht nahm einen ernsten Ausdruck an. „Wie hat er denn davon erfahren?", fragte sie überrascht.

„Vielleicht hat Dimitris von dem Flugzeugabsturz etwas gehört", meinte Dominik. „Kann doch sein, dass die Luftsicherung was mitbekommen hat und die Behörden da nachgeforscht haben."

„Irgendwie macht mir das alles Angst", sagte Katerina und setzte sich aufs Sofa. Obwohl sie in den letzten Stunden nicht darüber geredet hatten, ging beiden durch den Kopf, was heute passiert war.

„Was denkst Du, was sollen wir tun?", fragte Dominik.
„Na ja, ich denke, wir sind den beiden etwas schuldig", antwortete Katerina. „Außerdem muss Johannes auch wieder nach Hause, vielleicht kann Dimitris uns ja dabei helfen. Ich muss morgen von acht bis zwei bei Alexander sein. Sei doch an der Praxis, wenn ich Feierabend habe, dann können wir die beiden anschließend am Hafen treffen."

Sie stand auf, und Dominik folgte ihr ins Bad. Aus dem Wohnzimmer und dem Küchenbereich strömte nur schwach das Licht der Laterne und jenes der Buchlampe herein. Während sie sich die Zähne putzten, neckten sie sich gegenseitig wegen der Geräusche, die sie dabei verursachten. Als sie fertig waren, nahmen sie die Laterne, löschten die Buchlampe im Wohnzimmer und gingen ins Schlafzimmer. Sie zogen die Bademäntel aus, legten sich unter die Decke und kuschelten noch ein wenig, bevor sie einschliefen.

Am Nachmittag des nächsten Tages wartete Dominik zum verabredeten Zeitpunkt vor Alexanders Praxis, sein Auto hatte er wieder mit den Tauchausrüstungen vollgepackt. Vor ihm parkte Katerinas Wagen, sie war schon frühmorgens hergekommen. Die Frau hatte eine automatische Uhr in sich, dachte Dominik, ohne Wecker war sie um sechs Uhr wach geworden, hatte zum Frühstück noch etwas von dem Fisch und ein bisschen Brot dazu gegessen und war dann weggefahren. Bevor sie das Haus verließ, hatte sie Dominik noch einen Kuss gegeben und ihn damit aufgeweckt. Er hatte zwar versucht, wieder einzuschlafen, doch es war ihm nicht gelungen, zumal dann auch noch der Hahn anfing zu krähen. Er stand auf und ging nach draußen, um die Hühner zu füttern und Gras für die Ziege zu holen. Eier hatten die Hühner heute Morgen nicht gelegt. Da er ohne Katerina keine Lust hatte zu schwimmen, kehrte er ins Haus zurück. Er aß etwas Fisch und machte sich einen Frappé, „stirred never shaken". Danach schaute er sich im Fernsehen die Sendung „Kalimera" an, die griechische Entsprechung zum deutschen „Morgenmagazin". Er sah Bilder von Politikern vor dem Parlament in Athen und Leute, die in einer Küche etwas zubereiteten, alles natürlich auf Griechisch, von dem er nichts verstand. Er wusch einige Wäscheteile mit der Hand und las ein wenig im Instructor Manual, vielleicht würde Jorgos ihn ja auf etwas daraus ansprechen.

Mittlerweile war es zwei Uhr geworden, aber Dominik musste noch eine Viertelstunde warten, bis Katerina in der Tür der Praxis erschien und zum Auto kam. Sie trug wieder ihre lange Jeans und die luftige, weiße Bluse, die ihr braun gebranntes Gesicht und Dekolleté betonte. Die Korbtasche hing wie immer über ihrer rechten Schulter. Sie öffnete die Beifahrertür und stieg ein, die Tasche stellte sie zwischen ihre Beine auf den Boden. Die beiden küssten sich, und Dominik fuhr Richtung Hafen. Da sie noch reichlich Zeit hatten, hielten sie unterwegs an einer Bar. Um sie herum war alles leer, die Restaurants und Cafés hatten so spät im September außer ein paar einheimischen Gästen kaum noch Betrieb, fast die Hälfte von ihnen war bereits geschlossen. Die beiden setzten sich an den Strand, nur wenige Meter vom Wasser entfernt, und der Kellner brachte ihnen den Kaffee aus der Bar auf anderen Straßenseite herüber. Nachdem sie ihn getrunken hatten, fuhren sie weiter, vorbei an dem Laden einer Autovermietung und einem Supermarkt von Carrefour. Sie stellten den Wagen im Hafen ab, wo am Kai nur ein paar Pkw und ein großer Lkw auf die Fähre warteten. Direkt neben ihnen saß ein Mann, der seine Angel ins Wasser hielt. Dominik und Katerina gingen zum Anlegeplatz und schauten auf das Meer hinaus. Es war ein warmer, wolkenloser Tag, die Temperatur lag um die 30 Grad. Die Sonne stand hoch am Himmel und brachte nicht nur den Betonboden im Hafen zum Strahlen, sondern wurde auch von der Wasseroberfläche mit gleißender Helligkeit reflektiert. Am Horizont erkannten die beiden schon die Highspeed Fähre, die sich der Insel aus der Ferne näherte.

„Wie gehts unserem Gestrandeten?", fragte Dominik.

„Ich habe ihn den ganzen Tag nicht gesehen, Alexander sagte nur, dass seine Frau ihn pflegen würde. Er hat wohl wieder seine Familie angerufen und auch noch mehr von dem erzählt, was er erlebt hat. Wahrscheinlich wäre es ganz gut, wenn Du ein bisschen übersetzen könntest. Auf jeden Fall sollten wir Dimitris zu ihm bringen."

„Ich kann gerne übersetzen", meinte Dominik.

„Heute Morgen wollte ich Dich nur nicht wecken, Du sahst so friedlich aus beim Schlafen."

„Hat aber trotzdem nicht viel gebracht. Nachdem Du mich geküsst hattest, konnte ich nicht mehr einschlafen. Und dann hat der Hahn auch noch die ganze Zeit Krach gemacht."

„Oh, das tut mir leid. Hatte gar nicht gemerkt, dass ich Dich geweckt habe."

„Kein Problem, ich musste ja sowieso das Auto packen. Außerdem habe ich auch noch ein wenig Wäsche gewaschen, so wie die Hausfrauen im frühen 20sten Jahrhundert."

Sie lachten, zugleich war ihnen aber auch bewusst, dass sie erst jetzt wieder über Johannes und seine Situation gesprochen hatten, obwohl sie beide sich der ganzen Angelegenheit doch sehr stark verbunden fühlten. Als die Fähre einfuhr, ertönte mit einem lauten Hupen ihr Signalhorn. Sie drehte sich, um mit der Heckseite anzulegen, wobei ihre Schrauben das Wasser aufschäumen ließen. Das Schiff sah aus wie die Jacht aus einem James-Bond-Film, nur dass es etwa zehnmal so groß war und an seinen Seiten den blauen Schriftzug „Aegean Speed Lines" trug. Noch während des Anlegemanövers wurde die große Heckklappe heruntergelassen, und die Fahrer der wartenden Fahrzeuge ließen ihre Motoren an. Auch einige Fußpassagieren stellten sich mit ihrem Gepäck dazu, doch zunächst wurde die Fähre entladen. Jorgos' dunkelgrüner Toyota RAV4 war mit dem leeren Bootsanhänger, den er hinter sich herzog, das zweite Auto, das herauskam. Die vier winkten sich zu, als sie sich sahen, und Jorgos fuhr weiter, um neben Dominiks Suzuki zu halten. Nach der Begrüßung sagte er: „Lasst uns zum Campingplatz fahren. Mein Boot liegt dort in der Bucht. Morgen zeige ich Dir dann auch die Büros, Dominik. Aber heute müssen wir noch den Tauchgang machen, bevor es zu spät wird. Fahrt einfach hinter mir her, Eure Ausrüstung habt Ihr dabei?"

Dominik bejahte und stieg mit Katerina in seinen Suzuki. Die beiden folgten Jorgos auf derselben Straße, die sie gestern in der Gegenrichtung zur Klinik genommen hatten. Durch kleine Gassen ging es dann steil bergauf, und mit seinem Anhänger musste Jorgos gut aufpassen, zum Glück gab es kaum Verkehr. „Übrigens", merkte Katerina an, „da fahre ich auch immer hin, wenn ich die Waschmaschine benutzen will." Jorgos bog links ab und fuhr eine breite Straße hinunter, bis sie zu einem staubigen, nichtasphaltierten Parkplatz kamen, an dessen Rand Jorgos seinen Wagen neben einigen Kiefern abstellte. Dominik parkte sein Auto davor. Hinter einem Tor waren Bungalows und die Rezeption des Campingplatzes sowie ein Schwimmbad, eine Bar und eine Cafeteria zu sehen. Die vier stiegen aus, und Jorgos sagte: „Hier im Schwimmbad können wir unsere Anzüge anziehen, später auch da duschen." Mit den Anzügen gingen sie zum Becken, wobei Katerina erst noch in der Umkleide verschwand, um ihren Bikini anzuziehen. Nachdem sie fertig waren, holten sie den Rest der Ausrüstungen aus den Autos und liefen zum Strand runter, Dominik und Katerina sowie Jorgos und Dimitris jeweils mit einer Boje zwischen sich. Sie steuerten Jorgos' Boot an, das vor dem Ufer mit einem Seil im flachen Wasser festgemacht war.

„Wo fahren wir denn hin", fragte Dominik.

„Rüber auf die westliche Seite der Insel", antwortete Jorgos. „Dort ist eine kleine Gulfstream V zum letzten Mal vom Radar geortet worden, nachdem sie in den unkontrollierten Sinkflug übergegangen war. Es wurde kein Notsignal empfangen, und niemand weiß, was passiert ist. Das hat Dimitris von der Flugsicherung erfahren."

Katerina schaute Dominik an, dann sagte sie: „Wir haben Euch noch nichts davon erzählt, aber wahrscheinlich sind wir einem Überlebenden aus dem Wrack begegnet. Wir hätten ihn gestern beinahe überfahren, als wir vom Speerfischen zurückgekommen sind. Er hatte einen orangefarbenen Overall an und war ziemlich schmutzig. Er sagte, dass er einen Absturz in der Nähe der Insel überlebt hätte. Wir haben ihn zu Alexander, meinem Chef, gebracht."

„Ist das Dein Ernst?", fragte Dimitris überrascht.

„Ja", übernahm Dominik. „Der Mann sagte, dass er von einem Parkplatz in der Nähe von Stuttgart entführt worden sei. Man habe ihn zusammen mit anderen in ein Flugzeug gezwungen, die Entführer hätten für die israelische und die US-Regierung gearbeitet und seien auf Informationen über mögliche Terrorattacken aus gewesen. Als das Flugzeug abstürzte, hätte er es an Land geschafft. Er will sich immer noch verstecken, weil er Angst hat, von seinen Entführern gefunden zu werden."

„Vielleicht sollte ich mal mit ihm reden", meinte Dimitris mit ernstem Gesichtsausdruck.

„Aber jetzt fahren wir erst mal auf die westliche Seite rüber", sagte Jorgos.

Durch das flache Wasser schleppten sie ihre Sachen zum Boot, und nachdem sie eingestiegen waren, machte Jorgos es los und lenkte es in den tiefen Bereich. Sie sahen den fast leeren Strand, an dem sich jetzt in der Nebensaison nur vier oder fünf Leute sonnten, und dahinter den Campingplatz. Unter den Bäumen standen gerade einmal fünf Zelte. Das Wasser war ruhig, und sie fuhren noch weiter hinaus, immer an der Insel entlang, die mit steil aus dem Meer aufragenden Klippen und vereinzelten, kleinen Stränden zu ihrer Rechten lag. Sie kamen an einer Fischzucht vorbei, und nachdem sie einen Felsvorsprung umfahren hatten, geriet eine größere Bucht in ihren Blick, von deren Sandstrand ein Pfad an einem felsigen Abhang entlang nach oben führte.

„Da ist es!", rief Dominik plötzlich gegen den Fahrtwind und das laute Motorengeräusch an und zeigte mit dem Finger ins Wasser.

Jorgos drosselte den Motor, und das Boot blieb stehen. Alle schauten zu der Stelle hin, auf die Dominik sie aufmerksam gemacht hatte. Sie konnten kaum glauben, was sie dort sahen: In 20 Meter Tiefe war auf dem sandigen Grund ganz deutlich ein versunkenes Flugzeugwrack zu erkennen. Dimitris brach die Stille, die sich über sie gelegt hatte. „Sieh an, sieh an", sagte er, als ob er seinem Schicksal begegnet wäre. „Lasst uns ins Wasser gehen."

Sie bereiteten sich auf den Tauchgang vor, und als Erste ließ Katerina sich vom Rand des Bootes rückwärts ins Wasser fallen. Sie legte sich flach auf die Oberfläche und schaute durch die Maske zum Wrack runter, das ungefähr 150 Meter vor dem steinigen Ausgang der Bucht lag. Dominik folgte ihr und blickte ebenfalls zum Flugzeug hinab. Es wirkte wie ein Privatjet, hatte eine Länge von ungefähr 30 Metern und auch etwa die gleiche Spannweite. Sein Rumpf war weiß, auf jeder

Seite verlief lediglich ein blauer Streifen vom Flügel bis in die Heckflosse hinauf. Fenster hatte es nur im Bereich des Cockpits und jeweils zwei auf beiden Seiten in Höhe der Triebwerke, das gab ihm ein etwas gespenstisches Aussehen. Die Tür hinter dem Cockpit stand offen. Dimitris und Jorgos reichten Dominik und Katerina die zwei Bojen, die die beiden so über dem Wrack positionierten, dass das Gewicht der einen nahe an die Tür vorne reichte und das der anderen hinter dem linken Flügel über dem Grund schwebte. Dann ließen sich auch Jorgos und Dimitris ins Wasser fallen. Sofort schwammen sie zur hinteren Boje, an der Jorgos gleich den ersten Tauchgang machte. Vorne zog Katerina sich mit beiden Händen am Seil der Boje, der sie vorher noch eine Tachenlampe entnommen hatte, zur offenen Tür runter. Als sie den Boden erreicht hatte, machte sie die Lampe an und schaute durch die Tür in das Wrack, dann glitt sie hinein. Schon nach 15 Sekunden kam sie wieder raus und zog sich nach oben. Dominik tauchte ihr auf zehn Meter entgegen, um gemeinsam mit ihr aufzusteigen. An der Oberfläche sahen sie sich an, und Dominik bemerkte den verwirrten und zugleich alarmierten Ausdruck in Katerinas Augen. „Was hast Du gesehen", fragte er sie. „Sieh selbst nach", entgegnete sie und reichte ihm die Taschenlampe. Er zog sich zur offenen Tür runter und schaute ins Flugzeug hinein. Das Cockpit vorne mit seinen Bildschirmen und sonstigen Instrumenten war leer, doch als Dominik zur anderen Seite blickte, erschrak er. Dort sah er fünf leblose menschliche Körper, von denen sich vier zu beiden Seiten des Gangs gegenübersaßen. Der fünfte hatte seinen Platz mit dem Gesicht Richtung Cockpit vor den anderen, der Sitz neben ihm war unbesetzt, vermutlich hatte Johannes dort gesessen. Die Leichen waren mit orangefarbenen Overalls bekleidet, vier von ihnen trugen Hauben über dem Kopf. Als Dominik zu ihnen hinschwamm, bemerkte er die Handschellen, mit denen sie an ihre Sitze gefesselt waren, deswegen also hatten sie sich nicht aus der Maschine retten können und waren ertrunken. Er leuchtete dem Toten, der nichts über dem Kopf hatte, ins Gesicht. Mit seinen offenen Augen war es vom Schmerz eines qualvollen und schrecklichen Todes gekennzeichnet. Außer den Leichen nahm Dominik auch noch jede Menge elektronisches Gerät mit einer Reihe von Bildschirmen im Wrack wahr. Als er genug gesehen hatte, schwamm er wieder zur Tür raus und zog sich mit leichten Flossenschlägen langsam am Seil nach oben. Bei zehn Metern stieß er auf Katerina, die mit ihm gemeinsam aufstieg.

„Ich habs gesehen", sagte Dominik, als sie die Oberfläche erreicht hatten.

„Wir sollten ein paar Videos davon machen", schlug Katerina vor. „Fragen wir doch Jorgos und Dimitris mal nach der GoPro."

Sie schwammen zu den beiden rüber. Die hatten in der Zwischenzeit den hinteren Teil des Wracks erkundet und auch schon Aufnahmen vom Heck einschließlich der israelischen Kennung unter der Heckflosse gemacht. Die vier kehrten zur anderen Boje zurück, wo Dimitris mit der Kamera sowie der Taschenlampe von Dominik zum Flugzeug abtauchte. Er schwamm durch die Tür rein und kam nach 40 Sekunden wieder raus, um zur Oberfläche aufzusteigen. Jorgos tauchte ihm entgegen. Nachdem sie ihr Erholungsatmen ausgeführt hatten, sah Dimitris auf die GoPro und fing an, auf Griechisch zu schimpfen. „Ich habe extra die Hauben von den Köpfen der Leichen abgenommen, um ihre Gesichter zu filmen", erklärte er, „hatte aus Versehen aber die Kamera abgeschaltet, sodass sie keine Aufnahmen gemacht hat. Die brauchen wir aber, um die Opfer identifizieren zu können. Die Leichen selbst kriegt man ja nicht raus, die sind an die Sitze gefesselt." – „Ich gehe runter und mache das Video", sagte Dominik.

Dimitris überreichte ihm die GoPro und die Taschenlampe, und Dominik tauchte ab. Am Seil konnte er sich diesmal nicht runterziehen, weil er beide Hände voll hatte. Am Boden

angekommen schaltete er die Kamera ein und schwamm wieder ins Wrack hinein. Am Bildschirm der GoPro überprüfte er, dass sie auch tatsächlich alles aufnahm. Die Leichen hatten die Hauben jetzt nicht mehr über dem Kopf, und Dominik beleuchtete jedes Gesicht einzeln mit der Taschenlampe, um es zu filmen. Allen Opfern war das Leid anzusehen, das sie bei ihrem furchtbaren Tod zu erdulden hatten. Als er mit dieser Arbeit fertig war, schwamm Dominik zur Tür zurück. Dabei muss er mit einer seiner Flossen aber einen versteckten Mechanismus ausgelöst haben, jedenfalls umwickelte ihn wie aus dem Nichts kommend plötzlich ein Netz und hielt ihn fest. Er konnte sich nicht befreien und war auch nicht mehr in der Lage, sich zu bewegen. Panik stieg in ihm auf. Er hatte das Tauchermesser nicht bei sich, aber es hätte ihm ohnehin nichts genützt, weil seine Arme durch das Netz fest an den Körper gepresst wurden. Allmählich stellte sich auch ein bedrohlicher Atemreiz bei ihm ein. Auf einmal jedoch erschien Jorgos in der offenen Tür, kam zu ihm hin und schnitt mit seinem Messer Dominiks Umfesselung auf. Gemeinsam schwammen sie nach oben, wobei Dominiks Atemnot bereits starke Kontraktionen seines Bauches bewirkte. Katerina, die ihm entgegenkam, nahm er nur noch durch einen Tunnelblick wahr. Als er wieder richtig zu sich kam, lag er an der Oberfläche auf dem Wasser und spürte Katerinas stützende Hand im Rücken. Sie klapste ihm leicht ins Gesicht und sagte: „Atme, atme, wach auf!" Dominik schaute hoch und sah nur den blauen Himmel des späten Nachmittags über sich. Katerina schleppte ihn Richtung Boje, damit er sich an ihr festhalten konnte, die Kamera und die Taschenlampe hingen noch immer mit ihren Kordeln an seinen Handgelenken.
„Wem auch immer dieses Flugzeug gehört, der will nicht, dass jemand reingeht. Hier sind lauter Fallen, lasst uns besser abhauen", meinte Jorgos.

„Auf jeden Fall haben wir einen Videobeweis", sagte Dominik und hielt die GoPro hoch.

„Das Wichtigste ist, dass wir alle noch am Leben sind", stellte Jorgos fest.

„Da hast Du Recht", stimmte Dominik zu, „und danke, dass Du mich da unten rausgeholt hast, und Dir Katerina, dass Du mir hier oben geholfen hast." Er sah sie an, und die beiden küssten sich.

„Was macht denn das Auto dort", fragte Dimitris plötzlich und zeigte mit dem Finger an Land. Am oberen Ende des Pfades, der vom Strand am Felsen hinaufführte, stand ein Auto mit der Front Richtung Meer. Dominik erinnerte sich an die Reportagen, die er über Area 51 in der Wüste von Nevada gesehen hatte. Jedes Mal, wenn sich jemand dem Zugang dort näherte, erschien oberhalb von ihm ein Fahrzeug.

„Wir werden beobachtet, lasst uns schnell hier verschwinden", forderte Jorgos die anderen auf.

Sie holten die Bojen ein und hoben sich ins Boot, um wegzufahren. Immer wieder warfen sie dabei einen Blick zum Auto hinauf, von dem aus ihr Treiben ganz offensichtlich verfolgt wurden. Jorgos nahm denselben Weg zurück, auf dem sie gekommen waren. Während der gesamten Fahrt sprach keiner von ihnen ein Wort, nur der Wind und die dröhnenden Geräusche des Motors waren zu hören. Als sie wieder zum Campingplatz kamen, machte Dimitris das Boot am Seil fest, und sie brachten die Ausrüstungen an den Strand. Dimitris war dann auch der Erste, der etwas sagte.

„Können wir den Mann sehen, den ihr gestern getroffen habt?", fragte er.

„Klar, kein Problem", antwortete Katerina. „Ich rufe Alexander an und sage Bescheid, dass wir kommen."

Sie brachten ihre Sachen zu den Autos, die sie bei der Ankunft mit steckenden Schlüsseln noch offen stehen gelassen hatte. Jetzt aber schlossen sie doch lieber ab, bevor sie duschen gingen. Nach der Erfahrung von eben fühlten sie sich auf der Insel nicht mehr so sicher wie vorher. Katerina war als Erste fertig, und während sie auf die anderen wartete, setzte sie sich in einen Liegestuhl am Schwimmbecken und rief Alexander an, um ihn über ihr Kommen zu informieren. Kaum hatte sie das Gespräch beendet, kam ein dunkelhaariger Mann um die Mitte 30 auf sie zu und sprach sie an.

„Tauchst Du", fragte er.

„Ja", antwortete Katerina leicht genervt, zugleich aber auch besorgt. Irgendetwas schien seltsam an dem Mann, wollte er wirklich nur mit ihr flirten?

„Wo warst Du denn gerade tauchen?", erkundigte der andere sich weiter.

„An einem geheimen Ort", erwiderte Katerina abweisend in einem Ton, mit dem eine Frau auf die Annäherungsversuche eines Mannes reagierte, an dem sie kein Interesse hatte.

„Ach komm, sag doch wo. Ich bin auch Taucher und suche hier ein paar schöne Plätze, die sich lohnen." Er hatte einen merkwürdigen Akzent beim Sprechen, sein Englisch klang zwar amerikanisch, aber mit einem leichten südländischen Einschlag.

„Natürlich, Du tauchst … Ich glaube Dir kein Wort", gab Katerina spöttisch zurück. Der Mann war ihr unangenehm, und auch wenn sie auf eine mutige Art abweisend reagierte, bekam sie innerlich doch Angst. Warum wurde sie ausgerechnet jetzt, unmittelbar nach ihrer Entdeckung des Flugzeugwracks, auf diese Weise von jemandem angemacht?

„Nein, ernsthaft", beharrte der Fremde.

„Na, eins ist jedenfalls sicher: Mit mir wirst Du nicht tauchen, und jetzt verpiss Dich!", forderte sie ihn laut auf.

In dem Moment kamen Dominik, Jorgos und Dimitris aus der Dusche und gingen zu den beiden hin. „Was ist hier los", wollte Dominik wissen.

„Was geht Dich das an", fragte der Fremde zurück und sah Dominik herausfordernd an, wie ein Raubtier, das seine Beute musterte. Mit dem kindischen und spielerischen Gehabe, das er gerade eben noch Katerina gegenüber an den Tag gelegt hatte, war das jetzt nicht mehr zu vergleichen.

„Es geht mich eine Menge an", entgegnete Dominik, „sie ist nämlich meine Frau. Und jetzt hau endlich ab!"

Auf einmal spürte er einen Schmerz in der Magengrube, der andere hatte ihm einen Tritt versetzt. Er fiel rückwärts zu Boden und konnte nur noch mit Mühe atmen. Dann hörte er, wie Jorgos in den Liegestuhl neben ihm fiel und kurz darauf der Fremde mit einem lauten Platschen im Schwimmbecken landete. Dimitris hatte ihm einen heftigen Hieb verabreicht. Doch da erschien ein weiterer Mann, der Dimitris mit der Faust ins Gesicht schlug, sodass der zusammensackte. Von der Bar kamen jetzt Leute herbei, die auf die Auseinandersetzung aufmerksam geworden waren, und die beiden Angreifer flohen Richtung Strand. Brutal stießen sie jemanden zur Seite, der versuchte, sie aufzuhalten. Dominik setzte sich auf und sah, dass Katerina auf Jorgos einredete, der offenbar starke Schmerzen hatte. Immer wieder fragte sie ihn auf Griechisch: „Kala, kala?" Auch Dimitris, dessen Nase blutete, rappelte sich auf und schaute nach Jorgos. Dann wandte er sich an die umstehenden Leute, die zeigten zum Strand hinüber. Dimitris lief zum Wasser, konnte die beiden Flüchtigen aber nur noch auf Jetskis davoneilen sehen. Fluchend kehrte er zu den anderen zurück, Jorgos hatte sich inzwischen wieder aufgerichtet, Katerina und Dominik saßen neben ihm. Als Dimitris die drei erreichte, wies er mit der Hand auf den Boden neben Jorgos und fragte: „Was zum Teufel ist das denn?" Dort lag eine Injektionsspritze, in der sich eine klare Flüssigkeit befand.

„Die wollten uns irgendwas spritzen", sagte Katerina. „Was mag das sein?"

„Die Spritze behalten wir auf jeden Fall als Beweismittel", erklärte Dimitris. „Ich kenne so was vom israelischen Mossad. Die spritzen dir was, und ohne Gegenmittel stirbst du innerhalb weniger Minuten, genau wie bei einem Schlangenbiss.

Das passt auch gut zu der israelischen Kennung am Flugzeug. Die sind jetzt hinter uns her. Schade, dass ich offiziell nicht im Dienst bin, ich habe auch weder Dienstmarke noch Waffe dabei."

Dimitris ging zur Bar, um eine Plastiktüte zu besorgen, mit einer Serviette gab er die Spritze dort hinein. Dann halfen sie Jorgos auf die Beine und liefen zu den Autos. „Fahrt einfach hinter uns her", sagte Katerina. „Ich habe mit meinem Chef geredet. Wir können vorbeikommen und mit Johannes sprechen."

Nachdem sie den Bootsanhänger von Jorgos' Toyota abgekoppelt hatten, machten sie sich auf den Weg. Diesmal steuerte Dimitris den Wagen seines Freundes. Am Haus von Alexander bog Dominik links in die Einfahrt ein, während Dimitris entgegen der Fahrtrichtung auf der Straße parkte. Sie gingen zur Tür und klingelten. Alexanders Frau öffnete und unterhielt sich kurz mit Katerina, bevor sie die vier ins Haus bat. Der Sohn saß mit seinem Tablet wieder im Wohnzimmer, wurde von der Mutter aber nach oben in sein Zimmer geschickt. In dem Moment kamen Alexander und Johannes aus einem der hinteren Zimmer des Erdgeschosses. Johannes hatte eine Jeans seines Gastgebers an und ein luftiges Hemd, wie griechische Schäfer es häufig trugen. Katerina stellte ihrem Chef und dessen Frau Jorgos und Dimitris vor, und berichtete auf Griechisch von dem Geschehen am Campingplatz. Dann setzten sich alle, und Dimitris begann, Johannes auf Englisch zu befragen.

„Ich heiße Dimitris Anastopoulou, oder auch nur Dimitris, das ist einfacher", sagte er zunächst. „Ich arbeite für die griechische Kripo. Ich vermute mal, dass Du Englisch sprichst, falls nicht, kann Dominik auch übersetzen."

„Ich kann Englisch", entgegnete Johannes, „ich habe mal ein Jahr in Texas studiert." Mit seinem Versuch, einen texanischen Akzent zu imitieren, sorgte er dafür, dass die angespannte Atmosphäre im Raum sich lockerte.

„Ich will mit Dir über das reden, was Dir passiert ist", fuhr Dimitris fort, „und auch versuchen, einen Weg zu finden, Dich so schnell wie möglich wieder nach Hause zu Deiner Familie zu bringen. Wer auch immer Dir das angetan hat, muss zur Rechenschaft gezogen werden, und wenn das nicht möglich ist, sollte auf jeden Fall die Öffentlichkeit von der Geschichte erfahren. Wir wollen sicher sein, dass anderen nicht das Gleiche passiert. Du kannst froh sein, dass Du noch lebst, die anderen, die mit Dir zusammen waren, hatten nicht so viel Glück."

„Woher weißt Du das?", fragte Johannes.

„Wir haben das Flugzeug auf der Westseite der Insel gefunden, es liegt 20 Meter unter Wasser. Fünf Menschen sind noch drin, die waren an ihre Sitze gefesselt, als die Maschine unterging, und sind ertrunken. Wenn Du willst, können wir Dir ein Video davon zeigen."

„Das würde ich gerne sehen."

„Bist Du wirklich sicher?", vergewisserte sich Dimitris, bevor er ein Tablet und die GoPro aus einer Tasche holte, und beides miteinander verband. Er setzte sich neben Johannes, öffnete eine App, und das Video, das Dominik gemacht hatte, begann zu laufen.

Johannes sah zunächst ganz still zu, dann sagte er: „Das muss der Platz sein, auf dem ich saß." Plötzlich sprang er auf, schaute mit geballten Fäusten an die Decke und rief: „Warum bin ich am Leben, wieso kann ich zu meiner Familie zurückkehren und die anderen sind tot, warum konnte ich sie nicht retten?"

Dominik stand auf und legte ihm eine Hand auf die Schulter. „Dich trifft keine Schuld", versuchte er Johannes zu beruhigen. „Jemand von der Crew muss Dich losgemacht haben, als die Maschine abstürzte. Er konnte nicht alle retten. Du kannst ihm aber danken, indem Du jetzt den Behörden dabei hilfst, die Wahrheit ans Licht zu bringen."

Johannes wurde wieder ruhiger und setzte sich hin. Dimitris fuhr fort: „Ich rufe ein paar von meinen Kollegen an. Wenn alles gut läuft, sollten sie morgen hier sein. Die nehmen dann auch Deine Aussage auf, ich selbst bin offiziell ja gar nicht im Dienst, ich darf das also nicht. Die Kollegen informieren dann eventuell auch die Medien und die deutsche Botschaft. In zwei Tagen kannst Du hoffentlich wieder nach Hause fliegen. Hier auf der Insel ist im Moment keiner von uns mehr sicher. Der israelische Geheimdienst scheint der Hauptverantwortliche bei Deiner Entführung zu sein, aber wir können auch andere Parteien wie beispielsweise die USA nicht ausschließen. Wie Du im Video gesehen hast, haben die im Flugzeug eine Falle gelegt, um Leute zu töten, die da unten nachforschen wollen. Dominik wäre fast ertrunken. Außerdem haben sie auf dem Campingplatz versucht, uns mit einer Giftspritze umzubringen. Das Wichtigste ist jetzt erst mal, dass wir alle in Sicherheit sind, und auch sonst niemand verletzt wird. Katerina und Dominik, Ihr bleibt heute Abend bei uns im Bungalow. Es wäre viel zu riskant für Euch, in Katerinas Haus zurückzugehen."

„Ich muss aber erst noch nach meinen Tieren schauen", wandte Katerina ein. „Die müssen gefüttert werden."

„Das ist keine gute Idee", beschied Dimitris.

„Bitte", beharrte Katerina, „Ich brauche die doch. Wenn denen was passiert, weiß ich nicht, was Dominik und ich essen sollen."

„Okay", gab Dimitris nach, „aber dann kommen Jorgos und ich mit. Wir fahren hinter Euch her. Lasst uns das jetzt gleich erledigen, bevor es dunkel wird."

Die vier verabschiedeten sich von den anderen, verließen das Haus und gingen zu ihren Autos. Es war bereits halb sieben, und im Restaurant nebenan hatten sich schon mehrere Gäste eingefunden. Jemand lief zwischen ihnen umher und half Alexanders Mutter beim Bedienen. Dominik setzte rückwärts aus der Einfahrt auf die Straße und fuhr los, Jorgos und Dimitris folgten ihm. Lange Zeit sprachen Dominik und Katerina kein Wort, jeder hing nur seinen Gedanken nach, bis Katerina sagte: „Vor dem Attentäter hast Du mich Deine Frau genannt."

„Im Grunde bist Du doch meine Frau", entgegnete Dominik. „Jedenfalls sehe ich das so."

Katerina nahm seine Hand. „Ich muss Dir was sagen. Bei all dem, was heute passiert ist, war das bisher einfach nicht möglich. Meine Tage sind ausgeblieben, da habe ich vorhin auf der Arbeit einen Schnelltest gemacht. Ich bin schwanger." Dominik schaute kurz zu ihr hin und meinte lächelnd: „Hört sich gut an."

„Meinst Du das ernst?", fragte sie und drückte seine Hand fester.

„Natürlich", erwiderte er zufrieden, konnte sie dabei aber nicht anschauen, weil er auf die Straße achten musste.

Als sie schließlich zu Katerinas Haus kamen, erwartete sie ein schrecklicher Anblick. Vor der offenen Tür lag auf dem blutverschmierten Boden der abgetrennte Kopf von Fragboula, der Ziege. Bellend und jaulend zugleich kam der Hund des alten Mannes von nebenan auf sie zugerannt. Katerina und Dominik liefen zu dessen Grundstück hinüber und sahen den Alten bewusstlos am Boden liegen. Zwischen den Fingern der rechten Hand hielt er noch den Rest einer Zigarette, die Haut war an der Stelle verbrannt. Katerina beugte sich über ihn, um Erste Hilfe zu leisten. Da er aber nicht wieder zu sich kam, begannen sie und Dominik mit einer Herzmassage. Jetzt gesellten sich auch Jorgos und Dimitris zu ihnen. Als sie feststellen musste, dass ihre Bemühungen erfolglos blieben, rief Katerina zunächst Alexander und dann den Sohn des alten Mannes an. Einige Zeit später kam ein Krankenwagen, ein alter Mercedes Sprinter mit ausgeblichenen roten Markierungen. Vorne stiegen der Fahrer und die Schwester, die Katerina abgelöst hatte, aus, hinten Alexander und ein Sanitäter. Die zwei Letzteren brachten eine Trage herbei. Derweil versuchte Dominik, den Hund zu beruhigen, der nicht aufhörte zu jaulen. Wahrscheinlich spürte er, dass sein Herrchen tot war. Während Alexander den Mann noch untersuchte, erschien auch dessen Sohn in einem alten VW Golf. Als Alexander auf Griechisch etwas sagte, hoben der Fahrer und der Sanitäter den Alten auf die Trage und brachten ihn zum Krankenwagen. Gemeinsam mit der Schwester ging der Arzt hinter ihnen her, kurz darauf fuhren sie davon. Der Sohn, der den Hund zu sich genommen hatte, folgte ihnen mit seinem Auto. Schweigend schauten Dominik und Katerina sowie Jorgos und Dimitris den Fahrzeugen nach, bis Dominik fragte: „Ist er tot?"

Mit ziemlicher Sicherheit, ja", antwortete Katerina.

„Ob er wohl von denen umgebracht wurde, die uns angegriffen haben, oder ob er an einem Schock gestorben ist, als er gesehen hat, was hier bei uns passiert ist?", überlegte Dominik. „Höchstwahrscheinlich wirds das zweite gewesen sein", vermutete Katerina. „Das werden wir aber erst nach einer Autopsie sicher wissen, vielleicht erfahren wir es aber auch nie ..."

Durch die offene Tür traten die beiden ins Haus, wo sich ihnen ein heilloses Durcheinander bot. Die Möbel waren umgeworfen, der Bildschirm des Fernsehers zerbrochen. Das Bett im Schlafzimmer war aufgeschlitzt, in der Küche lag überall kaputtes Geschirr herum, dazwischen die restlichen Stücke des gegrillten Fisches von gestern und die offenen Tupperware-Schalen, in denen sie aufbewahrt worden waren. Das Regal für die Konserven stand zwar noch aufrecht, sein Inhalt war aber über den Boden verstreut, die Waschpulverkartons, die Dominik aus Athen mitgebracht hatte, zum Teil aufgeschnitten. Der Campingherd war umgestürzt, aber noch immer mit der Propanflasche verbunden. Damit kein Gas austreten konnte, drehte Dominik sicherheitshalber den Hahn zu. Im Bad lag die Handwäsche, die er in einem der Wassereimer hatte einweichen lassen, auf die Erde gekippt im Seifenschaum. Anschließend gingen Dominik und Katerina wieder nach draußen, um zu schauen, wie es hinter dem Haus aussah. Vorsichtig traten sie über den Ziegenkopf hinweg. Als sie um die Ecke bogen, war die große Solarzelle in zwei Teile zerbrochen. Der Garten war verwüstet, Pflanzen lagen entwurzelt herum. Im Gehege fanden sie den Ziegenkörper und auch einige Hühner, denen die Köpfe ebenfalls abgeschlagen worden waren. Mehrere andere saßen zusammen mit dem Hahn wie unter Schock in einer Ecke, drei waren durch das offene Tor ausgerissen und liefen auf dem Grundstück herum. Auch in der Holzhütte, in der Katerina ihre Tauchausrüstung aufbewahrte, stießen sie auf ein fürchterliches Drunter und Drüber.

„Wir sollten die toten Tiere mitnehmen, vielleicht kann man die ja noch essen", sagte Katerina traurig. „Und die anderen Hühner können immer noch Eier legen. Aber der Garten ist ein völliger Totalschaden. Ich kann nicht glauben, dass die ganze Arbeit, die ich da reingesteckt habe, und auch das, was Du gemacht hast ..." Sie konnte nicht weiterreden, sondern fing an zu weinen, so wie vor vier Wochen unter dem dünnen Baum in der Nähe der Wohnung ihrer Mutter. Dominik umarmte sie und legte sein Gesicht in ihr dunkles Haar. Das Weinen war diesmal aber nicht nur von Traurigkeit erfüllt, es klang auch Angst mit. Eigentlich schien Katerina die Erlebnisse der letzten Stunden ja ganz gut verkraftet zu haben, doch das, was sie hier vorfanden, war nun ganz offensichtlich doch der sprichwörtliche letzte Tropfen, der das Fass zum Überlaufen brachte. Dominik versuchte sie zu trösten und sagte: „Keine Sorge, Baby, es gibt nichts, was wir zusammen nicht schaffen."

Sie sah ihn an und beruhigte sich langsam. „Komm", forderte sie ihn auf, „wir müssen die toten Tiere zum Auto bringen und die Hühner draußen wieder in den Stall kriegen."

Vom Haus her kamen Jorgos und Dimitris, der eine leere Mineralwasserflasche in der Hand hielt. „Ich würde gerne was von Deinem Wasser nehmen", sagte er. Katerina und Dominik gingen mit ihm zum Wassertank zwischen den Olivenbäumen. Dimitris lief um den Tank herum, wobei er mit der linken

Hand über den Behälter strich. Plötzlich hielt er inne und fragte: „War das Loch hier schon immer da?"

Katerina befühlte die Stelle und spürte das Loch ebenfalls. „Nein", antwortete sie.

„Da hat jemand was in Dein Wasser getan", meinte Dimitris. „Ich nehme mal eine Probe mit."

Sie zeigte ihm den Hahn, und er füllte die Plastikflasche ab. Dann gingen sie zu den Autos. Jorgos lud die Ausrüstung, die er dabeihatte, in Dominiks Wagen um und klappte den hinteren Sitz runter. Anschließend holten Dominik und Katerina Zeitungspapier und eine Plastiktüte aus der Hütte und bereiteten Fragboulas Körper für den Transport vor. Dabei wurde Dominik so übel, dass er sich kurz auf den Boden legen musste. Während sich Katerina noch um ihn kümmerte, trugen Jorgos und Dimitris die tote Ziege zum RAV4. Als es ihm wieder besser ging, half Dominik Katerina dabei, die drei entwichenen Hühner ins Gehege zurückzubringen. Die enthaupteten Tiere taten sie in eine große Tüte, brachten sie zu Jorgos' Auto und legten sie zu Fragboula. Mit einer Schaufel, die er in der Hütte fand, grub Dominik dann ein Loch, das er wieder zuschaufelte, nachdem Katerina die Köpfe der toten Hühner und den der Ziege hineingelegt hatte. Sie gingen zum Strand, um sich im Meerwasser die Hände zu waschen, und packten im Haus ein paar Klamotten für die kommenden Tage in Dominiks Duffel. Dann lief Katerina noch mal zur Hütte und entdeckte, dass ihre Pfeilpistole verschwunden war. Als sie zu den Autos zurückkam, rief sie Dominik, der mittlerweile neben dem Suzuki stand, aufgeregt zu: „Meine Pfeilpistole ist nicht mehr da. Sie war die einzige Waffe, die wir hatten."

„Sieht ganz so aus, als ob diejenigen, die das Ganze angerichtet haben, nicht wollen, dass wir uns verteidigen können", meinte der.

„Ich habe eine Pfeilpistole im Büro", sagte Jorgos, der das Gespräch mitbekam. „Die kann ich Euch geben."

Dominik und Katerina schauten erst Jorgos, dann einander an, schmerzhaft war ihnen bewusst, in welcher Gefahr sie schwebten. Die vier stiegen in ihre Autos und fuhren los. Unterwegs sagte Dominik zu Katerina: „Eigentlich sollten wir mit Jorgos und Dimitris lieber nach Athen zurück."

„Das geht nicht", erwiderte diese. „Wo könnten wir da überhaupt unterkommen?"

„Ich habe doch meine Wohnung, für die nächsten fünf Monate ist die Miete schon bezahlt. Dort sind wir auf jeden Fall sicherer als hier. Und ich habe auch noch genug Geld, um für uns beide zu sorgen, bis das alles vorbei ist. Außerdem haben die in Deutschland doch einen Fehler gemacht und zahlen mein Arbeitslosengeld weiter."

„Aber Alexander braucht mich, ich kann hier nicht weg. Mag ja sein, dass es den Garten nicht mehr gibt, aber Alexanders Familie kann uns was zu essen geben. Du könntest ja auch nach Athen fahren und ein paar von den Sachen neu besorgen, die wir verloren haben."

„Ich werde Dich mit dem ganzen Scheiß hier sicher nicht alleine lassen. Gerade jetzt, wo wir ein Kind bekommen. Ich glaube aber nicht, dass wir hier noch sicher sind. Hier kann uns doch keiner schützen."

„Glaubst Du wirklich, dass die uns umbringen wollen?", fragte sie und griff nach Dominiks Hand. „Vielleicht wollten sie uns ja auch nur warnen."

„Ich will nicht glauben, dass wir sterben werden, aber hier gehts nicht darum, was wir glauben wollen oder nicht. Du hast doch mitgekriegt, was mir im Wrack passiert ist, Du hast erlebt, was am Camping los war, und Du hast gesehen, was die bei uns zu Hause angerichtet haben. Die wollen uns tot sehen. Über den Mossad hat mir mein Vater schon so manches erzählt, als ich damals bei ihm in Israel lebte. Dimitris hat recht mit dem, was er über die sagt. Kann gut sein, dass wir nirgends auf der Erde sicher vor ihnen sind."

Katerina drückte seine Hand und lächelte ihn an. „Wenn wir ohnehin nirgendwo sicher sind", sagte sie, „können wir genauso gut hier bleiben."

„Stimmt schon", gab Dominik zu, „aber vielleicht sollte ich versuchen, meinen Vater in Israel zu kontaktieren. Eventuell könnte er die Agenten ja irgendwie zurückrufen."

„Halt Deinen Vater da raus! Ich weiß, wie es ist, einen Vater zu verlieren. Das hier ist unsere Sache, wir müssen sie in Ordnung bringen und der Welt zeigen, was richtig und was falsch ist."

Sie kamen wieder in den Hafen und hielten sich in Richtung von Alexanders Haus, an dem sie jedoch vorbeifuhren. Nach dem, was mit dem alten Mann passiert war, würde der Arzt zu viel zu tun haben. Stattdessen hielten sie beim Restaurant, und Katerina ging in die Küche, um Alexanders Mutter zu holen. Sie brachte sie zu Jorgos' Auto und zeigte ihr die Ziege. Dort wo eigentlich der Kopf sein sollte, verbarg eine Plastiktüte den Halsansatz. Die alte Dame führte die vier zu einer Hütte hinter dem Restaurant, in der normalerweise geschlachtet und die Tiere zerlegt wurden. Jorgos und Dimitris trugen die Ziege, Dominik und Katerina die Tüte mit den Hühnern. Im Inneren der Hütte stand ein großer Metalltisch mit Abfluss, er erinnerte an die Obduktionstische von Gerichtsmedizinern. Der Boden war betoniert und ebenfalls mit einem Abfluss versehen, an der linken Wand hing ein Gartenschlauch an einem Wasserhahn. Jorgos und Dimitris hoben die Ziege auf den Tisch, und Dominik und Katerina legten die Plastiktüte mit den Hühnern dazu, danach verließen sie die Hütte, während die alte Dame ein großes Messer nahm und mit der Arbeit begann. Auf dem Weg zu den Autos ging Katerina noch mal in die Küche und sprach kurz mit Alexanders Frau, die heute im Restaurant half. Sie nahm drei große Plastikschalen aus einem Schrank, füllte sie mit geschmorten Tomaten, Kartoffeln, Hähnchen, Lamm und Moussaka und gab sie Katerina. Die bedankte sich und lief zu den Autos, wo die anderen auf sie warteten. Diesmal fuhr Jorgos vorneweg, und Dominik folgte ihm. Sie nahmen fast denselben Weg wie nachmittags zum Campingplatz. Vor einer größeren Gebäudeeinheit parkten sie die Fahrzeuge und stiegen aus. Eine Straßenlaterne spendete Licht, sodass sie über einer geschlossenen Eingangstür ein Schild mit der Aufschrift „Coralli Apartments" erkennen konnten. Jorgos rief mit seinem Handy jemanden an, und nach ein paar Minuten kam ein Mann, der ihm zwei Schlüsselbunde überreichte. Jorgos öffnete die Tür, und die anderen folgten ihm durch einen Flur in einen Innenhof. Von dort betraten sie eine Wohneinheit mit einem großen Wohnzimmer und einem Küchenbereich direkt gegenüber. Rechts führte eine Treppe ins Obergeschoss, daneben stand die Tür zu einem Schlafzimmer offen, links bot eine Glastür Zugang zu einer Veranda.

„Ihr schlaft unten", sagte Jorgos und gab Dominik eines der Schlüsselbunde. Die vier gingen noch mal nach draußen und holten ihre Sachen aus den Autos. Dann hingen sie ihre nassen Tauchanzüge und die Badeklamotten auf der Veranda auf, bevor sie das Essen, das Alexanders Frau ihnen mitgegeben hatte, in der Mikrowelle aufwärmten. Als sie sich an den Tisch setzten, schlossen sie sicherheitshalber die Tür sowie die Jalousien zur Veranda. Während des Essens unterhielten sie sich über ganz unterschiedliche Themen, um sich von den Ereignissen des Tages ein wenig abzulenken. So lockerte sich die Atmosphäre zwar etwas auf, dennoch aber fühlten sie sich, als hätte man sie eingesperrt. Anschließend gingen Dominik und Katerina in ihr Schlafzimmer und zogen sich nackt aus. Aneinander gekuschelt sahen sie im Bett fern, zunächst ein griechisches Programm und dann Al Jazeera, das über Satellit empfangen wurde. Dimitris und Jorgos dagegen waren noch im Wohnzimmer geblieben, tranken Wein und schauten Fußball, wobei sie manchmal ziemlich laut wurden. Völlig untypisch für zwei schwule Männer, dachten Dominik und Katerina, die versuchten einzuschlafen, aber immer wieder vom Lärm der beiden anderen daran gehindert wurden. Als das Spiel dann aber endlich zu Ende war, gingen auch die zwei ins Bett. Mit seinen Gedanken bei dem neuen Leben, das in Katerina wuchs, streichelte Dominik deren nackten Bauch. Wie würde die Zukunft seines Kindes wohl aussehen?

Am nächsten Morgen war Katerina die Erste, die wach wurde. Sie stand auf und ging in die Küche, um sich einen Kaffee zu kochen. Es war bereits acht Uhr, und so rief sie bei Alexander an, der aber nicht ans Telefon ging. Kurze Zeit später kam auch Dominik in die Küche und gab ihr zur Begrüßung einen Kuss. Erneut versuchte sie, Alexander zu erreichen, diesmal mit Erfolg. Während sie mit ihm sprach, kam auch Dimtris runter und hörte ihr zu. Nachdem sie aufgelegt hatte, sagte er auf Englisch, damit auch Dominik ihn verstehen konnte: „Bis wir Euch unter Polizeischutz gestellt haben, dürft Ihr auf keinen Fall das Haus verlassen, das wäre viel zu gefährlich. Selbst jetzt ist es riskant, sich hier aufzuhalten. Ihr müsst alle Fenster zulassen und die Türen abschließen. Macht keinem Fremden auf. Katerina, ruf Alexander bitte noch mal an und sag ihm, dass es für Dich zu gefährlich ist, heute zur Arbeit zu kommen. Er selbst könnte auch in Gefahr sein, aber wir können ja den einzigen Arzt der Insel nicht von seiner Arbeit fernhalten. Ich würde auch gerne noch mit ihm reden, wir müssen Johannes bei ihm abholen. Jorgos und ich nehmen ihn heute Abend mit nach Athen."

Katerina meldete sich noch mal bei Alexander, sprach kurz mit ihm und reichte ihn dann an Dimtris weiter. „Alexander kommt hierher", erklärte der nach dem Gespräch. „Er bringt seine Frau, seinen Sohn und seine Mutter mit. Wir werden versuchen, sie im Nachbarbungalow unterzubringen, damit Ihr hier allein wohnen könnt. Für einen oder zwei Tage kommt eine Krankenschwester aus Syros her, so muss Alexander nur bei einem Notfall raus."

Katerina schaute Dimitris an, ohne etwas zu sagen. Offensichtlich wollte er alles bestimmen, das gefiel ihr gar nicht. Bald gesellte sich auch Jorgos zu ihnen ins Wohnzimmer, und nachdem Dimitris mit seinem Smartphone für den Nachmittag Fährtickets nach Athen gebucht hatte, setzten die vier sich zum Frühstück zusammen. Danach verließen Jorgos und Dimitris das Haus und kamen zwei Stunden später mit Johannes sowie einem größeren Vorrat an Tiefkühlkost für Dominik und Katerina zurück. Dann machten sie sich noch mal auf den Weg, diesmal um Jorgos' Boot in den Hafen zu bringen. Nach einiger Zeit kehrten sie mit einem Taxi zurück, weil sie auch das Auto schon dort stehengelassen hatten. Wie versprochen brachten sie Jorgos' Pfeilpistole mit, blieben aber nicht mehr lange, sondern brachen schon um kurz nach zwei zusammen mit Johannes wieder auf. Katerina und Dominik schlossen die Tür hinter ihnen ab, jetzt waren sie allein im Haus. Das wirkte im Moment trotz allen Komforts eher wie ein Gefängnis, niemand konnte rein, niemand raus. Und obwohl draußen die Sonne schien, hatten sie nur künstliches Licht, weil alle Fenster geschlossen und die Jalousien runtergelassen waren. Die beiden setzten sich aufs Sofa, und Dominik sagte: „Fühlt sich irgendwie so an, als hätten wir als einzige einen Atomkrieg überlebt und säßen jetzt in einem Schutzbunker."

Katerina sah ihn ruhig an, aber er spürte, dass dies nur die Ruhe vor dem Sturm war. Nach zehn Sekunden brach es laut aus ihr heraus: „Ist das alles, was Dir in so einer Situation einfällt? Die ganze Welt geht zugrunde, und Du hast immer noch Spaß an Deinen beschissenen apokalytischen Fantasien?" Sie stand auf und redete weiter. „Das hier ist echt. Es ist das zweite Desaster, das ich innerhalb der letzten fünf Jahre erlebe. Aber was weißt Du denn schon! Du kriegst Geld vom deutschen Staat und von Deiner Mama, Du hast Dich Dein ganzes Leben lang immer nur zurückgelehnt, hast nichts gemacht, nicht gearbeitet, keine Verantwortung übernommen."

Katerinas Wutausbruch überraschte Dominik, so hatte er sie noch nie erlebt. Auch er stand auf und erwiderte ebenso laut: „Was weißt Du denn schon davon, wie es ist, in jungen Jahren von der eigenen Mutter in ein fremdes Land geschleppt zu werden, wo du immer nur außen vor bleibst, wo du nach der Highschool nirgends hinkannst. Dann kümmerst du dich um deine Großeltern, schaust zu, wie alle anderen in der Familie ihr Leben auf die Reihe bringen, während die Gesellschaft um dich herum immer nur versucht, dir dein eigenes schwer zu machen. Sag mir bloß nicht, Baby, dass ich nicht weiß, was Härte ist. Ich versuche, das Beste für uns rauszuholen, damit wir drei zusammen eine Chance haben."

Katerina schaute ihn an, und ihre Wut schien sich in Trauer zu verwandeln. „Bin ich für Dich wirklich mehr als nur ein Urlaubsflirt?", fragte sie. „Du gehst doch irgendwann wieder nach Deutschland zurück, um Dein zielloses Leben dort fortzuführen, und mich lässt Du hier mit dem Kind alleine. Du gehst weg und wälzt die Verantwortung auf andere ab."

Sie begann zu weinen, und mit einem Mal begriff Dominik, dass aus Katerina nur die Angst sprach, die die derzeitige Situation in ihr auslöste. Er ging zu ihr hin und nahm sie in den Arm. Fast fünf Minuten standen sie so da, bis Katerina den Kopf hob und sagte: „Es tut mir so leid, das Ganze ist mir einfach zu viel. Nach allem, was ich in meinem Beruf schon gesehen oder auch beim Tauchen erlebt habe, hätte ich nie gedacht, dass ich jemals solche Angst bekommen könnte." Plötzlich löste sie sich von Dominik und fuhr fort: „Warum haben Dimitris und Jorgos uns eigentlich ohne jeden Schutz zurückgelassen? Und warum ist Dimitris überhaupt ohne Dienstbefugnisse und Waffe hergekommen? Ich kann Dir sagen weshalb. Dies hier ist seine große Chance, um mit der Karriere voranzukommen. Jorgos ist sein Ehemann, der steht sowieso hinter ihm. Dimitris macht das alles auf unsere Kosten. Wir sind zum Wrack runtergetaucht, und als er mit der Kamera Scheiße gebaut hat, hast

Du die Sache übernommen und wärst dabei fast ums Leben gekommen. Er hat Dich da unten nicht gerettet, und er beschützt uns auch jetzt nicht. Er gibt einfach nur irgendwelche Befehle, und wer weiß, vielleicht beugt er sich denen ja auch, wenn der Druck zu groß wird und seine Vorgesetzten die Beziehungen zu Israel nicht gefährden wollen."

Dominik umarmte Katerina wieder und sagte: „Ich glaube, die wären so oder so hinter uns her gewesen. Vergiss nicht, dass wir Johannes auf der Straße aufgegabelt haben und dass Alexander ihn untergebracht hat. Wir haben erfahren, was passiert ist."

„Die hätten uns trotzdem in Ruhe gelassen", widersprach Katerina. „Wenn Dimitris uns nicht dazu gebracht hätte, das Wrack zu suchen und die Videos zu machen, wäre uns bestimmt nichts passiert." Dann schaute sie Dominik in die Augen und sagte: „Wenn es Dir nichts ausmacht, würde ich jetzt gerne ein bisschen allein sein, bevor Alexander mit seiner Familie kommt. Ich möchte nur ein kleines Schläfchen machen."

Katerina ging ins Schlafzimmer und schloss die Tür. Dominik spülte in der Küche das Geschirr, das noch vom Frühstück dort stand, danach setzte er sich vor den Fernseher und schaute Al Jazeera. Auf einmal hörte er das Geräusch von zerbrechendem Holz aus dem Schlafzimmer, gefolgt von einem lauten Aufschrei, den Katerina ausstieß. Sekunden später stürzte sie ins Wohnzimmer, machte die Tür schnell wieder hinter sich zu und schloss sie ab. Den Schlüssel hatte sie beim Herauskommen von der Innenseite abgezogen. In ihren Augen stand die blanke Panik. Als sie nach der Pfeilpistole griff, die neben dem Fernseher an der Wand lehnte, war von nebenan der Lärm von splitterndem Glas zu hören. „Jemand bricht ins Schlafzimmer ein", rief sie hastig. „Erst wurden die Fensterläden aufgebrochen, und jetzt haben sie offenbar auch noch das Fenster eingeschlagen."

Dominik half Katerina beim Laden und Spannen der Pistole. Kurz darauf wurde versucht, die Tür zu öffnen, das gelang jedoch nicht, weil sie abgeschlossen war. Mit Gewalt trat daraufhin jemand von innen gegen das Türblatt, um es zum Bersten zu bringen. Katerina hielt die Pfeilpistole im Anschlag, Dominik stand rechts hinter ihr. Lange hielt die Tür den Tritten nicht stand, schon nach wenigen Augenblicken wurde sie von einer blonden Frau aufgebrochen, die eine Pistole auf die beiden richtete. Katerina schoss sofort. Die Einbrecherin schrie auf vor Schmerz und sank zusammen, der Pfeil hatte sie im Bauchbereich getroffen. Trotzdem gelang es ihr aber noch abzudrücken, ihre Kugel drang Dominik nahe dem Herzen in die Brust. Torkelnd wich er in den Küchenbereich zurück, wo er zu Boden fiel. Aus seiner Wunde strömte Blut. Katerina nahm die Waffe der Angreiferin, ging zu Dominik und kniete sich neben ihn hin. Mit einer Hand an seinem Rücken, der anderen an der Schulter hob sie ihn leicht an und schaute ihm in die offenen, schmerzerfüllten Augen. Im Hintergrund hörte sie weiterhin das Schreien der Einbrecherin. Dominik erwiderte ihren Blick und sagte leise: „Ich liebe Euch beide", dann schloss er die Augen. „Dominik", sprach Katerina ihn an, und wieder: „Dominik." Als er nicht antwortete, rief sie hysterisch immerfort seinen Namen, bis sie endgültig begriff, dass er nicht mehr lebte. Ihr Schreien und Weinen erfüllte den ganzen Raum, von der anderen Frau war nichts mehr zu hören, sie hatte wohl das Bewusstsein verloren. Da spürte Katerina einen Piks im Rücken. Sie drehte sich um und sah in die Augen des dunkelhaarigen Mannes, der sie gestern am Pool angesprochen hatte. Er war nicht groß, hatte aber breite Schultern und trug Jeans sowie ein weißes T-Shirt, eine Brille diente wahrscheinlich eher zur Tarnung und weniger als Sehhilfe. In der Hand hielt er eine durchgedrückte Spritze, deren giftigen Inhalt er ihr offensichtlich soeben verabreicht hatte.

„Du hast gerade eine meiner Kolleginnen getötet" sagte er, „es ist höchste Zeit, dass Ihr drei jetzt auf eine lange Reise geht." In seiner Stimme lag wieder derselbe Akzent wie gestern.

„Woher weißt Du, dass wir zu dritt sind?" fragte Katerina ruhig.

„Ich habe so meine Mittel und Wege", hörte sie noch die Antwort des anderen, bevor ihr schwindlig wurde. Sie versuchte, sich abzustützen, fiel aber auf den Boden. Dabei sah sie, wie auch der Mann, der gestern mit Dimitris gekämpft hatte, durch die offene Schlafzimmertür ins Wohnzimmer kam. Schaum trat ihr vor den Mund. Der Angreifer mit der Spritze schaute auf sie hinab und sagte: „Schade, wenn Ihr Euch nicht in fremde Angelegenheiten eingemischt hättet, wärt Ihr in neun Monaten sicher eine schöne Familie geworden." Mit letzter Kraft ergriff Katerina Dominiks Hand. Sie hielt sie fest und sprach im Geist den Satz, den Jenny ihr und Dominik beigebracht hatte: „Nam Myoho Renge Kyo."

Deutsche Philhellenen in Griechenland
1821-1822

Im März 1821 beginnt der Befreiungskampf der Griechen gegen das vierhundertjährige Joch der Osmanen. Viele Menschen im Ausland demonstrieren Solidarität. Der Begriff dafür lautet Philhellenismus — ein neuartiges, ein globales Phänomen. 200 Freiwillige aus deutschen Landen reisen nach Hellas, darunter Abenteurer und Idealisten, die mit der Waffe in der Hand für die Freiheit in Griechenland kämpfen wollen. Nach der Rückkehr in ihre Heimat veröffentlichen viele von ihnen ihre Erlebnisse. Der deutsche Wissenschaftler Karl Dieterich sammelte diese Erinnerungen und gab 1929 seine Anthologie „Deutsche Philhellenen in Griechenland 1821-1822" heraus. Mit der Neuauflage dieses Buches wird das Engagement dieser Griechenland-Freunde wieder lebendig.

Deutsche Philhellenen in Griechenland 1821-1822
192 Seiten, fest gebunden, 12 Abbildungen, 19 x 12 cm
Verlag der Griechenland Zeitung, Athen 2021
ISBN: 978-3-99021-040-6
Preis: **19,80** Euro

Sonderpreise für Abonnenten der GZ:

Silber-Bonus: **16,80** Euro (zzgl. Versandkosten)

Gold-Bonus: **13,80** Euro (zzgl. Versandkosten)

Verlag der

Bestellungen über unseren Shop auf *www.griechenland.net*,
per E-Mail: shop@hellasproducts.com oder per Tel.: +30 210 65 60 989